Au cours d'une sortie scolaire au Muséum d'histoire naturelle, à Londres, George brise une sculpture représentant un dragon. Il réveille ainsi une antique force emprisonnée dans la Pierre – un bloc mal équarri caché au plus profond de la City de Londres. Conséquence immédiate, un ptérodactyle vengeur se détache du mur et se lance à la poursuite de George. Alors que celui-ci semble perdu, un soldat de bronze de la Première Guerre mondiale, l'Artilleur, descend d'un monument aux morts pour le sauver.

Ainsi démarre l'épopée de George, prisonnier d'une des strates de Londres, un non-Londres. Une ville dans laquelle les statues, organisées en deux clans ennemis – les répliques, faites à l'image des hommes, et les tares, qui n'ont rien d'humain –, marchent et parlent en vivant une trêve fragile que l'acte commis par George met gravement en péril.

Ces épreuves sont d'autant plus dures à supporter qu'il n'y a aucun témoin de ce qu'il vit. Sauf Edie Laemmel. Edie est une fulgurance. Les fulgurances sont des femmes ou des filles capables de revivre par le toucher les événements passés enregistrés au cœur des pierres. Personne n'a jamais expliqué à cette malheureuse Edie qu'elle avait la chance de posséder un don exceptionnel : pour elle, c'est une véritable malédiction et elle est persuadée d'être folle. En outre, elle est en cavale.

Pour réparer les torts commis, George, Edie et l'Artilleur se lancent dans une véritable expédition. Mais, à leur insu, la Pierre a prévenu le Marcheur, un de ses serviteurs, qui les traque dans les rues avec l'aide de son acolyte, le Corbeau.

Au cours de cette odyssée, George découvre qu'il possède des pouvoirs particuliers qui le transforment en cible de la fureur des tares : un des dragons de pierre dressés à l'entrée de la City de Londres lui lacère la paume de la main, laissant une marque qu'une autre statue, le souriant mais inquiétant Black Friar, le Moine Noir, affirme être la marque du Créateur. Cela confirme George dans son identité de créateur, c'est-à-dire quelqu'un ayant un don pour sculpter la pierre ou le métal. Toujours dans l'idée de réparer les dégâts de George, le moine leur conseille de trouver le « Cœur de Pierre » et de remettre le fragment de statue en place. Aidés par les répliques bienveillantes et menacés par les tares agressives, ils finissent par se retrouver au cœur minéral de Londres, la Stoneheart, la London Stone, la Pierre de Londres.

Mais, en cours de route, l'Artilleur s'est sacrifié pour tenter de sauver la vie d'Edie, et il est tombé entre les mains du Marcheur. George se trouve alors contraint de faire usage de ses talents récemment découverts de créateur pour venir au secours d'Edie.

Et maintenant, l'histoire continue…

PARCOURS DE GEORGE DANS LONDRES
1. BANDE DE EUSTON
2. LA REINE
3. L'ICARE
4. LE TAUREAU
5. CRÂNES
6. L'OFFICIER
7. LE CHEVALIER
8. ARIEL
9. PIERRE DE LONDRES
10. L'ARTILLEUR
11. LE BLACK FRIAR
12. LE TUYAU
British Library
Euston
1.
Tavistock Square
EUSTON
MARYLEBONE ROAD
PORTLAND PLACE
TOTTENHAM COURT ROAD
OXFORD STREET
CHARING CROSS ROAD
BAYSWATER ROAD
PARK
6.
PICCADILLY
Buckingham Palace
PARK CORNER
HYDE
KNIGHTSBRIDGE
KENSINGTON GORE
Royal Albert Hall
EXHIBITION ROAD
QUEENS GATE
St James ct
BUCKINGHAM GATE
VICTORIA STREET
10.
Natural History Museum
CROMWELL ROAD
VAUXHALL BRIDGE ROAD
4.
Tate B

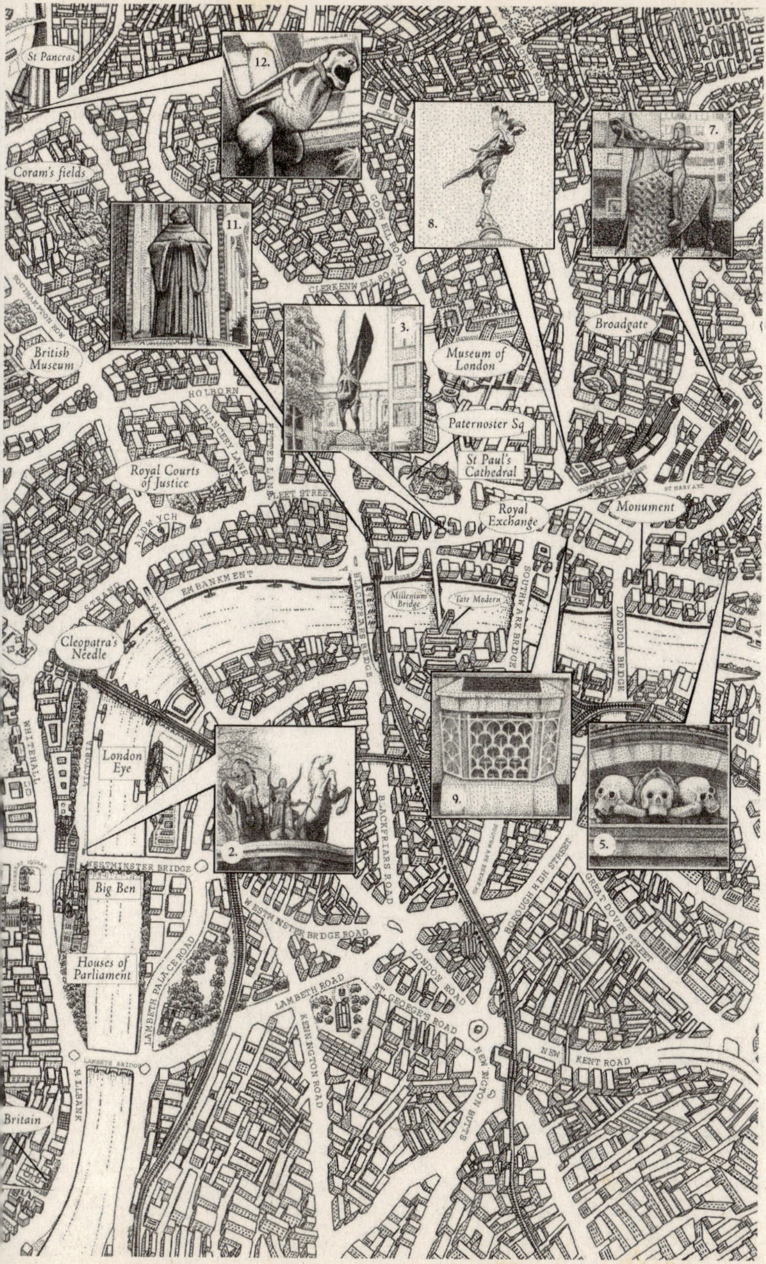
St Pancras
12.
Coram's fields
11.
British Museum
3.
8.
7.
Broadgate
Museum of London
Paternoster Sq
St Paul's Cathedral
Royal Courts of Justice
Royal Exchange
Monument
Millenium Bridge
Tate Modern
Cleopatra's Needle
London Eye
2.
9.
5.
Big Ben
Houses of Parliament
Britain
GOSWELL ROAD
CLERKENWELL ROAD
HOLBORN
CHANCERY LANE
FETTER LANE
FLEET STREET
ALDWYCH
EMBANKMENT
STRAND
WATERLOO BRIDGE
BLACKFRIARS BRIDGE
SOUTHWARK BRIDGE
LONDON BRIDGE
WHITEHALL
VICTORIA
WESTMINSTER BRIDGE
BLACKFRIARS ROAD
BOROUGH HIGH STREET
GREAT DOVER STREET
WESTMINSTER BRIDGE ROAD
LONDON ROAD
LAMBETH PALACE ROAD
LAMBETH ROAD
ST. GEORGE'S ROAD
KENNINGTON ROAD
NEWINGTON BUTTS
NEW KENT ROAD
MILLBANK

MAIN DE FER

Charlie Fletcher

Stoneheart

MAIN DE FER

TOME 2

Traduit de l'anglais
par Laurence Kiefé

Pour Domenica, avec tout mon amour et ma gratitude. Sans elle, rien de tout cela ne serait possible ni aussi amusant.

« Aux sans-espoir les plaies ; les coups pour les plus forts,
Huile et baume aux cœurs las, meurtris par l'injustice.
Je te pardonne ton crime, je rachète ta chute,
Car le Fer, le Fer froid, est agent de justice. »

Cold Iron, Rudyard Kipling,
traduction Jean-Claude Amalric
(La Pléiade, 1996)

1

Les ténèbres profondes

Le Marcheur et l'Artilleur tombaient dans l'obscurité, précipités dans un abîme si profond que s'y était perdu jusqu'au souvenir de la lumière. Même sans rien distinguer de ce qui l'entourait, l'Artilleur savait qu'ils traversaient une succession de couches car, par éclairs, surgissaient des ténèbres encore plus insondables, clignotement en négatif qu'il sentait plus qu'il ne voyait.

Puis ils heurtèrent quelque chose de solide et cette abominable plongée dans le vide cessa brutalement.

Les genoux de l'Artilleur s'écrasèrent sur du gravier humide et, d'instinct, il tendit en avant sa main libre. Tout son bras fut ébranlé par un choc brutal contre une paroi invisible. Il en eut le souffle coupé. Il se sentait mal, plus mal qu'il ne l'avait jamais été, avec l'impression d'être livré tout entier à une poigne brutale qui lui arrachait le cœur et lui tordait les entrailles pour l'abandonner ensuite, pantelant.

Le gravier crissa lorsque le Marcheur se remit debout à côté de lui. Rassemblant ses dernières forces, l'Artilleur balaya l'obscurité d'une main, mais ses doigts se refermèrent sur les ténèbres.

Un gémissement de douleur lui échappa, et il s'obligea à refermer la bouche pour ne pas révéler son état. Pas question de donner au Marcheur ce plaisir.

La lumière jaillit alors.

La première chose qu'il vit, ce fut son casque métallique posé à l'envers, juste devant ses godillots cloutés. Puis son mollet droit dans une jambière qui évoquait celles des armures d'autrefois. Sur un vrai soldat, elle aurait été en cuir, mais, puisqu'il était une statue, elle était en bronze comme le reste de sa personne. Son mollet gauche, lui, était étroitement enveloppé dans des bandes molletières. Ses mains, avec leurs doigts épais et carrés étalés sur sa culotte d'uniforme, étaient posées sur ses cuisses.

Il ramassa son casque, se redressa, lissa le devant de sa tunique et rajusta sa cape. Ce n'était pas vraiment une cape, d'ailleurs, mais le tapis de sol d'une tente individuelle ; posé sur ses épaules, maintenu par un bout de corde passé dans deux œillets métalliques, il le protégeait des intempéries. Il coiffa son casque, droit dans ses bottes, vétéran de la Première Guerre mondiale usé par les batailles tel qu'il avait été sculpté.

Sa bouche, en dépit de toutes ses bonnes résolutions, s'ouvrit de nouveau sous l'effet de la stupéfaction.

Ils se trouvaient dans un vaste réservoir souterrain. L'Artilleur avait atterri sur un petit renfoncement couvert de gravillons. Cette plage minuscule descendait jusqu'à une étendue d'eau noire qui couvrait un carré d'environ dix mètres de côté. Les parois étaient constituées de blocs de pierre irréguliers encrassés par le temps et marqués d'un bourrelet d'algues peu ragoûtant, limite sans doute de la marée haute. Des gouttes tombant du plafond de pierre formaient des cercles concentriques.

Mais ce n'était pas la claustrophobie terrible que dégageait cette citerne sans issue, avec sa plage caillouteuse en demi-lune, qui avait laissé l'Artilleur bouche bée.

C'était la lumière.

Elle jaillissait de morceaux de verre soigneusement disposés sur chaque paroi pour créer quatre silhouettes de châteaux. Au centre de l'espace, un disque de métal de la taille d'une assiette tournait mollement au bout d'une chaîne, faisant lentement rebondir la lumière autour de la salle.

— Qu'est-ce que c'est que ça ?

La question, posée d'une voix croassante, lui échappa avant qu'il n'ait eu le temps de la retenir. Il entendit un reniflement méprisant et fixa la silhouette décharnée enfoncée dans l'eau jusqu'aux genoux au bout de la petite plage. Le Marcheur portait un long pardessus de tweed vert et, en dessous, un sweatshirt à capuche. Il rejeta la capuche en arrière et passa ses doigts dans ses longs cheveux grisonnants attachés en queue de rat. Il portait une calotte sur le haut du crâne et un bouc encadrait sa bouche entrouverte, tordue dans un rictus permanent. Il tenait deux petits miroirs ronds qu'il accrocha ensemble avant de les glisser dans la poche de son manteau. Puis il se pencha pour saisir un grand poignard posé sur les cailloux. Ses lèvres s'étirèrent en un sourire amer tandis qu'il agitait la lame brillante dans tous les sens.

— C'est un rêve à quatre châteaux, expliqua-t-il en montrant les silhouettes des tourelles. Une de mes visions, qui date de fort longtemps, de l'époque où j'étais un homme libre. Et, cette vision, je l'ai fait passer dans la réalité. N'essayez surtout pas de comprendre, ce n'est pas pour vous.

Il brandit la lame à bout de bras pour renvoyer des éclats de lumière autour de la salle, révélant ainsi les limites du réservoir.

— Jusqu'à ce que j'y débarque, c'était un espace vide qui ne renfermait que ténèbres. À présent, c'est un lieu de puissance. Ma puissance.

L'Artilleur se sentait alourdi et même écrasé par le poids de la terre qu'il savait au-dessus de lui. Il était aussi égaré que s'il avait été aspiré dans les entrailles du monde et coincé sous une montagne. Mais il aurait préféré mourir plutôt que de laisser le Marcheur se réjouir de sa détresse.

— Où sommes-nous ? C'est quoi, cet endroit ?

Le Marcheur effectua lentement un tour complet sur lui-même, envoyant des traits de lumière sur les parois suintantes de la salle.

— Nous sommes au-dessous de Londres. Une ville dont vous n'aurez bientôt plus que des souvenirs.

L'Artilleur lui aurait volontiers allongé un coup de poing, mais le malaise qu'il ressentait avait sapé toute son énergie et rester debout mobilisait déjà toutes ses forces. En outre, il lui fallait absolument comprendre la situation. Il se retrouvait dans un endroit inconnu, en proie à des sensations parfaitement nouvelles ; il serait toujours temps de terrasser le Marcheur plus tard, quand ce serait plus pratique. Cependant, il soupçonnait déjà que quelques coups de poing ne suffiraient pas pour échapper ni même simplement survivre à tous ces événements.

— Parle plus clairement.

— Tu restes ici, répondit le Marcheur en passant soudain au tutoiement. Pour l'éternité, peut-être. Profite de la lumière. Elle s'en ira en même temps que moi.

Le Marcheur dévisageait l'Artilleur avec un certain plaisir.

— Tu sens ça à l'intérieur de toi, hein ? reprit-il. Le vide, l'angoisse qui monte, tes forces qui s'échappent, l'impression de ne plus pouvoir te contrôler ?

L'Artilleur s'obligea à se redresser.

— Te fais pas de bile pour moi, mon pote. Je suis en pleine forme !

— Je crains bien que non. Tu as rompu un serment que tu m'avais fait. Sur la tête de ton créateur. Tu es obligé de m'obéir.

— Pas question, répliqua l'Artilleur laconiquement.

— Oh mais si ! Tu es un homme orgueilleux. Je ne t'offenserai pas en te traitant comme un larbin. Après tout, la seule chose que je te demande, c'est de mourir. Tout ce que j'ai à faire pour atteindre ce bel objectif, c'est t'empêcher de trouver le chemin de la sortie, et je m'y emploie. Je t'ordonne de ne chercher ni la lumière ni l'air frais. Facile, non ? Un ordre, et te voilà soumis. Minuit va sonner, ton socle sera vide et ce qui vit en toi mourra ; tu seras bon pour la casse.

Les yeux du Marcheur étincelaient d'une méchanceté longuement nourrie.

— Tu contrôles toujours la situation ? ajouta-t-il.

L'Artilleur tenta de lever les bras pour montrer au Marcheur qu'il se trompait. Mais ceux-ci refusèrent de lui obéir. Il secoua la tête, exaspéré.

— Je crois bien que je vais te choper et te fourrer tes miroirs là où je pense ! s'exclama-t-il.

Il voulut s'élancer, mais il était beaucoup trop lent et le Marcheur l'esquiva d'un pas de côté. L'Artilleur recula en vacillant, affolé de se voir si faible ; en tendant la main derrière lui pour éviter de s'écrouler, il délogea un des morceaux de verre brillants.

Celui-ci tomba à ses pieds et il examina sa surface opaque, ses bords polis par la mer. Sa mémoire se réveilla – Edie en avait un identique. Un autre souvenir remonta aussitôt : la première fois qu'il l'avait vue sourire. On aurait dit un rayon de soleil illuminant brusquement son visage simplement parce qu'il l'avait appelée gentiment par son prénom. Comprendre cela l'avait rendu férocement protecteur à l'égard de cette étrange fille en apparence insensible. Cet élan tout paternel vint se heurter de plein fouet à cette prise de conscience qui envahissait lentement son esprit comme une marée noire, le laissant en proie à un profond malaise.

— Ce sont des pierres de cœur, déclara-t-il en se penchant pour ramasser le bout de verre entre le pouce et l'index.

Il releva la tête en entendant le ricanement sans gaieté du Marcheur.

— Qu'est-ce que tu as fabriqué, Marcheur ?

La question lui avait échappé et il eut du mal à reconnaître sa propre voix, rauque et horrifiée.

La silhouette décharnée qui le dominait conserva la même expression de loup affamé.

— Les fulgurances, Marcheur. Nom de Dieu, qu'est-ce que tu leur as fait subir ?

2

Pierres et bâtons

Edie et George s'éloignèrent en hâte de Cannon Street, heureux de laisser la Pierre de Londres derrière eux. Ils étaient tous deux en état de choc. Les pieds en compote, ils gardaient les yeux fixés sur le pavé ; ils étaient aussi indifférents au ciel plombé de nuages noirs qu'à ce qui se passait au-dessus de leur tête.

Ce qui était bien dommage. Parce que eux ne passaient pas du tout inaperçus.

Sur le toit, la gargouille de pierre n'avait pas besoin de lever la tête pour voir les nuées menaçantes. Elle sentit la pluie avant même que la première goutte tombe. C'était pour elle une prémonition qui soudain la démangeait au milieu du dos, pile entre les écailles de ses omoplates, à un endroit qu'elle aurait été bien incapable de gratter même si elle avait eu des bras comme tout le monde à la place des serres et des ailes dont son sculpteur l'avait gratifiée. Prévoir l'arrivée imminente de la pluie faisait partie de ses tâches obligatoires : recracher l'eau sur le toit de la gare de St Pancras, à deux kilomètres au nord. Mais elle n'était pas sur son toit. Elle s'était cachée pour observer les événements.

Elle se cachait parce qu'elle découvrait une sensation nouvelle et dangereuse : la curiosité. Dénudant ses crocs féroces, elle tendit la tête par-dessus la gouttière pour inspecter la rue. Pour la première fois de son existence, elle avait quelque chose de plus important à faire que réagir à la pluie.

Les deux adolescents qui avançaient à grands pas sur le trottoir, remontant vers l'ouest, l'intéressaient au plus haut point. Perchée sur le parapet, immobile, ses ailes de chauve-souris repliées, ses tendons de pierre frémissants, elle était prête à fondre sur ses proies.

À première vue, George et Edie ressemblaient à n'importe quels gamins fatigués après une journée de cours, impatients de retrouver un foyer sécurisant où les attendaient du thé chaud et une soirée tranquille.

Mais, à y regarder de plus près, il devenait évident que l'histoire de ces enfants-là était différente. Tout leur corps en était d'ailleurs marqué.

George paraissait âgé d'environ treize ans, avec des épaules qui s'étoffaient, un squelette qui s'allongeait, des muscles qui s'étiraient pour suivre le rythme brutal de sa croissance. Il avait une coiffure négligée et les cheveux juste assez longs pour s'escrimer inutilement à les coincer derrière son oreille. Sa veste, déchirée à l'épaule, était grise de poussière, comme si elle avait traîné sur un sol particulièrement sale. Son pantalon arraché laissait apparaître son genou blanc et sa pommette gauche était maculée de crasse. Cependant, la détermination tranquille qu'on lisait dans son regard contredisait cette allure débraillée.

Les yeux d'Edie, eux, exprimaient autre chose. Elle avançait tête baissée et une longue mèche couleur aubergine balayait son visage ; lorsque George parvenait à croiser son regard, il voyait bien qu'elle était perturbée et perdue dans ses pensées. Elle avait la peau tirée par l'épuisement et son teint paraissait blafard, comme si le sang s'en était retiré. Elle trébucha sur l'arête d'un trottoir et George la rattrapa au vol avant qu'elle ne s'étale.

— Edie ! Regarde où tu mets les pieds !

— As-tu déjà pensé que tu étais maudit ? demanda-t-elle brusquement en fixant George.

Il fallut une seconde à celui-ci pour comprendre le sens de sa question.

— Tu crois que tu es maudite ?

— Aucune sorcière ne m'a jeté de sort, évidemment, répliqua-t-elle d'un air irrité, et personne ne m'a transformée en grenouille ; mais c'est comme si, après avoir très mal agi, je ne méritais plus de vivre que des catastrophes.

George leva les yeux au ciel.

— Hum ! Comme... euh... briser une statue par erreur et se retrouver poursuivi pendant un jour et demi par un troupeau de gargouilles et autres Minotaures d'un bout à l'autre de Londres ? Ben... si.

Elle secoua la tête.

— Non, je ne voulais pas parler de ça non plus ; ça remonte à plus loin. Ça dure depuis toujours, quelque chose de fondamental qui t'a poussé à briser cette statue, qui a gâché tes chances pour l'éternité...

Un souvenir surgit dans la tête de George : il hurlait

quelque chose d'ignoble à son père. Il criait tellement fort que les larmes et la morve ruisselaient sur ses joues. Les yeux de son père se remplissaient de larmes. Il revit la porte qu'il lui avait claquée au nez. Il revit cette même porte s'ouvrir plus tard dans la soirée ; une femme et un policier venaient annoncer à sa mère qu'il y avait eu un accident de voiture et que plus jamais son père ne franchirait ce seuil, ni aucun autre.

— Non, répondit George.

La tête penchée, Edie vrilla son regard dur dans celui de George.

— Tu as donc eu une vie géniale, une vie idéale ?

À son tour, il secoua la tête.

— Edie. C'est vraiment pas le moment. Il faut qu'on établisse un plan. On doit sauver l'Artilleur. Si on ne le ramène pas sur son socle avant minuit…

— Je sais. Il est mort. Il ne bougera plus jamais. Je sais, George. Je ne suis pas idiote.

— Je n'ai pas dit que t…

— J'ai aussi envie que toi de le récupérer, tu sais, et pas seulement parce qu'il nous a sauvés et qu'on lui doit…

— N'empêche qu'on lui doit quelque chose ! l'interrompit George énergiquement.

— Je sais. Mais il y a plus important… Avec l'Artilleur, je me sens rassurée, ajouta-t-elle au bout d'un moment.

— Moi aussi.

Les premières grosses gouttes s'écrasèrent sur le trottoir. Rapidement, la pluie se mit à tomber si dru qu'elle rebondissait sur les pavés gras. D'instinct, George se réfugia sous l'auvent d'un café, tirant Edie derrière lui.

Sept étages plus haut, sur le toit, la gargouille grognait de frustration et se penchait pour ne pas les perdre de vue, mais tout ce qu'elle apercevait c'était l'auvent en plastique maculé de crottes de pigeon. Elle siffla de fureur et recula brusquement, cherchant un autre angle. Elle finit par distinguer les pieds d'Edie. Heureusement qu'ils n'étaient pas entrés à l'intérieur du bâtiment. Ça aurait été compliqué et elle était déjà dépassée par les événements.

— Qu'est-ce qu'on fait là ? s'enquit Edie.

— Il faut que je réfléchisse. Autant le faire à l'abri.

— D'accord. Mais tu as raison, le temps file. La nuit tombe déjà. Réfléchis vite.

Ils contemplaient le déluge et George s'efforçait de mettre ses idées en ordre. Il fallait d'abord vaincre la peur insensée qui le tenaillait, car il était persuadé que retrouver l'Artilleur – qui s'était évanoui dans les airs et qui donc, maintenant, pouvait être n'importe où dans cette immense ville ou même en dehors – était une tâche bien au-dessus de ses forces. Il ne maîtrisait pas suffisamment la situation pour élaborer un plan. Il se sentait partir en vrille et ressassait la question qu'Edie lui avait posée : avait-il l'impression d'être maudit ?

Un jeune père passa, portant son bébé dans un sac à dos équipé d'un auvent en plastique transparent ; le gamin tendait le bras à l'extérieur et riait en tapant son père sur la tête tandis que ce dernier lui chatouillait la cuisse. La pluie ne semblait pas les déranger.

George les regarda, puis il se rendit compte qu'Edie était en train de l'observer.

— Tu te souviens quand tu étais môme et que tu te

sentais toujours en sécurité quand ton père était là ? demanda-t-il.

Ce fut au tour d'Edie de secouer la tête.

— Pas vraiment, non.

Il prit une profonde inspiration. La seule façon de se débarrasser de la question qu'elle lui avait posée, c'était d'y répondre en toute sincérité. Alors peut-être, après, pourrait-il se concentrer sur le problème comment-sauver-l'Artilleur.

— Moi, si. Avant qu'il…

Il se rendit compte que ces mots-là allaient être durs à prononcer.

— Avant qu'il ne meure ?

— Non. Avant que je fiche tout en l'air. Entre lui et moi. Je lui ai dit des trucs.

— Tout le monde dit des trucs.

— Oui, mais tout le monde n'a pas un père qui meurt sans laisser le temps à son enfant de dire qu'il ne pensait pas ce qu'il disait.

Il était étonné. Cette phrase n'avait pas été aussi difficile à prononcer qu'il le craignait.

La pluie continuait à tomber. Edie gâcha ce bon moment en reniflant d'un air moqueur.

— C'est ça, la chose abooooominable que tu as faite ? C'est pour ça que tu te crois maudit ?

Ce ton ne fut guère du goût de George.

— Quoi ?

— Tu as simplement dit un truc méchant. C'est rien du tout.

Décidément, elle devenait déplaisante.

— Eh bien, pour moi, ce n'est pas rien du tout.

— Eh bien, l'imita-t-elle. C'est du pipi de chat.

Il détestait cette façon de parler. Surtout cette expression « pipi de chat ». Lorsqu'on révèle quelque chose d'intime, on n'a pas envie d'être tourné en dérision. Il se drapa dans sa dignité.

— Oh, j'imagine que ton secret hypersecret est infiniment plus grave, c'est ça ?

— Oui.

— Génial.

Pas question de lui offrir la satisfaction de lui poser la question. Il fallait toujours qu'elle ait le dernier mot. Elle pouvait toujours courir : il ne lui demanderait rien.

— Des pierres et des bâtons, dit-elle soudain.

Comme ça n'avait aucun sens, il faillit presque dire « quoi ? » ; puis il se souvint qu'il ne voulait pas lui faire plaisir, alors qu'elle s'était moquée de lui en affirmant que son gros secret à elle était plus grave et plus important que le sien.

Elle le regardait avec des yeux aussi brillants que le pavé luisant de pluie derrière elle.

— Entre mon père et moi, ce n'étaient pas seulement des mots.

George comprit brusquement qu'elle allait lui raconter pourquoi elle se sentait maudite ; l'histoire serait dure, mais elle avait besoin de la raconter.

— Comment ça ? l'interrogea-t-il donc.

— Je l'ai tué, répondit-elle.

3

L'oiseau noir

Quelque chose ne tournait pas rond. Le Corbeau le sentait dans ses plumes tandis qu'il survolait Regent's Park. Il baissa la tête et aperçut son reflet dans une mare.

Se voir comme le voyaient les autres lui fit momentanément oublier son malaise. Une vision impressionnante, remarqua-t-il avec une satisfaction sinistre – cette forme ailée, géométrique, qui se découpait vigoureusement sur un fond de nuages chaotiques. Au temps jadis, les gens auraient levé le nez de leur feu ou de leur charrue, frissonnant devant cette trouée noire en forme d'oiseau qui déchirait le ciel et projetait sur leurs existences une ombre funeste. Ils auraient été persuadés qu'il s'agissait d'un présage, et pas d'un bon. Non pas que le Corbeau s'intéressât beaucoup à ce que pensaient les humains. Eu égard à sa propre perception du temps, la plupart étaient à peine nés qu'ils étaient déjà morts et oubliés.

Il continua à voler. Il était mal à l'aise parce qu'il ignorait où se trouvait le Marcheur. Or, le Marcheur exerçait une attirance magnétique sur l'oiseau éternel, qui avait passé les quatre cents dernières années sous son contrôle.

Il survola la masse anguleuse de la British Library, ralentissant pour planer au-dessus du parvis où le motif de briques blanc et rose était cassé par une déclivité circulaire. Le Corbeau avait espéré que le Marcheur serait là, mais il s'était trompé.

Il cherchait son maître, mais surtout les enfants à la poursuite desquels celui-ci l'avait envoyé. Si le Corbeau avait une mémoire exceptionnelle, il n'avait que deux yeux. Et il avait besoin d'aide.

Il s'envola vers Tavistock Square et ses rangées d'arbres. Au milieu, une statue représentait un homme émacié, à moitié nu et assis en tailleur ; un petit autel aménagé dans le socle contenait deux canettes de bière écrasées et un vase rempli de soucis éclatants. Les genoux de la statue étaient couverts de fleurs, certaines toutes fraîches, d'autres en pleine décomposition. En face, sur un des bancs, était installé un clochard dont les pieds étaient enveloppés dans des sacs plastique ; un écheveau de dreadlocks pendait dans son dos comme un blaireau mort. Il se pencha en arrière pour liquider une canette de bière, fixant le ciel de ses yeux noyés d'alcool.

Il vérifia qu'il avait bien avalé la dernière goutte, puis il rota et se carra confortablement sur le banc, en s'enfonçant dans sa parka tellement graisseuse qu'on l'aurait dite trempée d'huile de moteur.

Le Corbeau vint se poser sur le dossier du banc. Il attendit que l'homme ait conclu une pénible quinte de toux par un crachat verdâtre qui atterrit pile entre ses pieds emplastiqués.

Il lui sauta alors sur l'épaule, dans laquelle il enfonça ses griffes. Le clochard se raidit sans manifester la moindre surprise. Il se mit à parler d'une voix de basse profonde et épaisse.

— C'est quoi donc que tu veux, l'oiseau ? Quoi donc que tu veux de Tallyman ?

L'oiseau se rapprocha encore de l'oreille de l'homme. Celui-ci commença à vibrer de façon imperceptible. Il ferma les yeux et se mordit la lèvre inférieure, la faisant disparaître derrière ses dents comme un enfant qui s'efforce d'être attentif. Apparemment, il se concentrait sur les jacasseries décousues du Corbeau. Il hocha lentement la tête.

— On va voir à voir.

Il ouvrit les yeux et se leva brusquement ; il envoya sa canette vide rejoindre ses copines dans la petite niche creusée sous la statue de l'homme assis en tailleur.

Le Corbeau s'envola et resta là à observer la situation. Le clochard tremblait toujours, mais son regard avait changé. Ses yeux pâles délavés par l'alcool étaient maintenant d'un noir d'encre aussi profond que celui des yeux du Corbeau.

D'ailleurs, c'était exactement ce qu'ils étaient devenus, des yeux de Corbeau.

D'un bout à l'autre de Londres, sous les ponts et sur les bancs des parcs, dans les ruelles sombres et les hôtels qui sentaient la vieille soupe et le désinfectant, des yeux chassieux et injectés de sang, rendus troubles par l'alcool ou simplement le désespoir, changèrent en un instant. Des hommes qui s'étaient endormis dans des portes cochères en fermant des prunelles ordinaires se réveillèrent avec des yeux de Corbeau et avancèrent dans la rue, inspectant les alentours. Des femmes esseulées qui traînaient des pieds sous le poids d'une vie entassée dans quelques vieux sacs plastique cessèrent d'éviter le regard des autres et redressèrent la tête pour mieux observer le paysage.

Le Corbeau avait parlé et, dans toute la ville, les yeux du Tallyman s'étaient ouverts.

4

Un sourire au couteau

Edie contemplait l'averse à l'abri de l'auvent ; les bras croisés pour lutter contre le froid, elle avait un visage indéchiffrable. George était encore en train de digérer ce qu'elle venait de lui annoncer.

— Tu as tué ton père ?

— Enfin, oui… mais non, pas vraiment.

— Edie, ce n'est vraiment pas drôle ! s'exclama-t-il, l'air indigné.

— Non. Je veux dire que ce n'était pas vraiment mon père. Mon vrai père. Plutôt mon beau-père.

— Oh, dit George, un peu calmé.

— Mais je l'ai bel et bien tué.

George hocha lentement la tête. Entretenir des relations avec Edie, c'était parfois épuisant… en plus d'être perturbant et troublant.

— Bon.

— Non, ce n'était pas bon.

Une cascade qui dégringolait d'une gouttière brisée changea brusquement de direction, et ils se retrouvèrent aspergés. L'auvent n'était pas un abri très efficace. Il concentrait la pluie sur eux plutôt que de les en protéger. Elle resserra son manteau autour d'elle et s'enfonça dans la ruelle voisine. Comme George essayait de s'habituer au fait qu'elle était une meurtrière, il lui fallut deux secondes pour se rendre compte qu'elle était partie et la suivre.

La ruelle était vide.

— Edie ! cria-t-il, brusquement affolé.

C'était une voie sans issue, dans laquelle il n'y avait qu'une voiture japonaise cabossée garée près d'une benne.

— EDIE !

Il courut au fond de l'impasse, vérifiant la voiture au passage, cherchant une autre sortie. Il se refusait à croire que ça recommençait.

— Ça n'aurait jamais dû arriver, dit une petite voix à hauteur de son genou. Je lui ai seulement donné un coup.

Il baissa les yeux. Edie, recroquevillée dans l'angle de la benne bâchée, le regardait. Elle se poussa pour lui faire de la place.

Infiniment soulagé, il vint s'installer contre elle. Une fois de plus, il lui était impossible de croiser son regard parce qu'elle contemplait fixement quelque chose au bout de la ruelle, au-delà de la chaussée trempée sur laquelle défilait un flot de voitures.

— Ne recommence jamais ça.

Elle ne réagit pas ; peut-être même ne l'avait-elle pas entendu, tant elle était plongée dans ses pensées.

— Je l'ai simplement frappé. Je savais pas comment l'arrêter. Tu comprends, il me poursuivait avec un couteau. On était sur une plage. Je l'ai frappé. Je ne voulais pas le tuer. Je l'ai seulement frappé.

— Tu l'as tué rien qu'en le frappant ?

— J'avais une grosse pierre dans la main. Il…

Elle replia les jambes et posa son menton sur ses genoux. George attendit qu'elle continue.

Elle enfonça son menton plus profondément, comme pour se punir d'avoir eu la voix qui flanchait.

— … c'était un alcoolo, toujours soûl. Quand les pubs étaient fermés, il allait pêcher. C'était ce qu'il disait, mais en réalité il allait dans la cabane qu'il avait sur cette plage pour picoler, à en croire ma mère. Plus tard, quand ma mère est partie, quand on l'a enlevée et qu'elle n'est plus jamais revenue, quand il n'est plus resté que lui et moi, il m'a emmenée sur la plage. C'était la première fois que je voyais sa cabane. C'était pas terrible. Il y en avait une demi-douzaine du même genre, construites les unes à côté des autres dans la falaise. Je m'étais toujours imaginé que c'était en bois, genre baraque sympa, mais c'était plutôt des bunkers en béton. Quand il a ouvert la sienne, j'ai regardé à l'intérieur et j'ai vu quelque chose qui m'a fait comprendre que j'étais dans un endroit dangereux et…

Elle enfonça encore plus profondément son menton dans ses genoux, crispant les mâchoires pour ne pas laisser échapper son secret.

— Qu'est-ce que tu as vu, Edie ?

Elle secoua la tête en soupirant.

— C'est pas grave. De toute façon, c'était quelque chose qui n'était pas vraiment là. Quelque chose qui avait été là. Autrefois. En touchant le mur, je l'ai vu, alors j'ai compris que sous aucun prétexte je ne devais entrer là-dedans et je me suis enfuie.

Il pensa à ce don qu'elle avait : il lui suffisait de toucher la pierre et le métal pour revivre tous les souvenirs douloureux déposés là au fil du temps.

— Il y a eu fulgurance ? Tu as vu le passé ?

— Oui.

Elle ne dirait pas ce qu'elle avait vu. Elle s'était promis de ne jamais parler à quiconque de ce qui avait fulguré dans cette baraque sur la plage.

Elle se tourna donc vers George et lui raconta la suite de l'histoire : elle s'était enfuie en courant et, lorsque son beau-père l'avait rattrapée en lui demandant ce qui se passait, elle l'avait frappé en pleine figure avant de filer sur la plage.

Elle lui raconta comment elle s'était épuisée à courir sur les galets, comment il l'avait suivie tranquillement en escaladant les brise-lames qui divisaient la plage déserte, le sourire qu'il affichait bizarrement contredit par le couteau ouvert qu'il brandissait.

Elle raconta à George comment elle avait grimpé en haut d'un dernier tas de cailloux pour se retrouver bloquée devant un gouffre ; de l'autre côté, il y avait une palissade de bois prévue pour retenir les cailloux en cas de fortes tempêtes.

Elle expliqua ensuite le pire moment, quand il l'avait rattrapée au bord de cet abîme. Elle ne répéta pas ce qu'il lui avait dit ni à quel point son sourire était forcé. Elle lui parla du couteau, comment elle avait senti la surface lisse du caillou sous sa main et comment, lorsqu'il s'était jeté sur elle, elle l'avait frappé.

Il était tombé comme un arbre, avait roulé au fond du gouffre en provoquant une avalanche de pierres qui glissaient dans son sillage. Quand tout s'était immobilisé, il était plus qu'à moitié dissimulé par les galets. Elle ne savait plus ce qu'elle devait faire. Elle avait contemplé la grosse pierre qu'elle tenait encore et, en voyant qu'elle brillait d'un éclat humide, elle l'avait balancée dans le trou.

Ensuite, elle était retournée en ville, elle avait pris un train et débarqué à Londres.

George hocha lentement la tête. Il absorbait ce qu'elle voulait bien lui dire tout en acceptant de ne poser aucune question sur ce qu'elle avait décidé de taire.

— Alors, c'était un accident ? articula-t-il.

— Non, répondit-elle sans ambages.

Les portes se refermèrent dans ses yeux, emprisonnant le lourd fardeau qu'elle trimballait.

— Écoute, Edie…

— As-tu pensé à l'endroit où nous allons ?

La question surgit devant lui comme un barrage routier. Il lui fallut un petit moment pour écraser mentalement la pédale de frein et changer de vitesse.

— Je pensais que c'était la raison pour laquelle nous nous étions arrêtés, reprit-elle. Pour que tu réfléchisses.

Du coin de l'œil, il vit qu'elle l'observait. Il tourna la tête, mais elle fut plus rapide que lui. Il était quand même sûr qu'elle le regardait.

— Alors, c'est quoi, ton plan ?

— Rester en vie. Sauver l'Artilleur.

— Comment ?

— Aucune idée. Aller chercher de l'aide, c'est un bon début, non ?

Elle pensa à ces statues qu'ils avaient déjà sollicitées, à ces gens qui ne leur avaient pas donné de réponses claires, seulement des énigmes et des indices obscurs. N'empêche. Il avait raison. Ça les avait aidés, tant bien que mal. Mais il y avait un problème.

— Les Sphinges ou Dictionnaire, c'est impossible à cause des dragons de la City. Nous sommes du mauvais côté de la frontière, non ? Ils sont toujours aux aguets, prêts à te sauter dessus.

— On pourrait aller voir le moine, le Black Friar.

— Le Black Friar ? répéta-t-elle en le dévisageant. T'es fou ? Tu ne lui fais aucune confiance !

— C'est vrai. Disons que je ne lui fais pas entièrement confiance. Il nous a pourtant guidés jusqu'à la Pierre, non ? Il a bien emballé tout ça, il a mis beaucoup de fleurs autour, mais son info était bonne. Seulement…

— Seulement, il a un sourire un peu prononcé et il s'intéresse de trop près à ton fragment de dragon, c'est ça ?

Il soupesa la tête de dragon au creux de sa poche.

— Et le Marcheur, reprit-elle, lui aussi il crevait d'envie de mettre la main dessus.

Il hocha la tête, puis fit un signe de dénégation. Elle avait à la fois tort et raison. Il fallait qu'elle ait tort, sinon tout était fichu.

— Le moine est sans doute un malin, mais je ne le crois pas méchant. Pas comme le Marcheur. Il roule pour lui davantage que l'Artilleur ou Dictionnaire, tu vois. Je dirais qu'on peut lui proposer un marché.

— Un marché ? Qu'est-ce qu'on a à lui offrir ?

Il sortit le fragment de pierre de sa poche et l'examina.

Contrairement à ce qu'il avait cru, ce n'était pas vraiment un dragon. Trop de bec. Plutôt le genre griffon…

— Ça. Il le voulait. Je ne le lui ai pas donné parce que je voulais effectuer moi-même mes réparations, mais finalement j'ai pris une autre décision, non ? Alors, c'est une monnaie d'échange. Qu'en dis-tu ?

Quand on n'a pas de plan, face à la peur et au danger, la moindre avancée est réconfortante. Edie n'avait guère d'arguments à opposer à George.

— Allons-y pour le Black Friar, dit-elle.

Elle frissonnait toujours. Il ôta sa veste et la lui tendit.

— Tiens. Moi, j'ai chaud.

— Ça va, dit-elle en repoussant le vêtement.

— Edie. Tu grelottes. Enfile cette veste et allons-y. C'est pas en restant là à trembler comme des feuilles qu'on va sauver l'Artilleur.

Elle finit par céder et posa la veste sur ses épaules.

Puis elle s'immobilisa, le doigt tendu.

— George. Ta main.

— Ça va, ma main.

Il suivit son regard. La nausée le submergea.

— D'accord. Ça ne va pas du tout, répondit-il, la gorge serrée.

5

La mort des fulgurances

Il se passait quelque chose de très, très grave. L'Artilleur le sentait, comme si une chaleur glacée avait envahi l'espace souterrain.

— Les fulgurances, Marcheur ? Mais bon dieu, qu'est-ce que tu leur as fait subir ?

Sa voix résonna dans la salle saturée d'humidité. Dans le bref silence qui suivit, le seul bruit qu'on entendit fut celui du gravier qui crissait sous les semelles du Marcheur tandis qu'il arpentait la petite plage en demi-cercle. Un rictus cruel se dessinait sous sa barbe.

— Oh, j'ai fait plus et pire que ce que tu pourrais imaginer. Et, quand j'aurai ce garçon en mon pouvoir, j'en ferai encore davantage.

— Je ne parle pas du garçon, grommela l'Artilleur.

Il serait temps de penser à George plus tard. Pour l'instant, son attention se mobilisait sur les morceaux de verre brillants qui tapissaient les parois.

— Les fulgurances. Des femmes pleines de sagesse, des filles d'une intelligence supérieure. Tu les as pourchassées. Durant tous ces siècles. Nous pensions que l'espèce était en voie d'extinction – mais nous nous trompions, c'était toi. Tu les liquidais… C'était toi…

Devant l'énormité de cette révélation, les mots lui manquèrent. Comme si un immense puzzle se complétait brusquement avec une simplicité enfantine. Devant tant d'ignominie, sa voix devint rauque.

— C'est bien ça ? Sinon, comment te serais-tu procuré ces pierres de cœur ?

L'Artilleur brandit le bout de verre comme une accusation. Dans son manteau râpé, le Marcheur haussa les épaules d'un air irrité.

— Pierres de cœur ? Pfff ! Des babioles, oui. Quand un homme est condamné à arpenter le monde bien après la fin de ses jours, il lui faut une distraction. Moi, j'ai choisi de faire collection de… colifichets qui me faisaient plaisir.

Pendant le bref moment où le Marcheur s'interrompit pour trouver le mot adéquat, les pires craintes de l'Artilleur se trouvèrent confirmées et la colère l'embrasa.

— Tu les as tuées et tu leur as volé leurs pierres d'alarme pour te distraire, ordure !

Le Marcheur agita la main d'un air las.

— Tu exagères. Je ne les ai pas toutes tuées. Somme toute, c'est superflu. Ça a pu m'arriver, mais ce n'est pas du tout la règle et ce n'est en aucun cas mon objectif. De toute façon, sans leurs pierres de cœur, elles sont perdues. Elle se font ballotter au gré des courants. Elles ont le cerveau ramolli et, tout ce qu'elles savent faire, c'est radoter comme ces singes idiots qui croupissent dans leurs déjections et bavent dans leur tasse.

— Pourquoi, Marcheur ? répondit l'Artilleur en secouant la tête. Pourquoi faire une chose pareille ? Pourquoi la Pierre l'a-t-elle exigé ?

— La Pierre ? cracha le Marcheur. La Pierre n'a rien demandé. C'est mon idée. La Pierre m'a maudit ; je suis son esclave et je dois me plier à ses exigences. Mais je ne fais pas que lui obéir. J'étais un grand homme, des siècles avant qu'il ne soit question de toi – quand tu n'étais encore que du caillou au fond d'une mine que personne n'avait creusée –, et je retrouverai mes pouvoirs !

Sa voix s'enfla tandis que sa barbe se couvrait de postillons ; la mosaïque de verre brillait d'une lueur qui se reflétait sauvagement dans ses yeux.

Maîtrisant la vague de désespoir qui menaçait de le submerger, l'Artilleur tordit son visage en un sourire dédaigneux.

— Tes pouvoirs, mon cul ! répliqua-t-il. J'ai rencontré des gars avec la cervelle truffée d'éclats d'obus qui avaient plus de bon sens que toi… Si tu traînes encore tes guêtres par ici, c'est que tu es tombé du mauvais côté de la Pierre et que tu dois la servir.

Les yeux du Marcheur étincelèrent de colère.

— Et toi, qu'est-ce que tu es, mon cher ? Un morceau de bronze en forme d'humain qui a rompu sa promesse et qui est désormais condamné à mourir seul dans l'obscurité.

Il désigna de la main le verre incrusté dans les parois.

— Quand je suis là, ces verres d'alarme s'allument

parce qu'ils réagissent ainsi à l'approche d'un serviteur de la Pierre ou d'une tare. Dès que je serai parti…

Il agita les doigts comme un magicien.

— … abracadabra, fini la lumière.

— Attends, intervint l'Artilleur, consterné par le désespoir qui perçait dans sa voix. Ces gosses… tu ne vas pas…

— Oh, les enfants ? Le garçon qui a contrarié mes projets ? Ne t'inquiète pas pour lui. Je saurai bien le plier à mes quatre volontés.

— J'en doute. Tu as vu la manière dont il a choisi la Voie Ardue. Il a du cran, bien plus que je ne le croyais.

Le Marcheur renifla d'un air énervé.

— Il est têtu, Artilleur, c'est tout. Il est gangrené par l'impétuosité idiote de la jeunesse.

— Il a du cran, insista l'autre. Il ne savait peut-être pas exactement à quoi il s'engageait, mais il savait que ce ne serait pas une partie de rigolade. Et il l'a fait pour la petite. Il ne voulait pas l'abandonner, et c'est bien de sa part.

Une joie mauvaise illumina les yeux du Marcheur.

— Oui, comme tu dis, c'est bien de sa part, c'est bien de protéger la gamine, c'est bien de se soucier d'elle, mais surtout c'est bien de me montrer à quoi il tient ; parce que, quand on sait à quoi tient quelqu'un, alors on peut le lui prendre et, par la menace, on dispose d'un sacré levier. Avec un levier et le bon endroit où appuyer, on déplace des montagnes. Et moi, j'ai bien l'intention de déplacer des montagnes…

— Laisse les gosses tranquilles, Marcheur. Fiche-leur la paix.

— Désolé. Je ne peux pas te faire ce plaisir. S'il est

bien le créateur qu'il paraît être, j'ai une tâche pour ce garçon. Autrefois, il y a bien des années, j'avais deux miroirs de pierre noire, plus sombre que les ténèbres dans lesquelles tu vas agoniser quand je partirai.

Il attrapa dans sa poche deux petits miroirs ronds en argent ; il les sépara et en prit un dans chaque main.

— Comparés aux miroirs de pierre, ces miroirs de verre ne sont que des jouets d'enfant. Un voleur qui n'est qu'un tricheur m'en a dérobé un, effrayé de leur puissance quand on se servait des deux en même temps. Un miroir de pierre, un miroir taillé dans la bonne pierre, un seul, ça représente déjà du pouvoir. Mais les deux ensemble…

Ses yeux brillèrent avec autant d'intensité que les pierres de cœur sur les parois.

— Les deux ensemble ouvrent des portails derrière lesquels se cachent des puissances infiniment supérieures à celle de la Pierre. C'est ainsi que je me libérerai de mon esclavage. Le garçon le sculptera pour moi, la fille choisira la pierre.

— Non, Marcheur, le garçon et la fulgurance sont…

Le Marcheur l'interrompit d'un geste dédaigneux.

— Le garçon, ce créateur inabouti, et cette courageuse petite fulgurance ? Les chers petits. Les chers, chers petits… Drôle de mot, « cher ». Suivant la façon dont on l'épelle, on définit un objet d'amour ou on se projette dans un univers de viande, de violence, de possession… J'adore la violence… Mais tu sais quoi, l'Artilleur ? Tu sais ce que j'aime vraiment dans la violence ?

Son sourire s'élargit, humide et rouge.

— Le stade ultime, la mise à mort, répondit l'Artilleur avec un rire sans joie.

— Pas seulement, corrigea le Marcheur. Non, le moment juste avant, quand on a le choix entre tuer et ne pas tuer ; la proie le sait, elle aussi. C'est le meilleur moment. On a droit de vie et de mort sur l'autre. Parce que c'est ça, le véritable pouvoir…

Il leva une jambe et bondit sur un des miroirs qu'il tenait à la main. Il disparut, les lumières faiblirent et, avant que les ténèbres se referment, on vit encore les deux miroirs suspendus dans l'air, l'un en face de l'autre ; le dernier bruit que capta l'Artilleur, ce fut la voix du Marcheur qui n'était plus qu'un lointain murmure. Il lui sembla distinguer les mots suivants :

— Le plaisir de la chasse… Je sais comment l'attraper, la petite biche…

Le Marcheur était parti sur les traces d'Edie la fulgurance. L'Artilleur se sentit envahi par une peur insupportable.

6

La main dégradée

Edie, les yeux écarquillés d'horreur, regardait le bras de George. Celui-ci était d'une pâleur épouvantable et fixait sa main avec une intensité telle qu'il n'en cillait plus.

— Qu'est-ce qui se passe ? demanda doucement Edie.

Il n'en avait pas la moindre idée. La marque profonde infligée par le dragon se prolongeait par trois traits distincts qui se dessinaient lentement, trois veines sombres sur sa peau blanche qui s'enroulaient autour de son poignet comme des vrilles autour d'un buisson de ronces.

— C'est un empoisonnement du sang ? suggéra Edie.

Il se força à examiner sa main, même si tout en lui le poussait à détourner le regard.

— Non, dit-il la bouche sèche, c'est pire.

Les veines sinueuses avaient chacune une couleur et

une texture différentes. Elles étaient légèrement en relief, comme les défauts d'une pierre.

— George. Il faut aller aux urgences...

Il secoua la tête, se battant contre les vagues de nausée qui menaçaient de le submerger.

— Je ne crois pas que l'hôpital pourrait faire quelque chose pour moi.

Edie se pencha pour regarder de plus près le triple écheveau.

— Aucune n'est identique à l'autre.

— Oui... Elles ne sont pas moi. Elles ne font pas partie de mon corps.

En dépit de ses efforts, le dégoût dans sa voix était perceptible.

— Tu permets ?

Elle tendit la main avec précaution. Il détourna la tête. Il ne voulait plus rien voir.

— Celle-là est lisse. Comme du métal.

C'en était trop. Il avala sa salive avec difficulté.

— C'est du métal ! reprit-elle. Du bronze ou du cuivre, je crois !

Il repoussa la main d'Edie et s'obligea à suivre lui-même le tracé sinueux tacheté de bleu-vert juste à côté. C'était frais au toucher.

— Celle-là est moins lisse.

— On dirait du marbre.

La troisième était plus claire. Sous son doigt, il sentit le contact rugueux d'une pierre calcaire. Tandis que son pouce glissait le long de ce renflement, un morceau se détacha de la surface et resta collé à sa peau.

— D'accord, dit-il. Ça fout vraiment les jetons.

Les mâchoires serrées, il réussit à esquisser un sourire.

— Ça fait mal ?

Il plia le bras. Les veines de cuivre et de pierre suivirent le mouvement.

— Non. Mais, tu sais, quand on dit que quelque chose vous donne la chair de poule ?

Elle hocha la tête.

— Ça me donne la chair de poule, reprit-il en montrant son bras. Comme s'il y avait quelque chose à l'intérieur de moi qui n'était pas moi. Si je continue à y penser, ça va me rendre cinglé…

— Qu'est-ce qu'on va faire ? demanda-t-elle d'un air affolé.

Paradoxalement, la voir aussi inquiète le calma – une fois encore, il était prêt à tout pour gommer cette angoisse. Ce n'était pas un raisonnement logique, juste un élan auquel se raccrocher au milieu de la tourmente dans laquelle ils se débattaient.

— Je n'y ai pas réfléchi, répondit-il.

Il se leva. La pluie tombait moins dru. Il lui tendit la main pour qu'elle se lève, elle aussi. Comme il ne savait pas très bien quoi dire, il se cantonna à des lieux communs glanés au cinéma et à la télévision.

— Edie… Tout ira bien. On est ensemble. Je ne te quitterai pas. Que n'importe qui, n'importe quoi cherche à s'emparer de toi, et il devra d'abord me passer sur le corps.

Il était certain de ne pas être aussi convaincant que les acteurs qu'il s'efforçait de copier. Peut-être faut-il être adulte pour avoir l'air d'un macho crédible. Rejetant en arrière la mèche qui lui barrait le visage, Edie le dévisagea d'un air approbateur.

— Quoi ? Piétiner tes quarante-cinq kilos ?

Il lui rendit son sourire. Au moins, elle n'avait pas ri. Pas tout de suite. Il tordit les lèvres en une caricature de gros dur.

— Ouais. Mes quarante-cinq kilos ! Tant qu'on ne sera pas sortis de cette mouise, je te lâche pas d'une semelle. À chaque pas, je suis sur tes talons…

Il attendit qu'elle réagisse à la plaisanterie. Mais elle hocha lentement la tête.

— C'est…

Elle chercha le bon mot, puis leva les yeux vers lui et le regarda intensément.

— Ça fait du bien…

Cette soudaine confiance était tellement inattendue qu'il eut aussitôt envie de fuir.

— Alors on y va. On va voir le Black Friar.

Réconfortée par l'assurance de George, rassurée de le savoir derrière elle, elle se releva et avança sous la pluie.

— Le pub, c'est par là !

Comme elle marchait devant George, Edie ne vit pas la gargouille se jeter tête la première d'une gouttière surplombant la ruelle : elle se laissa tomber comme la demi-tonne de pierre qu'elle était, et ses ailes de chauve-souris s'ouvrirent au dernier moment. Elle reprit de l'altitude après avoir crocheté une patte griffue entre les deux omoplates de George tandis que l'autre le saisissait par une cheville qu'elle serrait comme dans un étau.

Et, parce qu'une demi-tonne de pierre mouillée tombée du ciel, ça assomme son homme, les cris de George ne parvinrent pas aux oreilles d'Edie. D'ailleurs, il ne cria pas. Il avait le souffle coupé. La gargouille, chargée de sa proie, remonta dans le ciel qui s'obscurcissait.

Quand Edie se retourna pour voir ce que George fabriquait, il n'y avait plus rien à voir. Plus de George, plus de visage amical se détachant du flot des passants trempés qui se hâtaient sur le trottoir. Plus personne pour surveiller ses arrières. Comme si on avait appuyé sur un interrupteur pour faire disparaître George purement et simplement.

Edie était seule.

7

L'Icare

On entendit un « pop » et, invisible aux yeux de ceux qui se pressaient sous la pluie battante, le Marcheur sortit de son miroir portable en plein Old Change Court. Quelques jeunes employés de bureau bavardaient gaiement, se dirigeant vers le pub pour boire un verre avant de prendre l'autobus. Il se glissa derrière eux et traversa la grande place à leur suite.

Sa présence invisible ralentit leur conversation, qui devint de moins en moins animée – jusqu'à s'éteindre dans un silence gêné. Il les laissa continuer leur chemin, mais ce projet de bière conviviale leur paraissait soudain beaucoup moins tentant sans qu'aucun puisse expliquer la raison d'un tel changement d'humeur.

Le Marcheur s'arrêta près d'un socle de bronze en forme de sablier ; au sommet était perchée une silhouette ailée déformée de façon grotesque. Les ailes tranchées maintenues par un harnais qu'on voyait sur son dos nu ressemblaient à un châtiment. Il avait la tête projetée en arrière, dans une position inconfortable, et le buste emprisonné dans un haut pectoral à claire-voie qui dissimulait son visage et lui coinçait les bras.

C'était un monument à l'agonie, pas à l'envol. Un monument gémissant.

Le Marcheur l'aborda de face, où la statue n'avait d'humain que ses jambes déformées sous le poids du douloureux appareillage.

— Icare. J'ai pensé que tu souhaiterais le savoir. Ton frère est mort.

L'Icare tressaillit et commença à s'agiter convulsivement. Des plaintes basses et étranglées s'échappèrent de la cage dans laquelle étaient enserrés son visage et son torse.

— Oui. Ton frère, le Minotaure. Le Minotaure sculpté par le même créateur que toi. Ton frère est mort.

L'Icare poussa un cri, un cri profondément humain, atroce, sauvage, bien qu'il soit étouffé, comme si la bouche cachée derrière l'appareillage était cousue serré.

— Oui. Il a eu une sale mort. Je n'ai rien pu faire pour l'empêcher.

Le cri changea de rythme, ponctué par des sanglots essoufflés à mesure que l'homme ou la créature absorbait les nouvelles.

— J'ai pensé que tu aimerais m'aider à retrouver ceux qui ont fait ça. Deux enfants. Ils me doivent quelque chose mais, si tu me les amènes, je te les donnerai quand j'en aurai fini avec eux. Tu as ma parole.

L'Icare poussa un cri encore plus profond – comme

si la couture qui scellait ses lèvres s'était déchirée sous la force de ses hurlements – puis, de façon pathétique, il descendit avec maladresse de son socle pour atterrir à moitié accroupi, ses moignons d'ailes s'agitant frénétiquement au-dessus de sa tête.

8

Aéroporté

Tout le monde a envie de voler. Qui n'a jamais contemplé un oiseau en train de planer sans penser : rien qu'une fois, je voudrais bien être à sa place ?

Mais personne ne souhaite voler comme George était en train de le faire.

La tête en bas et le dos arqué, il avait le souffle coupé par le coup violent qu'il avait pris entre les omoplates. Il haletait en silence, à la recherche d'une respiration qui refusait de revenir, tandis que le sol défilait sous lui.

Tout ce qu'il pouvait faire, c'était tendre une main désespérée vers la silhouette d'Edie qui diminuait sur le trottoir. Elle s'agitait, essayant de comprendre où il avait disparu. On aurait dit une feuille prise dans un tourbillon, regardant partout sauf là où il fallait, c'est-à-dire en haut.

Alors que des taches noires – provoquées par le manque d'oxygène – venaient altérer sa vision, il retrouva soudain son souffle et aspira une grande goulée d'air, à l'instant précis où la gargouille franchissait le toit d'un immeuble, dérobant Edie à sa vue.

— Edie !

Il cria à s'en déchirer la gorge, un nom effiloché qui s'arracha à lui comme meurt l'espoir, un nom qui se perdit dans le grand brouhaha de la ville.

Au-dessus de lui, la gargouille poussa un sifflement désapprobateur et resserra sa prise sur la jambe de George. En quelques coups d'ailes assourdissants, ils arrivèrent à la Tamise.

George examina l'eau au-dessous de lui ; en relevant la tête, il croisa le regard de la créature de pierre. Dans la microseconde où ils furent face à face, il reconnut la tête de chat hargneuse. Il en resta bouche bée d'étonnement.

— Le Tuyau ?

Aucun doute. C'était bien la gargouille qu'il avait surnommée le Tuyau, celle qui avait tenté de le tuer au monument ce matin – la gargouille que l'Artilleur avait réduite en mille morceaux. La tare définitivement morte.

— Mais tu es mort !

La gargouille siffla de nouveau ; George tourna la tête : la cheminée d'usine qui surplombait la Tate Modern se rapprochait à toute allure. Bien qu'il soit persuadé que le Tuyau avait bel et bien l'intention de le fracasser contre, il se contenta de regarder droit devant lui, sans même faire semblant de tendre les bras pour retarder l'inévitable. Mais, au dernier moment, le Tuyau prit un virage sur l'aile et planta une de ses serres dans le rebord de la cheminée, ce qui le freina brutalement.

George se retrouva pendu le nez contre la paroi de briques, le sang battant dans les tempes ; il respirait à grands traits en se demandant si son cœur allait jaillir de sa poitrine comme il paraissait si désireux de le faire.

9

La Reine Rouge

Le Black Friar, marchant résolument vers l'est, franchit l'extrémité du pont de Westminster au milieu d'un flot de piétons dont aucun, bien évidemment, ne pouvait le voir. D'ailleurs, s'ils l'avaient pu, leurs cervelles rationnelles auraient refusé de croire le témoignage de ces yeux irrationnels, ces yeux qui leur disaient qu'une statue se promenait dans la rue.

La Tamise était sur sa droite et la grande tour de Big Ben montait à l'assaut du ciel, le cadran illuminé de l'horloge brillant dans la nuit qui tombait.

En passant devant une statue équestre, il lui jeta un regard en biais. Une femme majestueuse vêtue d'une robe droite et d'une cape flottante, une petite couronne sur la tête, trônait sur un char, d'une main tenant une solide lance, de l'autre fouettant sans conviction deux impétueux chevaux.

Elle était entourée de ses deux filles et le groupe paraissait sur le point de bondir de son socle pour aller se promener dans Parliament Square.

Le moine leur adressa un signe de tête. À l'évidence, il n'avait nulle intention de s'arrêter. Mais la Reine se mit à parler.

— Friar !

Il se retourna ; son sourire poli ne dissimulait pas entièrement sa contrariété.

— Reine…

— Vous ne vous êtes pas incliné.

— En effet, répondit le moine, dont le sourire s'accentua.

— Vous ne vous inclinez jamais.

Il écarta les bras, du geste d'un homme qui n'a rien à cacher et pas le moindre souci au monde.

— Je suis l'ami de tous les hommes, l'égal de tous et le sujet de personne. Je le dis sans vouloir offenser quiconque.

Le front royal trahit une certaine irritation.

— Vous ne voulez offenser personne, mais pourtant vous le faites.

— Malgré moi. Je suis ainsi, c'est le sens de ma vocation.

— Les hommes de religion s'inclinent devant les rois.

Il souffla longuement, pour montrer à quel point la situation lui pesait.

— Pas ceux qui sont dignes de ce nom, chère dame. Du moins pas ceux que moi j'estime. Mais, quand je parlais de « vocation », je ne faisais pas référence à mon état de religieux. Je parlais de mon métier. Je tiens un pub. Eh bien, en tant que tenancier d'une taverne, parce que je suis un hôte, tous les hommes sont égaux à mes yeux.

— Et les femmes, corrigea-t-elle sèchement.

Une ombre de sourire passa rapidement sur le visage du moine.

— En ce qui me concerne, au pub, les femmes sont égales tant qu'elles restent à leur place, côté salle.

La Reine se hérissa et resserra sa prise sur la lance. Ses deux filles échangèrent un regard.

— Vous trouvez cela amusant ? Est-ce ainsi que vous prêchez, le gros moine ?

Le Black Friar haussa le sourcil et lissa sa soutane sur son ventre.

— Vous avez envie d'un sermon, madame ? Eh bien, parole, je pensais que c'était plutôt la guerre qui vous plaisait… Mais, à coup sûr, je peux trouver un texte adapté à vos désirs. Laissez-moi réfléchir. Oui, écoutez cela :

« Quand Adam bêchait et Ève filait, qui était alors le gentilhomme ? »

Elle le dévisagea comme si elle cherchait à comprendre où se cachait l'insulte. Elle finit par se débarrasser du problème d'un geste de la main.

— Paroles de prétentieux, incompréhensibles pour moi. Sans doute plus claires dans un débit de boissons.

— Moi, je vois qu'elles ne seraient pas compréhensibles dans un palais, où les reines s'imaginent meilleures que les gens ordinaires, répondit-il avec un sourire supérieur.

La lance trembla dans la main de la Reine.

— Vous faites exprès d'être insolent ! s'exclama-t-elle d'une voix enrouée de colère.

Le visage du moine se fendit d'un sourire débordant de bonne humeur, comme se fendrait une roue de fromage.

— Non, madame, je vous demande pardon, dit-il avec un petit rire. Je prends un plaisir enfantin à taquiner une dame aussi rousse, aussi intelligente et aussi impétueuse que vous car, comme le dit le bûcheron, rien ne s'embrase plus vite que le bois dont l'écorce est rouge.

Les filles poussèrent un cri étranglé en détournant le regard.

— Vous me prenez pour une rouquine, gros moine ?

— Certainement. Sinon, pourquoi vous surnommerait-on la Reine Rouge ?

La colère la submergea ; ses yeux lancèrent des éclairs et elle se mit à crier en le menaçant du bout de sa lance.

— Pas à cause de mes cheveux, pas à cause de mes cheveux ! Si on m'appelle la Rouge, c'est parce que j'ai attaqué cette ville pour venger le mal fait à mes filles... Quand mon armée et moi nous avons tourné le dos à ces ruines fumantes pour repartir chez nous, j'avais les bras rougis jusqu'aux coudes du sang de Londres et des insolents...

— Mère, intervint une de ses filles en lui prenant le bras pour tenter de la calmer.

L'autre attrapa l'autre bras et s'efforça d'endiguer son flot de paroles.

— Mère. La fulgurance...

La Reine reprit avec peine le contrôle d'elle-même. Les yeux du moine n'étaient que bonne humeur innocente, beaucoup trop innocente – il était enchanté de l'explosion qu'il avait provoquée.

— Oui, bien sûr, dit la Reine le plus calmement qu'elle put. La fulgurance. Une fulgurance, Friar. Hier soir, nous avons vu une fulgurance passer en courant. Avec un garçon.

Les sourcils du moine se haussèrent dans une expression de surprise entièrement démentie par l'indifférence de son visage.

— Oh… Et vous êtes sûre qu'il s'agissait d'une fulgurance ?

— Vous savez comme moi que nous les percevons aussi clairement qu'elles perçoivent ce que cachent les pierres. Elle était jeune. En pleine forme. Et courageuse. Mais elle courait. Nous voulons savoir ce qui lui est arrivé.

— Et pourquoi cela ? Pardonnez mon impertinence, mais en quoi êtes-vous concernée par les fulgurances ?

Elle frappa fermement le sol de l'extrémité de sa lance.

— Ce sont des filles résistantes et elles mènent une vie très dangereuse. Voilà des années que nous n'en avions plus vu.

— Vous vous êtes peut-être trompée, dit-il avec un haussement d'épaules.

— Certainement pas, Friar. Et je me dois de protéger n'importe quelle femme en danger.

— Et pourquoi, si je puis me permettre ?

Elle abattit encore plus brutalement sa lance, faisant sursauter ses filles.

— Parce que je le veux. Je l'ai TOUJOURS voulu !

Elle avait un regard de feu. Le moine avait raison : elle s'enflammait comme de l'amadou.

— Et pourquoi me poser cette question, madame ?

— Parce qu'elle courait le long du fleuve et que ce fleuve finit toujours par passer devant chez vous.

Il se frotta le visage d'une main, effaçant toute joie de ses traits. Il baissa de nouveau la tête, mais pas suffisamment pour qu'on puisse croire qu'il s'inclinait.

— Le fleuve passe devant bien des portes. Je n'ai vu personne. Bonsoir, mesdames.

Il fit un signe de tête et reprit son chemin.

La Reine le regarda s'éloigner. Elle inspira profondément à plusieurs reprises, puis se tourna vers ses filles.

— Il a menti. Il y a bien une fulgurance quelque part. Il faut nous mettre en route. Si ce que je sens au fond de mes entrailles est vrai, cette fille court un grand péril.

10

Edie toute seule

Il était là. Puis il avait disparu. C'était aussi simple, aussi atroce, aussi brutal que ça. Elle était sortie de la ruelle, elle avait fait quelques pas, regardé à droite et à gauche ; puis elle s'était retournée pour dire qu'ils feraient mieux de courir – et il n'y avait plus personne. C'était si soudain, si troublant que la cervelle d'Edie refusait d'y croire. Sa première réaction fut d'être agacée par ce George qui s'amusait à lui jouer des tours. Elle était épuisée, au bout du rouleau. Elle s'efforçait de ne pas montrer à quel point elle était prête à craquer, et lui il jouait à cache-cache.

— Arrête, George, dit-elle d'une voix tendue. Je ne suis pas d'humeur à…

Elle fut assaillie par une pensée très désagréable : peut-être se planquait-il parce qu'il avait vu une tare ou le Marcheur. Elle se retourna d'un bloc pour regarder de nouveau derrière elle. Rien. De l'autre côté de la rue, une vieille clocharde poussait un chariot bringuebalant rempli de sacs plastique et de journaux. Elle était trop loin pour qu'Edie remarque son regard entièrement noir braqué sur elle. Et ce qu'elle marmonnait était noyé dans les bruits de la circulation. Edie, ne voyant rien de menaçant, laissa échapper un grognement soulagé puis revint dans la ruelle.

— George !

Il n'était pas là. Elle vérifia derrière la benne et à côté de la voiture. Pas d'erreur. Il avait bel et bien disparu. La peur lui empoigna le ventre, remonta dans sa poitrine, et son cœur se mit à battre la chamade. Elle tourna sur elle-même à la recherche d'une cachette qui aurait pu lui échapper, le poing serré, prête à frapper George s'il sortait d'un bond en riant de sa plaisanterie. Mais rien ne lui avait échappé. Il n'était pas là.

Il n'y avait que la ville, la rue et la foule qui se hâtait sous la pluie. Un instant, elle crut l'entendre crier son nom de très loin, désespérément, mais, quand elle regarda dans cette direction, il n'y avait rien à voir. Elle avait été trahie par ses sens, tant elle avait envie d'entendre sa voix.

Elle sentit les liens qui la retenaient au monde se dénouer lentement, tandis que son esprit admettait enfin que George avait purement et simplement disparu. Elle pivota sur elle-même, son poing se desserra, le bouquet de phalanges blanchies et de nerfs crispés s'ouvrit, ses doigts s'attardèrent mollement dans l'air, traçant un cercle inerte, et elle se demanda si elle ne devenait pas folle…

Puis son pied heurta quelque chose. Elle baissa la tête. Ses genoux fléchirent et ses doigts gourds se replièrent pour ramasser l'objet qui l'avait fait trébucher.

Une chaussure. Une chaussure de George.

Éraflée et humide mais encore tiède, comme Edie s'en aperçut en passant la main à l'intérieur. Elle eut enfin une réaction normale en se rendant compte qu'elle tâtait la chaussure d'un garçon qui avait passé les dernières vingt-quatre heures à courir. Elle fronça le nez de dégoût en se permettant un petit sourire. Elle n'en serra pas moins la chaussure contre elle, réconfortée par cette preuve concrète de l'existence de George. Elle ne devenait pas folle, il avait été là, vraiment.

Trouver cette chaussure avait interrompu son mouvement de rotation et c'était tant mieux, parce qu'elle se rendait compte qu'elle avait perdu les pédales à tourbillonner comme ça.

Pas question de se laisser aller.

Histoire d'évacuer provisoirement ses inquiétudes, elle se frappa la paume avec le talon de la chaussure de George. La basket, dont les lacets traînaient, lui rappela par contraste les godillots sanglés de l'Artilleur et le claquement rassurant de ses semelles à clous. C'était réconfortant de penser à lui. D'instinct, elle sut ce qu'il dirait s'il était là, s'il pouvait entendre les doutes qui s'insinuaient dans son esprit.

Il s'en débarrasserait d'un revers de main. Elle n'avait qu'à en faire autant.

— D'accord. Maintenant, on passe à autre chose. Y a du boulot. On s'y met, marmonna-t-elle. La folie, on verra plus tard.

Évoquer l'Artilleur suffit à lui insuffler des forces nouvelles : elle sentait la présence du soldat à ses côtés, prêt à l'épauler. Elle prit la direction du fleuve, le dos droit et le regard assuré.

11

Suspendu à la Tate

George était pendu la tête en bas, le nez collé contre la cheminée de briques. Tout le sang que contenait son corps obéissait à la loi de la pesanteur. Son cœur battait à tout rompre en menant ce combat perdu d'avance où il tentait de pomper le sang accumulé dans la tête pour le faire circuler normalement. Ça cognait dans ses oreilles et ce bruit s'amplifiait sans cesse ; son crâne allait bientôt exploser sous la pression. Il ne s'était pas retrouvé dans pareille position depuis belle lurette. Un souvenir lui revint brusquement en mémoire : sa mère riait en essayant d'empêcher son père de le jeter en haut d'un tas de feuilles ; quel soulagement quand son père l'avait remis à l'endroit, quand ils s'étaient tous les trois écroulés sur les feuilles et quand ça s'était terminé en bataille rangée. Il devait avoir six ans, c'était la période de bonheur, quand sa mère riait de plaisir et non pour tenter de dissimuler la vérité. Sa mère, il avait l'impression de l'avoir connue dans une autre vie. Il se demanda si elle était revenue en Angleterre, si elle savait qu'il avait disparu. Sans doute. Quelque part dans la ville, elle devait être en train de le chercher. Certainement.

Il fallait absolument qu'il réfléchisse. Au moment même où des taches noires se mettaient à danser devant ses yeux, annonçant qu'il allait plonger dans les ténèbres, la patte griffue de la gargouille lui serra le cou – pas trop fort – et il se retrouva dans le bon sens, nez à nez avec la bête.

Celle-ci le transperça littéralement de ses yeux de pierre tandis que le sang de George reprenait son circuit normal et que sa vision redevenait claire. Son cœur battait toujours à tout rompre mais, dans ses oreilles, le grondement n'était déjà plus qu'un battement régulier.

Un sourcil félin se haussa en signe de questionnement. La gueule de pierre s'ouvrit pour laisser un mot franchir la barrière des grandes dents, avec la maladresse de quelqu'un qui tente de déloger une arête sans y mettre les doigts.

— Gack ? dit la bête.

Elle se tut, attendant une réponse. Comme rien ne vint, elle fit la grimace et recommença.

— Gowk ?

Que cette créature soit désireuse de communiquer, voilà qui était encore plus étrange que de se retrouver prisonnier, la tête en bas, au sommet d'une immense cheminée fouettée par le vent !

Quelque chose clochait. George le savait d'instinct.

— Pourquoi n'es-tu pas morte ? demanda-t-il d'une voix enrouée.

En fait, il souhaitait surtout savoir pourquoi lui n'était

pas mort, pourquoi la créature ne lui avait pas arraché tous les membres, pourquoi elle ne l'avait pas lâché pour qu'il s'écrase sur le sol.

La gargouille le regardait ; elle ne dit rien, mais George fut perturbé de la voir hausser les épaules. Quand quelque chose qui possède des ailes de sept mètres d'envergure hausse les épaules, ça fait un effet… d'enfer.

À en croire les règles sur les tares et les répliques que George avait apprises depuis qu'il était tombé dans cette tranche de non-Londres où les statues marchaient, parlaient, volaient et se battaient, le Tuyau aurait dû être mort, coincé sur son perchoir pour l'éternité. Il avait vu l'Artilleur le pulvériser avec ses dernières balles. Quand une tare se faisait descendre, elle était finie. En revanche, les répliques, comme l'Artilleur, résistaient beaucoup mieux à ces tentatives de destruction. Même si elles étaient gravement abîmées, tant qu'elles réussissaient à remonter sur leur socle avant minuit – l'heure que l'Artilleur appelait « la fin de la journée » – elles pouvaient renaître. Les tares manquaient de cet élan intérieur qui permettait aux répliques de ne pas se désagréger. Parce que, au fond, elles étaient vides. En fait de personnalité, elles n'étaient que méchanceté et jalousie.

Théoriquement, arpenter la ville et survoler les toits, ça aurait dû être terminé pour le Tuyau.

Sauf qu'il volait quand même. Il s'était emparé de George. Et il le regardait comme s'il attendait quelque chose. C'était à n'y rien comprendre. À moins que…

Il sursauta. Ce que voulait le Tuyau n'était pas compliqué. La même chose que le Marcheur. Il voulait la tête de dragon qui était dans sa poche.

Il se sentit brusquement plein d'allégresse : un instant

plus tôt, il n'avait plus aucun espoir, il était persuadé que la seule alternative était de mourir après une chute interminable ou lacéré par les serres du Tuyau. Désormais, il avait quelque chose à monnayer. Ça lui était égal d'offrir le fragment de statue à la gargouille s'il devait y gagner la vie, si cela lui donnait le temps de sauver l'Artilleur et de retrouver Edie.

— Écoute ! lâcha-t-il. Je sais ce que tu veux. Je l'ai. Ici. Pose-moi et je te le…

Sa main tâtonnante ne trouva rien là où aurait dû être la poche de sa veste.

Il avait eu l'intention de négocier avec le Tuyau : il menacerait de jeter la tête de dragon au fond du fleuve si la créature ne s'engageait pas à le redescendre entier. Mais ce que sa main avait découvert une seconde avant que le souvenir lui en revienne allait avoir des conséquences sans doute fatales : il avait donné sa veste à Edie lorsqu'il avait commencé à pleuvoir. La veste dans la poche de laquelle il avait mis la tête de dragon.

— Oh, répéta-t-il. Merde.

— Gerde ? dit le Tuyau en écho, la tête penchée.

— Absolument, répliqua George d'une voix abattue.

— Golument ?

— Oui. Golument.

L'hystérie le gagna. Forcément. Un grand raffut montait en lui comme une houle. Ce n'était ni un cri ni un hurlement. C'était un rire et, pourtant, il n'y avait rien de drôle dans tout cela.

Il pouffait sans pouvoir s'arrêter, même lorsque le Tuyau resserra sa prise pour décoller de la cheminée et filer vers le ciel. Il distingua vaguement la silhouette métallique, blanche et effilée, de la passerelle du Millennium tandis que la gargouille planait au-dessus du fleuve, se dirigeant vers le nord.

— Golument, répéta-t-il.

Il s'étouffa de rire, un reniflement somptueux lui échappa et, soudain, le vaste dôme blanc de St Paul surgit droit devant lui.

— Je suis guit…

12

Le taureau tueur

Le Marcheur surgit d'un bond d'un des petits miroirs qu'il tenait entre les mains et leva les yeux vers la colonnade de la Tate Britain. Il se retourna. Personne nulle part, si ce n'est des gens qui attendaient l'autobus de l'autre côté de la rue.

Il se dirigea vers le grand escalier gris qu'il monta quatre à quatre. Sa capuche était soigneusement rabattue sur la droite de son visage, une attitude furtive assez inhabituelle pour quelqu'un qui était, par la nature même de la malédiction dont il était accablé, si doué pour être invisible.

En fait, il venait rendre visite à une statue mais cherchait à en éviter une autre.

Celle qui l'intéressait était plantée à gauche de l'entrée, sur une petite saillie à côté de la double colonnade du portique. Celle à laquelle il voulait échapper se trouvait du côté opposé.

Dès qu'il eut tourné le coin, il se détendit et retrouva son arrogance habituelle.

Il examina le groupe qu'il était venu voir. Un groupe hybride, ni tout à fait tare ni tout à fait réplique. Un composé des deux – plus exactement, les deux hommes musclés ressemblant à des lutteurs grecs étaient des répliques qui se battaient contre une tare, un gigantesque taureau à l'air féroce sur le dos duquel était ligotée une femme nue.

Ce monument, loin d'évoquer la joie de vivre, témoignait plutôt de l'imagination des Grecs de l'Antiquité pour les moyens d'exécution.

Le Marcheur s'éclaircit la gorge.

— Je voudrais parler au taureau.

Pas de réaction. Le combat, tel qu'il avait été fixé pour l'éternité, resta figé dans les airs. Le Marcheur poussa un soupir.

— C'est le Minotaure.

L'œil du taureau pivota.

— Il a été tué.

Le taureau sursauta violemment et envoya les deux hommes valdinguer. La femme attachée sur son dos poussa un cri.

— Oui, dit le Marcheur avec indifférence. Oui. C'est pénible.

Le taureau ne bougeait pas, les naseaux fumant de colère tandis que la femme se débattait pour se libérer.

— Je me demandais si tu aimerais m'aider à punir les responsables.

La femme se mit à hurler mais le taureau, la tête rejetée en arrière, noya ses protestations dans un mugissement primal lancé à la face du ciel.

Le Marcheur sourit en voyant une silhouette sombre surgir de la nuit pour atterrir doucement sur son épaule.

— Ah. Te voilà.

Le Corbeau fit claquer son bec près de l'oreille du Marcheur. Celui-ci hocha la tête.

— Très bien. Pour les trouver, rien ne sera plus efficace que le Tallyman. Maintenant, viens. On doit aller vers l'est.

13

Le Tallyman

Sur le trottoir, Edie attendait que le feu passe au rouge. Elle était au bord d'un groupe de piétons impatients de continuer leur route vers la station Blackfriars. Chacun était plongé dans son univers, écoutant de la musique, discutant dans son téléphone portable ou simplement laissant son regard errer dans le vide, perdu dans son Londres personnel. Nul ne lui accordait la moindre attention.

— Une fulgurance. Léo de Puddleduck.

Elle distingua ces mots. Une voix d'homme épaisse, indifférente, atone et sans accent, comme celle d'une machine. Elle se retourna, sûre d'avoir mal compris, persuadée que la nervosité la poussait à imaginer n'importe quoi. Personne ne la regardait. Elle avait dû inventer. D'autant que ces paroles n'avaient aucun sens. « Léo de Puddleduck », c'était du charabia. Il s'agissait sans doute d'un fragment de conversation qu'elle avait capté de travers, et elle avait comblé les blancs par des bêtises semi-cohérentes.

« Puddleduck » était un mot de son enfance, pas un mot appartenant à ce Londres-là. Le souvenir lui revint brusquement – un véritable souvenir, pas la vision d'une fulgurance. Des dessins pâlis représentant un canard blanc vêtu d'un châle rose et d'un bonnet bleu[1], du même bleu que les boucles d'oreilles en verre mat que sa mère portait toujours, et du doigt de sa mère qui soulignait les mots sous les illustrations pour raconter l'histoire. C'était un souvenir heureux, donc perfide, à ne pas conserver trop longtemps en tête si elle ne voulait pas souffrir de façon insupportable.

Le feu changea de couleur, l'échantillon d'humanité bloqué sur le trottoir se remit en marche, chacun à son rythme, et le groupe se retrouva dissous.

Edie se dirigea vers le fleuve et vit alors la plaque sur laquelle était clairement indiqué le nom de la rue : Puddle Dock. Et, au moment où elle transformait Puddleduck en Puddle Dock, elle entendit de nouveau la voix flegmatique, très clairement.

— Une fulgurance. En haut de Puddle Dock. Se dirigeant vers le fleuve.

Cette fois, elle le vit et, tétanisée, crut aussitôt qu'il s'agissait du Marcheur ; tout aussi vite, elle fut envahie d'un grand soulagement en s'apercevant qu'elle se trompait. Ce n'était qu'un clochard vêtu d'un long manteau qui lui donnait une silhouette identique à celle du Marcheur. Là où le Marcheur portait une capuche, il arbo-

---

1. Allusion à Jemima Puddleduck, célèbre personnage de Beatrix Potter *(NdT)*.

rait une crinière emmêlée qui formait des dreadlocks hirsutes. Les yeux plissés, il soufflait comme un bœuf et sa bouche ouverte révélait des trous entre ses chicots noircis. Il l'observait comme s'il s'attendait à la voir réagir. Il tressaillit brusquement, puis haussa les épaules.

— Une fulgurance. En haut de Puddle Dock. Plantée au milieu de la rue…

Il avait toujours une voix indifférente, presque désincarnée. On aurait dit un homme zombifié à force d'immersion dans l'alcool. D'après Edie, il était totalement soûl.

Les autres piétons étaient partis. Il ne restait plus qu'eux, face à face au milieu de la rue.

Elle aurait dû s'enfuir, se dit-elle plus tard, mais les cinglés et les ivrognes ne lui avaient jamais fait peur. D'abord parce qu'elle se considérait tout au fond d'elle-même comme cinglée et ensuite parce qu'elle n'ignorait rien des différents niveaux de zombification que pouvaient connaître les ivrognes. En outre, non seulement elle n'avait pas peur du clochard, mais elle était intriguée par ce qu'il racontait. Elle fit deux pas vers lui en restant soigneusement hors de sa portée.

— Qu'est-ce que vous avez dit ?

— Une fulgurance. En haut de Puddle Dock. Plantée au milieu de la rue…

Il répétait exactement, sur le même ton, les trois phrases qu'il avait prononcées quelques instants auparavant.

— Pourquoi me traitez-vous de fulgurance ? demanda-t-elle, la bouche sèche, en s'efforçant d'anticiper la réponse.

— Parce que tu en es une, répliqua-t-il avec la même indifférence.

Ce manque d'intérêt était encore plus troublant que sa capacité à deviner ce qu'elle était. Elle projeta son menton en avant, bien décidée à ne pas montrer à quel point elle se sentait cernée.

— Qui êtes-vous ?

La langue humide du clochard enfla au milieu des chicots noirs qui lui emplissaient la bouche.

— Nous sommes le Tallyman.

— Vous êtes quoi ?

— Nous sommes le Tallyman.

De nouveau il avait répété sa phrase sur le même ton, sans vie. Comme un enregistrement. Comme un ordinateur.

— Nous ? répéta-t-elle en regardant autour d'elle.

Elle constata, soulagée, qu'il était seul. En revanche, la circulation s'intensifiait autour d'eux et deux conducteurs exaspérés par leur immobilité se mirent à klaxonner avec insistance.

— Vous dites « nous » ? Un nous de majesté, comme la Reine ?

— Nous sommes le Tallyman, répéta-t-il encore, sans la quitter des yeux.

Cette obstination imbécile était aussi pénible qu'énervante.

— Qu'est-ce que vous faites ? demanda-t-elle tandis qu'un camion passait bruyamment à sa droite.

— On vous compte.

— Vous me comptez ?

— On vous compte. Une fulgurance. En haut de Puddle Dock. Plantée au milieu de la rue…

— Pourquoi ? insista-t-elle, troublée. Pourquoi vous me comptez ?

Le camion se retrouva bloqué par la circulation derrière Edie. Le visage soudain dans l'ombre de sa remorque, le Tallyman cessa de plisser les yeux.

— Nous sommes le Tallyman.

Il serinait cette réponse monotone comme une évidence. Soudain, Edie eut l'impression d'avoir les pieds collés au bitume. Les yeux de l'homme. Ils n'avaient rien d'humain. Ils étaient intégralement noirs, pas un seul atome de blanc injecté de sang, des yeux aussi noirs, perçants et inhumains que ceux d'un corbeau. Saisie d'horreur, elle comprit que ce n'était pas seulement le clochard qui la contemplait. Elle s'arracha alors du sol et, se faufilant entre une voiture et un coursier furieux, fonça vers le fleuve.

Le Tallyman ne fit pas mine de la poursuivre. Il se contenta d'attendre une accalmie dans la circulation en répétant :

— Une fulgurance. Court dans Puddle Dock. Vers le fleuve.

14

L'Artilleur dans les ténèbres

« Le plaisir de la chasse… Je sais comment l'attraper, la petite biche… »

Les paroles du Marcheur flottèrent dans l'air humide et froid longtemps après qu'il eut disparu, laissant l'Artilleur seul dans l'obscurité. La certitude que le Marcheur était parti à la poursuite d'Edie le mettait au supplice. D'autant que toutes les pierres de cœur appartenant à d'autres fulgurances et exposées comme des trophées macabres sur les parois de la citerne ne laissaient planer aucun doute. À l'évidence, le Marcheur savait ce qu'il faisait. Chacun de ces cailloux roulés par la mer avait été le précieux trésor d'une femme ou d'une jeune fille, un trésor auquel nulle n'aurait renoncé sans un âpre combat. L'Artilleur se demanda combien avaient été arrachés à des doigts raidis par la mort.

Une idée qui le terrassa.

« D'accord, se dit-il. Pause cigarette. »

Tâtant le mur derrière lui, il se laissa glisser contre la pierre humide. Il fouilla sous sa cape goudronnée et sortit quelque chose d'une poche. Il craqua une allumette et alluma une cigarette dont l'extrémité rougit.

Il tint cette flamme à bout de bras pour ne pas gâcher un seul instant de lumière, tout en fumant avec avidité. Cette lueur vacillante lui suffit pour se repérer : il distingua le découpage en tourelles que formaient les fragments de verre et remarqua, au centre de la salle, un disque suspendu dans lequel se reflétait la flamme minuscule. Puis tout s'éteignit et il fut plongé dans le noir.

Il n'entendait que sa respiration, scandée par la cigarette. À chaque bouffée, le petit point rouge palpitait, comme le battement d'un cœur minuscule.

Il fit l'inventaire de ce qu'il ressentait et des choix qui s'offraient à lui. Parce qu'il avait brisé son serment pour tenter de sauver Edie, il avait perdu toute stabilité, il vacillait en permanence. Ce malaise ne pouvait qu'empirer. Il était déjà affaibli et il avait beaucoup de mal à réfléchir aussi clairement qu'à l'accoutumée. Ce qui l'inquiétait par-dessus tout, outre ce qui allait arriver à Edie et à George livrés à eux-mêmes, c'était ce qui se passerait à minuit sonnant.

Minuit, la fin d'une journée ; l'heure où les statues représentant des personnages réels – les répliques – devaient être de retour sur leur socle. C'était obligatoire, elles avaient été conçues ainsi. Un socle vide à la fin de la journée signifiait la mort. Même si la réplique finissait par réintégrer sa place, par ses propres moyens ou autrement, elle ne marchait plus jamais et n'était plus qu'un morceau de pierre ou de métal en forme d'humain. Déjà puni pour avoir brisé un serment fait à la Pierre et à la main qui l'avait créé, il supposait qu'à minuit, si ce n'était la fin, ce serait le début d'une éternité d'errance, comme le Marcheur, réduit en esclavage par les pouvoirs maléfiques emprisonnés dans la Pierre.

À moins que le Marcheur ne vienne le récupérer, ce qui semblait peu probable, il n'avait guère d'espoir de quitter cette prison souterraine avant minuit. Même s'il avait été au mieux de sa forme, il ignorait à quelle profondeur il se trouvait et ne pensait pas pouvoir se frayer un chemin jusqu'à la surface, d'autant qu'il n'avait même pas la force de lever les bras. Il était entre les mains du Marcheur. Il se demanda s'il allait revenir avant la fin de la journée, avant minuit, pour le liquider.

Il avait tant de mal à supporter sa prétention et son mépris qu'il préférait qu'il ne réapparaisse pas. Il eut alors une idée pour éviter de revoir la tête du Marcheur, une idée qui déboucha sur un plan.

« Remue-toi, espèce de ramollo », se dit-il en se hissant avec difficulté sur ses pieds.

Si les morceaux de verre se mettaient à briller pour prévenir de la présence d'une tare ou d'un serviteur de la Pierre, si c'était le moyen pervers grâce auquel le Marcheur éclairait son repaire souterrain, alors lui, l'Artilleur, pouvait tenter quelque chose. Et que cela implique de démonter l'œuvre soigneusement assemblée du Marcheur ne faisait qu'augmenter sa motivation.

Il détacha sa cape goudronnée et tâta la paroi derrière lui.

En tirant fort sur sa cigarette, il réussit à produire un reflet pâlot sur certains morceaux de verre. Il étendit soigneusement sa cape sur le sol et, ratissant large, détacha à deux mains les morceaux de verre pour les faire tomber sur la toile goudronnée.

— Abracadabra pour toi aussi, mon pote, marmonna-t-il avec une triste satisfaction.

Une fois le premier mur nettoyé, il replia la toile goudronnée, tourna à cent quatre-vingts degrés et pataugea dans l'eau. Il s'arrêta au milieu et, les mains levées, sonda l'air autour de lui. Il finit par attraper le disque au bout de sa chaîne et tira un bon coup : il y eut un bruit mat et la chaîne se rompit. L'Artilleur prit ses allumettes dans sa poche. Il en gratta une et, dans l'eau jusqu'aux hanches, examina le disque à la lueur de la petite flamme.

C'était un vieux plat en étain sur lequel on avait gravé une série de cercles concentriques avec des silhouettes de tourelles le long du bord, comme les repères d'une boussole. Une ligne partait en arc vers chaque repère ; elles formaient une croix à l'endroit où elles se recoupaient, reliées par une autre série de cercles évoquant le centre d'un écu à bosse. Il y avait des lettres tracées tout autour, mais l'Artilleur eut seulement le temps de déchiffrer *Le Roi et ses Princes*... et *Occidens* avant que l'allumette ne s'éteigne. Il rangea soigneusement le plat sous sa veste avant de se diriger vers le mur en face de lui.

— Roi mon œil, marmonna-t-il d'un ton méprisant. Tu n'auras plus besoin de tout ce baratin parce que, quand tu vas te ramener ici et qu'il n'y aura plus de lumière, moi je vais te couronner gratos.

Et, même s'il n'y avait personne pour le voir, il sourit en détachant un nouveau morceau de verre.

15

Paternoster

Tandis qu'Edie courait vers le fleuve, se dirigeant plein sud, George venait de le retraverser et remontait vers le nord. Le Tuyau le tenait fermement à la hauteur de la poitrine tout en volant vers le dôme imposant de la cathédrale St Paul. Ils avançaient par saccades ; la gargouille grommelait en faisant jouer ses muscles à chaque battement d'ailes, oscillant de façon peu rassurante. Pour l'encombrante créature de pierre, voler relevait davantage de la volonté que de la capacité aérodynamique. George risquait de s'écraser au sol à tout moment. Là où il y avait un progrès, c'est qu'il n'était plus la tête en bas.

La lueur d'un flash lui attira l'œil : ils survolaient un groupe de touristes qui prenaient des photos dans la lumière déclinante devant la cathédrale. Il cria « au secours ! » par réflexe plus que par conviction, pour harponner verbalement une réalité dont il gardait à peine le souvenir.

Comme prévu, pas un seul touriste ne leva la tête. Ils ne pouvaient pas le voir dans son Londres à lui. La partie inconsciente, instinctive, de leur cerveau s'arrangeait pour l'effacer afin de protéger leur conscience du choc de l'impossible : un garçon trimballé par une gargouille, comme une souris capturée par un hibou. Ces derniers jours avaient été si saturés de peur et de gens incapables de le voir ou de l'aider qu'il avait fini par s'y habituer.

Parce qu'il avait renoncé à se faire remarquer de quiconque, le vieil homme noueux aux dents cassées, vêtu d'un costume crasseux et assis par terre sur le seuil d'une porte lui échappa. Il ne le vit pas poser sa bouteille de cidre pour fixer le ciel. Il ne vit pas les cheveux sales ni le réseau de veines éclatées qui couperosaient le visage de l'homme tel un maquillage d'ivrogne. Pas plus qu'il ne vit les yeux d'un noir d'encre ni entendit la voix atone.

— Un garçon dans le ciel. Porté par une gargouille. Vole autour de St Paul, direction nord-nord-est.

Soudain, le Tuyau se redressa sur une aile et prit maladroitement la tangente à angle droit, plongeant à l'aplomb du dôme pour foncer sur les découpages blancs de soleil tracés à la surface de Paternoster Square.

Maintenant qu'il était clair que la gargouille n'allait pas le tuer tout de suite, la colère avait presque remplacé la peur : alors qu'il devait absolument sauver l'Artilleur, il se retrouvait pieds et poings liés entre les pattes de la gargouille. Pourtant, quel bonheur en voyant resurgir l'Artilleur d'entre les morts au monument ! George avait l'intime conviction qu'on peut revenir d'entre les morts, mais seulement si on a beaucoup de chance. Et l'Artilleur avait gravement compromis cette chance en se sacrifiant pour Edie et lui. S'ils ne parvenaient pas à le libérer et à le réinstaller sur son piédestal avant minuit, de toute façon, chance ou pas chance, il serait définitivement liquidé.

Il eut la vision brouillée d'une porte voûtée étrangement familière, dont l'élégance classique tranchait avec le modernisme de la place ; puis, de façon totalement incongrue, il entendit un mouton bêler plaintivement au beau milieu de cette place minérale et battue par le vent. C'était tellement déplacé dans le contexte qu'il regarda partout autour de lui pour en déterminer la provenance.

Un bruit paisible, évocateur d'herbe, de collines et d'été ; un bruit tellement étrange qu'il coula dans son cerveau surchauffé comme un filet d'eau fraîche après une longue période de sécheresse. Sans qu'il sache pourquoi, le cri innocent de cet animal dans cette atmosphère de drame eut pour effet d'alléger son humeur.

Puis, comme s'il était vraiment plus léger, ils montèrent à l'assaut du ciel et dépassèrent un immeuble, trop vite pour que George en soit certain mais assez lentement pour qu'il soit presque convaincu d'avoir entendu une voix dire par-dessus le bêlement du mouton :

« Tiens bon, fiston ! »

Il se tortilla entre les serres du Tuyau, essayant désespérément de voir le mouton ou l'homme dont il était persuadé d'avoir entendu et reconnu la voix – mais la gargouille s'envola par-dessus les toits et la place disparut.

Une impression fugitive qui avait provoqué chez lui

une poussée d'adrénaline. Il se sentait revigoré, comme après une bonne nuit de sommeil. S'il était toujours aussi perturbé par ce qui lui arrivait, il avait soudain le sentiment de pouvoir mieux l'affronter.

La cicatrice en zigzag de sa main avait beau le brûler, la douleur restait supportable et n'entamait pas ce sursaut inexplicable de bien-être. Il jeta un œil sur les trois veines qui s'enroulaient autour de son poignet. Sauf erreur, elles s'étaient développées et l'une d'elles commençait à attaquer son avant-bras. Bizarrement, la vue de ces corps étrangers à la surface de sa chair provoqua chez lui une nausée bien pire que toutes les balades dans le ciel.

— Gobeau, croassa soudain le Tuyau.

Il prit de nouveau la tangente et le monde bascula de façon inquiétante.

George se concentra pour conserver ce qu'il avait encore dans l'estomac puis leva la tête pour voir ce qui perturbait la gargouille, qui volait en jetant des coups d'œil en arrière.

Le monde joua une fois de plus aux montagnes russes, et les entrailles de George remontèrent saluer ses amygdales : le Tuyau cherchait à fuir. Il plongea entre deux gratte-ciel pour se réfugier au-dessous du niveau du toit, comme s'il tentait de se mettre à l'abri. George tendit le cou pour suivre la direction de son regard, mais il n'y avait que la ville, dont les lumières s'allumaient dans l'obscurité envahissante. Le ciel était vide, à l'exception d'un gros corbeau qui volait lentement vers le nord. *A priori,* il n'y avait rien de menaçant nulle part. George ne comprenait pas ce qui poussait le Tuyau à se conduire aussi bizarrement.

— Gobeau ! souffla la gargouille d'un ton insistant.

Ils rasèrent les toits d'un grand immeuble ancien qui semblait occuper tout un pâté de maisons à lui seul. George aperçut la colonnade du Royal Exchange sur sa droite et se rendit compte qu'ils devaient survoler la Banque d'Angleterre dans Threadneedle Street.

Il baissa la tête et vit le creux d'ombre que formait la cour centrale du bâtiment avant d'entendre quelqu'un chanter.

Ce n'étaient que quelques bribes, mais elles se détachèrent du grondement de la ville et vinrent frapper ses oreilles aussi nettement que le bêlement du mouton à Paternoster Square. Une voix féminine dont la légèreté et la limpidité évoquaient le soleil et la douceur d'une brise printanière. C'était le chant heureux de quelqu'un qui chantait, absorbé dans son plaisir.

À la claire fontaine, m'en allant promener,
J'ai trouvé l'eau si belle que je m'y suis baignée
Il y a longtemps que je t'aime,
Jamais je ne t'oublierai...

La chanson venait du sommet d'une petite coupole en dôme, à l'angle du bâtiment. La chanteuse brillait d'un éclat d'or contre le gris de la façade encore obscurci par l'ombre de la rue étroite. Comme une danseuse, elle se tenait sur la pointe du pied tandis que l'autre jambe se tendait derrière elle en une amorce d'arabesque délicate. Ses jambes et son buste étaient drapés dans les plis d'un tissu doré qu'on aurait dit effleuré par une brise invisible ébouriffant ses cheveux d'or tandis qu'elle chantait, la gorge tendue dans un abandon extatique, à la face du ciel et de la lune qui venait juste de se lever.

C'était une vision pleine de grâce, d'équilibre et de bonheur ; au moment où George la vit, elle le vit aussi et, bien que sa bouche demeure ouverte, elle cessa de chanter pour le regarder avec une surprise non feinte tandis que le Tuyau passait devant elle.

George eut l'impression qu'elle avait un visage radieux, et pas seulement parce qu'il était doré. Il rayonnait parce qu'elle avait un regard brillant, rempli d'espoir et d'autre chose qui le mettait mal à l'aise – mais pas obligatoirement de façon désagréable.

— Un garçon ? dit-elle d'une voix aussi claire qu'un ruisseau de montagne. Salut, garçon.

Comme le Tuyau s'éloignait à tire-d'aile, son sourire devint une petite moue triste et elle esquissa un petit geste de la main.

— Au revoir, garçon.

— Au secours ? tenta-t-il maladroitement.

Le Tuyau poussa un sifflement mécontent. George se démancha pour la regarder diminuer derrière eux.

— Non, vraiment ! cria-t-il avec plus de conviction. AU SECOURS !

Elle disparut derrière l'angle d'un bâtiment. Le Tuyau lui aussi regarda derrière lui et dut voir quelque chose qui lui déplut car, brusquement, il siffla encore plus fort, abaissa une épaule et s'enfonça derrière un grand immeuble de bureaux, décrivant une courbe brutale comme un skieur qui freine.

Ses serres agrippèrent le parapet et il s'arrêta d'un seul coup, s'aplatissant contre un toit en pente couvert de tuiles gris-vert. Ses ailes étendues formaient un parapluie sous lequel George était coincé.

Ils demeurèrent là une longue minute, immobiles. On n'entendait que la respiration haletante du Tuyau et le cœur de George qui battait à tout rompre. Il baissa les yeux et vit que ses pieds reposaient sur une gouttière glissante qui surplombait la rue à une hauteur vertigineuse. Il n'avait plus qu'une seule chaussure, et sa chaussette se retrouva immédiatement trempée. Puis le Tuyau fit quelque chose d'épouvantable.

Il lâcha George.

Celui-ci chercha frénétiquement à se raccrocher ; le seul moyen pour ne pas tomber était de s'aplatir contre le toit en pente en espérant que la gouttière tiendrait bon.

Il cessa de s'agiter. Le Tuyau, qui le surveillait du coin de l'œil, hocha lentement la tête, la griffe levée comme pour le mettre en garde. Puis, lentement, il se mit à ramper vers le bord du toit au-dessus de lui. Il avait les oreilles aplaties comme un énorme chat en train de chasser. George voyait trembler les épines de sa colonne vertébrale, comme les poils sur le dos d'un chien quand il est inquiet. Il se demanda ce qui pouvait bien mettre la gargouille dans cet état. Il eut une fugitive lueur d'espoir : quelqu'un s'apprêtait peut-être à le secourir. L'Artilleur s'était libéré et venait à sa rescousse, sur le dos de…

Mais son espoir chavira : à sa connaissance, les seules statues capables de voler, c'étaient des tares, pas des répliques. Le Tuyau rampa jusqu'au rebord du toit et se pencha lentement par-dessus. Il se figea dans cette position ; George ne voyait plus qu'une patte et un bout d'aile.

George se concentrait pour se maintenir en équilibre sur le toit en pente. Tout irait bien tant qu'il ne ferait pas de geste brusque. Il était à peu près sûr de pouvoir rester immobile, d'autant que, dans le cas contraire, il se retrouverait vite fait immobile pour l'éternité. Il ne pensait plus qu'à se coller contre le toit. Il en était capable, mais oui !

Les mains étalées sur les ardoises, il voyait les taches verdâtres sur la surface grise juste sous son nez. Il sentait la pierre sous ses doigts. Il se concentrait tellement qu'il sentait la structure de la pierre elle-même, son grain serré, les couches parallèles comprimées, les couches grâce auxquelles tenaient les tuiles minces. Il sentait même un picotement magnétique, comme si les taches vertes étaient des débris métalliques incrustés dans l'ardoise.

Absorbé par l'intensité de ses sensations, il en oubliait d'avoir peur.

Puis quelque chose lui tapota la cheville.

Il sursauta par pur réflexe et faillit dégringoler. Il s'aplatit contre les tuiles pour faire corps avec le toit. Même son visage était écrasé contre l'ardoise froide.

— Est-ce que par hasard tu essaierais de tenir par le nez ? chuchota une petite voix derrière lui.

Il baissa les yeux et vit la fille d'or qui le regardait, les deux coudes dans la gouttière, le menton dans les mains, dans une attitude aussi nonchalante que si elle s'appuyait contre un bar – en dépit du fait que, sous ses pieds, il n'y avait rien qu'un gouffre mortel.

Il releva automatiquement la tête pour voir si le Tuyau

l'avait entendue. Il n'aperçut qu'une serre et un morceau d'aile. La gargouille était toujours aux aguets.

La fille s'écarta de la gouttière, les bras tendus, sans cesser de le regarder.

— Viens, dit-elle simplement en lui tendant la main.

— Qui es-tu ? souffla George.

Il tentait de retarder le moment où il lui faudrait renoncer au confort des tuiles humides pour vérifier si la fille était capable de le soutenir dans l'air comme elle le faisait pour elle-même.

— Je suis l'envoyée de ton Destin, dit-elle avec un sourire ravageur.

Il lui rendit son sourire. C'était la moindre des politesses, même s'il n'avait aucune idée de ce dont elle parlait.

Elle tira alors sa cheville hors de la gouttière.

Il n'eut pas le temps de crier ni d'agripper quelque chose. Il tomba, se raccrochant à des poignées d'air…

… puis elle le rattrapa.

— Quoi ?

— Chut, chuchota-t-elle, la bouche contre son oreille.

Il sentit son souffle tiède sur son cou. Du doigt, elle montra le dos du Tuyau. Il hocha la tête.

— Tiens-moi, garçon, murmura-t-elle.

Il lui prit le bras à deux mains : un bras qui n'était ni dur ni métallique, aussi tiède et doux que son souffle.

— Qu'est-ce qu'on fait maintenant ? demanda-t-il très calmement, les yeux rivés sur le Tuyau.

Il entendit le sourire dans sa voix quand elle lui répondit.

— Je vole.

Elle lâcha alors le rebord du bâtiment et se laissa lentement tomber en arrière avec la grâce parfaite d'un plongeur olympique, pivotant sur ses orteils tandis que sa tête décrivait un arc parfait de cent quatre-vingts degrés. George la suivit et se retrouva soudain plongeant tête la première vers la rue, tout en bas.

Il ouvrit la bouche pour crier mais elle le bâillonna de sa main libre. Il ne voyait plus devant ses yeux écarquillés que les pavés de granit prêts à l'avaler pour toujours.

16

Attention, les oreilles ennemies nous écoutent

Edie monta sur le trottoir et se dirigea vers le pont du chemin de fer en bas de la pente. Elle aperçut alors le triangle blanc du pub du Black Friar, dépassant de la Tamise comme la proue d'un navire cloué à terre.

Un taxi ralentit devant elle, prêt à attaquer la côte. Une fois qu'il fut passé, elle ne traversa pas la rue. Elle contemplait la façade du pub, non pas ce qu'elle y voyait mais plutôt ce qu'elle n'y voyait pas. L'horloge était toujours arrêtée à sept heures moins cinq mais au-dessus, là où normalement se tenait la statue du Black Friar, il n'y avait qu'un socle abandonné.

Le moine était parti, et cet emplacement vide avait quelque chose de menaçant.

Elle avait retourné dans sa tête toutes les questions qu'elle souhaitait lui poser, cherchant à imaginer ses réactions, l'aide qu'il lui apporterait, à quel point elle devrait le cajoler pour le gagner à sa cause ; le seul scénario qu'elle n'avait pas envisagé, c'était son absence. Elle n'avait pas non plus réfléchi à la façon de pénétrer dans le pub si jamais il n'était pas là, avec son rire jovial et ses clefs tintantes. Une autre voiture tourna devant elle et lui aspergea les chevilles en roulant dans une flaque. Cela suffit à la sortir de sa stupeur.

— D'accord, dit-elle en frappant de nouveau la paume de sa main avec la chaussure de George. D'accord.

Elle courut jusqu'au pont du chemin de fer, où un train passait justement dans un vacarme épouvantable. Elle tourna l'angle du bâtiment et ralentit, soudain lasse.

La porte du pub était ouverte, mais il n'y avait pas de lumière. Deux maçons sortaient un tas de planches qu'ils chargèrent à l'arrière d'un camion blanc garé en double file. Elle s'aplatit contre le mur et ne bougea plus, s'efforçant de se rendre invisible. Heureusement, c'était un talent qu'elle maîtrisait bien, ce dont elle s'était rendu compte assez tôt dans sa vie. Après avoir souvent cru que les gens l'ignoraient, elle avait fini par penser que, la plupart du temps, ils ne la voyaient pas parce qu'elle savait se rendre transparente. Dès qu'elle eut compris qu'elle pouvait devenir invisible à volonté ou presque, elle n'hésita plus, mobilisant pour ce faire beaucoup d'énergie mentale. Évidemment, elle n'était pas vraiment invisible, mais le regard des autres glissait sur elle comme si elle était enduite d'un revêtement antiadhésif.

Elle attendit que les hommes rentrent à l'intérieur du pub pour se faufiler jusqu'à la porte ouverte. Elle attrapa le morceau de verre au fond de sa poche. Il était terne, aucun embrasement intérieur ne venait l'avertir d'un danger, d'une quelconque menace. Elle le rangea et sentit alors la lourde tête de dragon, dans la veste de George, cogner contre sa cuisse. La disparition de George était forcément grave, puisqu'il lui avait promis de rester avec elle. Elle lui faisait confiance. De toute façon, même en admettant qu'elle se trompe sur son compte, il ne serait pas parti en lui laissant un objet aussi précieux.

Sans lui laisser le temps de réfléchir davantage, les maçons ressortirent, les genoux fléchis sous le poids d'un nouveau chargement de planches, encore plus lourd. Ils passèrent devant elle, qui ne respirait plus. Dès que le deuxième eut franchi la porte, elle se glissa à l'intérieur, où il faisait sombre.

La salle était à peu près identique à ce qu'elle était la veille, toujours protégée par des bâches et jonchée d'outils. Elle entendit le hayon du camion se fermer, puis des bruits de pas. Soulevant le coin d'une bâche, elle se cacha sous une table basse. De nouveau, elle retint son souffle ; un des deux hommes rentra dans la salle, ramassa quelque chose qui cliqueta comme une boîte à outils et ressortit. La porte se referma avec le bruit définitif d'un porche d'église – une clé tourna dans la serrure. Elle se détendit en respirant par à-coups. Enfin elle entendit claquer les portières et vrombir le moteur du camion, qui se faufila dans la circulation.

Elle resta immobile cinq bonnes minutes dans la salle obscure, accroupie derrière la toile sale de la bâche, à l'affût de bruits insolites. Lorsque, après un silence prolongé, elle fut certaine que ce bâtiment fermé à double tour était vide, elle sortit de sous la table et se dirigea résolument vers le bar. La salle surchauffée sentait le renfermé, le plâtre humide et la sueur des ouvriers.

Elle ôta la veste de George, qu'elle posa sur le comptoir. D'un bond décidé, elle sauta dessus et passa du côté barman. Elle se pencha pour examiner les cartons proprement empilés puis, plongeant la main dans l'un d'eux orné d'une étiquette rose, déjà ouvert, elle en sortit des paquets de chips à la crevette.

Elle était tellement affamée qu'elle avait déjà déchiré le premier et mâchait avec entrain avant même de s'être relevée.

Elle ferma les yeux et s'accorda le droit de profiter du goût de ce qu'elle mangeait. Mais elle reprit rapidement le cours de ses activités.

— D'accord, articula-t-elle, la bouche pleine. Descends tout de suite. Il faut qu'on parle…

Seul le silence lui répondit.

Elle ouvrit les yeux et versa la seconde moitié du paquet dans sa bouche ; elle mastiqua avec bonheur un petit moment, le temps d'avaler suffisamment pour pouvoir articuler.

— Sérieux. Ne m'oblige pas à venir te chercher…

Silence. Elle alla pêcher une bouteille de soda sous le bar. Elle la décapsula à l'aide de l'ouvre-bouteilles vissé dans le mur. Elle but avidement deux gorgées et délogea les restes de chips collées entre ses dents. Puis elle rota et posa sans douceur la bouteille sur le bar.

— Eh, Tragédie ! Il me faudrait quelques réponses bien nettes.

Elle s'appliquait à ne pas regarder l'alcôve sombre sous les trois arches basses. Pour une oreille exercée, il était évident que c'était de là que venait tout le silence.

— Je sais que tu es là.

Silence. Et puis, au moment où elle ouvrait de nouveau la bouche, une voix s'éleva tranquillement de sous les arches.

— Non, j'y suis pas.

Une voix avec un accent cockney. Edie cacha son sourire en ouvrant un deuxième paquet de chips, qu'elle enfourna.

— Où est le Friar ?

Maintenant que la voix s'était échappée, le silence paraissait beaucoup plus éloquent. On sentait bien qu'il y avait là quelqu'un cherchant à esquiver une réponse. Une petite gorge s'éclaircit.

— Il est pas là, c'est tout.

— Vous n'êtes pas là ni l'un ni l'autre ?

— Non. Oui. Euh, oui… sauf qu'il est plus pas là que moi. Tu piges ?

Une tête ébouriffée de cheveux en bronze surgit à l'envers en haut d'une des arches, puis un visage se montra : les traits espiègles d'un gamin des rues tenant un masque auquel le sculpteur avait donné l'expression caractéristique de la Tragédie. Un visage malicieux et souriant.

— Tu parles ! répliqua-t-elle sèchement.

— T'es dans la mouise.

— Ah bon ?

— Dans la mouise jusqu'au cou, à ce que j'ai entendu.

— Qui l'a dit ?

— Chépa.

Il se laissa tomber à terre et la regarda. Puis il mit devant son visage le masque qu'il avait à la main et le retira, la grimace cédant la place au sourire.

— On voit de tout dans un pub. Si on a les oreilles qui traînent, on apprend un tas de trucs.

— Quel genre de trucs ?

Il se cacha de nouveau derrière le masque, puis le fit glisser à moitié avec un clin d'œil.

— Attention, les oreilles ennemies nous écoutent.

Elle n'avait aucune idée de ce dont il parlait.

— Comment ça ?

— Les oreilles ennemies nous écoutent. Tu sais bien.

— Non. Si je savais, je ne poserais pas la question.

— C'est ce qu'on dit. Ce qu'on dit toujours.

— Qui ça, on ?

— Chépa. Eux. Tout le monde. Il y avait des affiches. On en avait une ici.

— Quand ça ?

— Pendant la guerre. Tu sais. Quand ils bombardaient et tout ça. Comment ça s'appelait ? Le Blitz. Tu te souviens.

Elle comprit qu'il parlait de la Seconde Guerre mondiale.

— Le Blitz ?

Il eut l'air content. Il gonfla sa petite poitrine et hocha la tête avec enthousiasme.

— Voilà. Ça te revient. On avait l'affiche, là. Tu l'aimais bien.

— Je n'étais pas née pendant cette guerre-là.

Le regard du petit bonhomme s'affola avant de se recentrer sur elle, et il fronça les sourcils.

— Ah bon ?

Elle secoua la tête.

— Même ma mère n'était pas née à ce moment-là.

— Je croyais que...

— J'ai douze ans.

— Ça veut rien dire. T'es plus vieille que moi. Parce que je crois que j'ai pas douze ans. Pas encore, répondit-il d'un air perplexe.

— Tu en parais dix. Mais tu auras toujours dix ans, c'est ça ?

— Ah bon ?

— Oui. Les statues ne vieillissent pas. Tu avais dix ans pendant la guerre comme tu as dix ans maintenant. Mais moi, je n'étais pas née et ma mère non plus.

Les rides sur le front du lutin se creusèrent davantage.

— Mais elle te plaisait, cette affiche. J'en suis certain.

Elle secoua la tête. Ça devenait ridicule.

— Je n'ai jamais vu aucune affiche.

Il soutint son regard quelques instants.

— Je croyais bien que si. Je…

— Non, l'interrompit-elle sèchement.

Elle n'avait pas de temps à perdre. L'air vexé, il se mit à tourner le masque entre ses mains en fixant ses pieds.

— D'accord.

Il dessina quelque chose de la pointe de l'orteil.

— C'est juste que j'ai vu tellement de trucs depuis tellement de temps que j'emmêle tout. Ça fait des nœuds. Je crois me souvenir de trucs que j'ai pas pu voir et j'ai vu des trucs dont je dois pas me souvenir. Sans compter les trucs que j'ai vraiment pas vus, dont je me souviens pas et que je peux pas oublier. Tu comprends ?

— Non.

— Y a tellement de trucs dans ma pauvre tête que c'est le vrai bazar là-dedans. C'est une des raisons pour lesquelles j'ai l'impression qu'il me manque des cases, tu comprends ?

Elle sentit derrière elle un petit souffle d'air. Un journal abandonné sur un tabouret bruissa. Il tendit la main pour saisir la première page et la contempla, comme surpris de la trouver là. Puis, la mine renfrognée, il en fit brusquement une boule qu'il garda serrée au creux de sa paume.

La dernière fois qu'Edie avait rencontré Petite Tragédie, il souhaitait qu'elle utilise ses pouvoirs de fulgurance pour aspirer le passé hors de la pierre et du métal ; il souhaitait qu'elle le touche pour voir si elle sentait ce qui n'allait pas chez lui et elle avait refusé. Elle ignorait s'il était détraqué ou agressif, mais son insistance à être soumis à la fulgurance, alors que toutes les autres statues fuyaient la douleur et l'angoisse que provoquait son contact, était une des choses qui les avaient rendus méfiants, George et elle, à l'égard de ce pub et de son propriétaire à la jovialité menaçante. Elle considérait Petite Tragédie comme une réplique. Pourtant elle commençait à soupçonner qu'il possédait peut-être une nature duelle, comme les Sphinges, ces créatures à moitié humaines, à moitié fabuleuses. Il était peut-être tare avec son masque et réplique quand il l'ôtait. Plutôt que de répondre directement à sa question, elle préféra changer de conversation et parler de la raison qui l'avait ramenée au pub.

— Écoute. Je n'ai pas le temps de discuter. Il faut que je trouve l'Artilleur. Ainsi que George. Je ne sais même pas par où commencer, si ce n'est par cette question : qu'y a-t-il dans les miroirs ?

— Quels miroirs ? demanda-t-il, l'air de nouveau perplexe.

Elle montra les deux miroirs de chaque côté de l'arche sous laquelle il se tenait. Ils se faisaient face sur les piliers internes. Quand on se tenait entre les deux, on avait l'impression qu'ils ne se reflétaient pas seulement l'un l'autre mais qu'ils se répétaient à l'infini.

— Ceux-là. Il faut que j'en sache davantage.

Il se gratta la tête sans lâcher sa boule de papier journal et se dandina, évitant son regard.

— Y a rien à dire. C'est des miroirs, c'est tout.

Edie fit un pas vers lui. Il leva les yeux et sourit largement, comme s'il la voyait pour la première fois. Elle resta insensible à ses avances et le sourire de Tragédie se fana rapidement, se transformant en grimace tandis qu'il haussait maladroitement les épaules.

— Des simples miroirs. Normaux, pas d'embrouilles. C'est tout.

Edie s'éclaircit la gorge. La question qu'elle s'apprêtait à poser était tellement insolite qu'elle ne voulait pas qu'il puisse la comprendre de travers.

— Est-ce le genre de miroirs dans lesquels on peut pénétrer ?

— Quoi ?

Sa tête se mit à osciller tandis qu'il l'examinait, les yeux plissés, comme une mésange observerait une mangeoire particulièrement élaborée.

— Ça existe, les miroirs dans lesquels on pénètre, non ? Tu as dit qu'il y avait d'autres endroits, d'autres « ici ». Tu as dit que tu me montrerais comment les atteindre…

— Ooooh, jamais de la vie ! Quel craque d'enfer !

Elle se tourna vers lui, son petit poing méchamment serré.

— Le seul crac qu'on va entendre, c'est la beigne que je vais te coller si tu n'arrêtes pas de raconter n'importe quoi ! Je veux une réponse à propos des miroirs parce que je crois que c'est lié à l'histoire, d'accord ? Quand nous sommes partis d'ici, j'ai regardé et c'était exactement comme ça, des centaines de fois les mêmes choses qui s'alignent les unes derrière les autres, toutes identiques – à un détail près.

Elle toucha le miroir du bout de son doigt. Le lutin sursauta lorsqu'elle lui frôla l'épaule, mais il suivit des yeux la direction qu'elle indiquait.

— Il n'est plus là. J'espérais le retrouver, mais il n'y est pas. Il y était, je te l'affirme. C'était une tranche différente des autres et tu sais pourquoi ? demanda Edie.

— Non, et je veux pas le savoir…

De nouveau, il se cachait dans l'ombre. Elle l'entendait froisser la boule de papier journal avec nervosité.

— Tragédie ! Bouge plus ! ordonna-t-elle d'une voix qui claquait comme un coup de fouet.

Il s'arrêta net. Elle le rejoignit dans le recoin sombre où il se planquait.

— Les autres tranches étaient toutes identiques, simplement ça devenait de plus en plus petit, mais dans cette tranche-là, il y avait en plus un saladier et un couteau posés par terre. Enfin, c'est ce que j'ai cru sur le coup. Jusqu'à ce que je les revoie, plus tard.

La pomme d'Adam de Petite Tragédie faisait le yoyo. Ses yeux parcouraient la salle à la recherche d'une issue.

— Tu les as revus plus tard ? Ce saladier et ce couteau ?

Sa pomme d'Adam remonta pour la troisième fois, comme prête à se noyer.

Elle eut un sourire triste. La maladresse du langage corporel de Tragédie suffisait à lui faire comprendre qu'elle était sur le seuil d'une découverte importante.

— Je les ai revus au moment où ce type horrible, le Marcheur, a sorti deux petits miroirs ronds de sa poche ; il a posé le pied sur l'un des deux. J'ai vu ces trucs juste après qu'il eut disparu dans le miroir en emmenant notre ami. Sauf que ce n'était pas un saladier et un couteau. C'était le casque métallique de l'Artilleur et le poignard du Marcheur. Ils étaient par terre, ces deux petits miroirs flottaient dans l'air et personne ne les tenait. On aurait dit un tour de magie. Et puis il y a eu un « pop » et les miroirs, le casque et le poignard ont disparu. Ce que je veux savoir, ce que j'ai besoin de savoir, c'est ça : ces miroirs, là, on peut pénétrer dedans ? Et, dans ce cas, pourquoi j'y ai vu le casque et le poignard avant que ça n'ait eu lieu ?

— Euh, dit Petite Tragédie. Eh bien. Ah.

Il avait le regard fuyant.

— Tu devrais le lui demander à lui, reprit-il. Il sait parler. Moi, je sais pas expliquer ce que je vois. Demande au gros.

— C'est à toi que je pose la question.

— Pose-la à lui.

— Il n'est pas là.

Tragédie regarda le journal froissé dans sa main. Puis il le posa délicatement sur une table. Elle le revit attraper cette feuille au moment où elle se soulevait dans le courant d'air qui venait de la porte ; sauf que la porte était fermée. Avait été fermée. À clé. Pas un souffle ne pouvait passer.

Petite Tragédie fit de nouveau la grimace, comme s'il savait ce qu'elle comprenait enfin.

— Euh...

Les poils de sa nuque se hérissèrent. D'instinct, elle chercha le morceau de verre poli au fond de sa poche. La grosse voix qui retentit derrière elle suspendit son geste.

— Ce petit diable est en train d'essayer de dire « si, il est là ».

Elle fit volte-face, sachant ce qu'elle allait trouver.

Elle était nez à ventre avec le Friar lui-même, qui la dominait de toute sa hauteur. Et, tandis que ses yeux montaient à l'assaut de cette sombre falaise, elle ne put s'empêcher de remarquer que ce visage auparavant si joyeux était maintenant aussi gai et accueillant qu'un nuage d'orage dans un ciel sombre et glacé.

17

L'ascension d'Ariel

George fonçait droit vers la terre, maintenu par l'étreinte solide de la fille d'or. Il savait qu'il était mort. Dans une microseconde, sa tête allait exploser sur le trottoir. Et l'Artilleur aussi allait mourir, Edie ne saurait jamais qu'il ne l'avait pas abandonnée volontairement et sa mère – sa mère ne saurait jamais à quel point il…

Il tendit les mains en avant par réflexe, et, aussitôt, la fille les rabattit sans douceur avec son autre bras, celui qui n'était pas serré autour de sa poitrine.

Elle descendit ainsi en piqué.

Au tout dernier moment, défiant les lois de l'aérodynamique, elle vira à quatre-vingt-dix degrés pour voler à cinquante centimètres du bitume.

— Laisse tes bras collés contre ton corps ou tu risques de te faire mal, déclara-t-elle calmement.

George se contentait de scruter le bitume qui défilait

sous son nez en tentant de se faire à l'idée d'être encore en vie. Puis il commit l'erreur de relever la tête.

Ils arrivaient au bout du trottoir ; le carrefour fourmillait de voitures qui circulaient vite. Autobus et camions fonçaient dans tous les sens et la fille n'avait pas réagi à temps – trop tard pour espérer reprendre de l'altitude et voler par-dessus les véhicules qui leur barraient la route à angle droit.

Un gros camion déboucha en trombe de la gauche, dans une trajectoire de collision certaine ; une fois de plus, il sut qu'il était mort et, une fois de plus, il refusa de fermer les yeux – ce qu'il regretta aussitôt parce que, au lieu de percuter le camion, elle plongea carrément dessous, passant entre les roues.

Le rire de la fille cascada au creux de son oreille, puis elle ressortit et remonta ; en dépit de sa terreur, George se rendit compte qu'il souriait.

Il souriait parce qu'ils volaient.

Le Tuyau, par comparaison, ne volait pas. Il se traînait péniblement à travers le ciel en attrapant de façon désordonnée de grands pans d'air qu'il se collait sous les ailes. Il progressait au prix d'une lutte permanente contre les lois de la pesanteur. La fille ne menait aucun combat. Elle volait comme si elle faisait corps avec le ciel. Voler lui procurait un sentiment de liberté et de bonheur.

Elle slaloma entre trois réverbères avant de s'enfoncer dans un tunnel qui passait sous un immeuble moderne ; elle atteignit une petite place devant une vieille église en pierre. Elle décrivit un grand cercle à hauteur de toit, assez près pour que George voie avec soulagement que les seules gargouilles étaient des têtes grotesques du Moyen Âge occupées à faire d'affreuses grimaces.

Puis elle redescendit sur le trottoir, au pied d'un gratte-ciel en forme de cornichon renflé aussi moderne que l'église était ancienne.

Elle lâcha George avec précaution et recula d'un pas en passant ses doigts dans ses cheveux, pour remettre un peu d'ordre dans ses boucles d'or décoiffées par le vent. Ils étaient tous deux hors d'haleine, et il leur fallut un moment pour reprendre leur souffle. Elle avait les yeux brillants d'excitation.

— Je garantis qu'on l'a semé, affirma-t-elle.

Levant les yeux vers le ciel, il fut heureux de ne voir aucune trace du Tuyau. Il hocha la tête.

— Merci.

— Tout le plaisir était pour moi, garçon, répliqua-t-elle en souriant.

— Je m'appelle George.

Il lui tendit la main parce qu'il ne savait pas quoi faire d'autre ; une poignée de main, ça semblait toujours un bon point de départ. Elle le regarda d'un air bizarre, puis elle saisit sa main. Mais, au lieu de la serrer, elle la retourna pour l'examiner. Il vit qu'elle s'intéressait à la cicatrice, la blessure du dragon, la marque du Créateur.

— Oh, dit-il, c'est…

— Je sais ce que c'est, garçon, répondit-elle en riant. Appartenant moi-même aux « créés », comment pourrais-je l'ignorer ?

Elle lâcha sa main.

— Qui es-tu ? s'enquit-il.

— Je m'appelle Ariel.

George opina en souriant, puis jeta un coup d'œil circonspect vers les nuages au cas où le Tuyau surgirait brusquement.

— Je l'entendrai venir, le rassura-t-elle. Il est tellement lourdaud qu'il fait des grands trous dans le ciel. Je repérerai les vibrations. Après tout, je suis un esprit de l'air.

George se souvint alors de qui était Ariel, parce que, avec la classe, il était allé voir une pièce de théâtre deux ans plus tôt, en été.

— Euh, sans vouloir t'offenser, je croyais qu'Ariel était un garçon.

Elle releva la tête et le regarda avec une expression où se mêlaient la peine et la dignité outragée. Il déglutit avec difficulté et se hâta de poursuivre, pour tenter de ne pas l'offenser davantage.

— Je veux dire, quand on a vu le spectacle avec la classe, Ariel était un garçon. Dans la pièce, tu comprends ?

Il bafouillait. Il le savait très bien. Plus il parlait, plus il s'enfonçait.

— Tu trouves que je ressemble à un garçon, garçon ?

Une question déroutante posée d'une manière déroutante. Ce n'était pas seulement sa voix qui, lourde de reproche, était plutôt basse et veloutée. Ce n'était pas non plus l'impression de se moquer de lui, même si c'était assez agaçant. C'étaient ses vêtements qui étaient déroutants. Peu importait qu'ils soient dorés et vaporeux ou même qu'ils couvrent – à peine – un corps que le sculpteur avait conçu, de façon troublante, tout en courbes graciles. En réalité, il ne s'agissait pas du tout de vêtements : plutôt de morceaux de tissu qui flottaient au gré de ce qu'on pouvait considérer comme une petite brise.

— Non. Tu es très… Tu ne ressembles pas à un garçon.

Elle soutint son regard un long moment, ce qui ne laissa pas de le troubler. Un sourire tremblait au coin des lèvres d'Ariel. D'une certaine façon, quelque part – à vrai dire, au creux de son ventre –, il trouvait cette ébauche de sourire la chose la plus déroutante de toutes.

— Je ne ressemble pas du tout à un garçon, garçon. Aucun garçon ne peut faire une chose pareille.

Et elle lui saisit de nouveau la main avant de s'élancer. L'estomac de George faillit se retourner et son bras se déboîter, mais elle passa son propre bras sous l'aisselle du garçon pour le maintenir ; il avait le dos collé contre elle tandis qu'elle montait en flèche autour du gratte-ciel circulaire.

Les étages de bureaux défilèrent tandis qu'ils s'élevaient vers le centre renflé de l'immeuble. Il vit des pièces vides et des écrans d'ordinateur clignotants. Il vit une salle de réunion avec des hommes et des femmes assis autour d'une grande table. Il vit un homme en costume debout, la tête appuyée contre un mur, tandis que deux femmes en tailleur riaient et applaudissaient. Et il vit des étages déserts avec une femme de ménage solitaire qui poussait son chariot à travers le labyrinthe anonyme de box et de demi-cloisons. Puis le gratte-ciel commença à s'effiler ; Ariel se mit à rire et tourna sur elle-même, leur offrant ainsi une vision panoramique de la ville.

Il vit le fleuve scintillant et, plus près, les grandes tours ; au loin, les gratte-ciel de Canary Wharf ; le vertige de George était à l'unisson du rire d'Ariel tandis que les cercles qu'ils décrivaient autour du Cornichon se rétrécissaient à mesure qu'ils approchaient du sommet.

Et puis le panorama commença vraiment à se brouiller, tant elle tournait à toute vitesse ; ils atteignirent la pointe de l'immeuble et elle se mit à virevolter de plus en plus vite, jusqu'à ce que George ait l'impression d'être un de ces patineurs sur glace qui tournoient sur un seul pied, si vite qu'on ne peut plus les reconnaître et qu'on ne voit qu'un tourbillon de couleurs.

— S'il te plaît..., bafouilla-t-il, à moitié en riant, à moitié affolé. S'il te plaît, Ariel, je vais craquer...

Alors, le tourbillonnement ralentit et enfin cessa ; la cervelle de George continua sur sa lancée un petit moment avant de stopper sa ronde folle.

Ariel s'avança doucement vers le bord de l'immeuble et l'amena à en faire autant. Il saisit une barre métallique fixée dans une alvéole en retrait et la serra fort.

— Non, ne..., commença-t-il.

Mais elle ne tint aucun compte de ses protestations. Elle le lâcha et il se retrouva là, assis au sommet du monde, un monde de verre et de métal brillants dont la courbe était si radicale qu'il ne voyait partout qu'abîme à pic.

Ariel, devant lui, pivota sur la pointe de l'orteil avant de faire une révérence, fière de son numéro de virtuose. Elle le regarda d'un air d'expectative, comme une danseuse étoile attend les applaudissements...

— Pas question que je lâche cette barre pour applaudir. Ne compte pas là-dessus, expliqua-t-il car il estimait que, étant donné le côté précaire de sa position, ne pas être totalement sincère relevait du suicide. Mais tu as raison, aucun garçon ne peut voler ainsi. C'était incroyable.

— Incroyable ?

Un sourcil d'or se haussa sur son front. Manifestement, « incroyable » était insuffisant.

— Sublime. Dément. Génial.

Les sourcils se réalignèrent.

— Oui, dit-elle. Génial.

— Oui, oui, approuva-t-il en espérant qu'elle accepterait ce compliment et le redescendrait à terre.

Il eut soudain l'atroce pressentiment qu'elle allait l'abandonner là, perché en haut de cet immeuble en forme d'œuf démentiellement allongé, tandis que la nuit tombait et que la ville s'enfonçait dans l'obscurité. Auquel cas il finirait par s'endormir et glisserait directement dans la mort.

À son grand soulagement, il vit qu'elle souriait d'un air triomphant. Le regard tourné vers l'ouest, elle montra quelque chose au loin.

— Il y a un garçon là-bas, un vrai bébé qui vit dans un jardin de bébé et qui croit que lui aussi il sait voler. Si tu le vois, je te serais éternellement reconnaissante de lui répéter ce que tu viens si aimablement de dire. Surtout le côté « génial » ; c'est un garçon odieux, prétentieux et vantard. Et il vole avec la grâce d'un poireau ramolli !

— Un poireau ramolli. D'accord, dit-il, cramponné à sa barre comme une moule à son rocher. On pourrait redescendre maintenant ?

— Tu veux déjà descendre ?

Elle s'étira d'un air alangui, les mains dos à dos, les doigts enlacés tendus vers le ciel, sur la pointe des pieds.

— Mais, d'ici, reprit-elle, on voit tout.

— Je sais. Sauf que je ne vois pas Edie ni l'Artilleur, et franchement…

Brusquement, il fut submergé de colère : on ne cessait de l'attraper, de le poser, de le rattraper et de le balader d'un bout à l'autre de la ville.

— … franchement, j'en ai ras le bol. Mes amis ont de gros ennuis, ils ont besoin d'aide, et moi il faut qu'on m'aide à les aider, parce que je suis responsable d'eux, tu comprends ? Et la seule chose qui se passe, c'est qu'on me trimballe toujours plus loin, là où je ne pourrai jamais les trouver. Alors, je t'en prie, Ariel. Je dois accomplir ce qui doit être accompli. Cette séance de vol, c'est exceptionnel, d'accord ? Mais voilà ce que je veux vraiment savoir : tu peux m'aider, oui ou non ?

À court de mots, il la fixa désespérément. Les doigts d'Ariel redescendirent le long de ses flancs – petits papillons – et elle lui sourit.

— Bien sûr que je peux t'aider à accomplir ce qu'il faut accomplir. C'est la raison de ma présence.

Il eut du mal à comprendre cette phrase.

— Pardon ?

— Pas de pardon. Je t'ai dit ce que j'étais, répliqua-t-elle en souriant.

— Un esprit de l'air ? suggéra-t-il.

— L'envoyée du Destin, corrigea-t-elle avec un soupir exaspéré.

De nouveau elle tira sur la cheville de George, et il lâcha prise ; de nouveau ce fut une chute vertigineuse, sauf que cette fois il était prêt à ce qu'elle le rattrape.

— Il y a une manière plus facile de s'y prendre, laissat-il échapper tandis qu'ils fonçaient tête la première vers la terre.

— Eh, mais tu n'as pas choisi la facilité, pas vrai, garçon ? riposta-t-elle en riant tandis qu'ils coupaient vers le nord en remontant une rue nommée St Mary Axe. À toi la Voie Ardue.

La façon brutale dont elle assena cela lui fit chavirer l'estomac bien plus sûrement que ces vols à répétition, d'autant qu'il y eut alors un bruit qui envenima encore la situation.

Devant eux, quelque part dans l'obscurité, une cloche se mit à sonner le glas, une cloche basse et solennelle. Il fut aussitôt persuadé qu'il s'agissait d'un avertissement, un avertissement qui lui était personnellement destiné.

18

L'Icare livré à lui-même

Les ailes rigides de l'Icare battirent, et il poussa une série de petits cris d'agonie étouffés tandis qu'il survolait les immeubles de bureaux qui formaient le quartier de Broadgate.

Il criait parce qu'il détestait les gens : plus il en voyait concentrés au même endroit, plus il se sentait mal. Il préférait la sécurité de son socle, où il restait tapi à l'abri du carcan qui maintenait ses ailes et fermait ses oreilles au bruit de la foule.

S'il criait, c'était aussi parce qu'il en avait pris l'habitude et parce que le harnais qui l'entravait était si lourd et si mal conçu qu'il se sentait perpétuellement martyrisé.

Il avait beaucoup de mal à voler, car ses ailes ressemblaient davantage à des moignons qu'à des objets conçus pour évoluer avec grâce dans les airs. Pour ne pas être anéanti de fatigue, il ne pouvait les utiliser que sur de courtes distances et sans pouvoir dépasser six mètres d'altitude. S'il était contraint de franchir des obstacles plus élevés, il procédait par bonds successifs en se servant de ses pieds noueux d'humain, qui avaient fini par se plier à ce nouveau rôle de serres.

En l'occurrence, il criait particulièrement fort parce qu'il avait sous-estimé la distance à parcourir ; il allait devoir atterrir au beau milieu de la foule endimanchée. Il cultivait une haine si intense à l'égard des humains qu'il avait réussi à se convaincre, au fond de sa cervelle de dément, que plus il s'approchait d'eux, plus il souffrait.

Il se posa devant le seul groupe de gens immobiles au milieu du flot : six silhouettes noires figées par le temps, des hommes et des femmes fatigués, usés par le travail, et qui ne rentreraient plus jamais chez eux parce qu'ils étaient coulés dans le bronze.

La tare resta plantée devant eux, protégée de la foule par leur groupe serré et immobile.

Six paires d'yeux de bronze impassibles observaient la tare à bout de souffle, qui sanglotait tout en tressaillant au moindre contact avec les passants.

La véritable raison pour laquelle l'Icare était fou, c'est qu'il ignorait qui il était ou ce qu'il était : un homme, une machine, un animal ou un oiseau. Ce qui expliquait qu'il était incapable de voler correctement. Qu'il marchait comme un taureau sur les pattes arrière. Qu'il vivait sa vie dans un cri.

La seule créature capable de le comprendre ou de l'apaiser était le Minotaure, parce qu'ils avaient été conçus par le même créateur et souffraient fondamentalement de la même folie déchirante.

Le garçon et la fulgurance avaient tué le Minotaure. L'Icare était prêt à les poursuivre sans relâche, en dépit des souffrances qu'il allait endurer au cours de cette chasse.

Il prit son souffle, une grande inspiration déjantée, et se lança à l'assaut du ciel.

Il allait les retrouver.

19

Creuser plus loin

La faiblesse de l'Artilleur ne faisait qu'empirer. Il se sentait épuisé au-delà de tout, ses membres ne lui obéissaient plus, comme si les ordres envoyés par son cerveau s'accrochaient dans les mailles d'un jeu de téléphone arabe.

Il avait l'impression que ses doigts, habituellement forts et agiles, étaient enveloppés dans des gants de boxe. Il avait mal au dos et il se battait pour ne pas céder au désir envahissant d'aller s'allonger. Il savait que ce serait là une idée fatale parce que, une fois couché, il serait incapable de se relever. Il s'obligea à vérifier qu'il ne restait plus aucune pierre de cœur sur la paroi rugueuse en passant dessus ses mains engourdies.

Avec un petit sourire de satisfaction, il soupesa le balluchon de toile cirée qu'était devenue sa cape protectrice. Ce qui déclencha un cliquetis agréable.

Il avait deux choix possibles. S'il laissait couler la

cape, il obligeait le Marcheur à barboter dans l'obscurité pour récupérer les pierres de cœur. Le seul problème, c'était que la citerne n'avait guère plus de deux mètres de profondeur au mieux et beaucoup moins sur presque la totalité de sa surface. Le Marcheur finirait forcément par trébucher sur le paquet et, quand il l'ouvrirait, il disposerait de toute la lumière dont il avait besoin.

— Enterre-le, grommela-t-il pour lui-même. L'autre prétentiard n'a pas dit que je ne pouvais pas creuser, non ?

Il avança en vacillant sur les cailloux, se dirigeant à tâtons. Il trouva la paroi du fond et se laissa tomber à genoux. Il posa le balluchon de pierres à côté de lui et s'offrit le luxe d'une cigarette.

Il sortit le disque d'étain de sa veste et l'examina à la lueur de l'allumette qui se consumait entre ses doigts.

— Le rêve des quatre châteaux, mon cul... Tu sais à quoi tu vas servir mon trésor ? s'exclama-t-il tandis que la flamme mourait et que l'obscurité revenait. À creuser !

Il fit rouler sa cigarette sur le côté de sa bouche et enfonça le plat dans les graviers. Il dégagea une certaine quantité de terre caillouteuse et replongea sa pelle improvisée, content de voir que l'ordre qui lui interdisait de s'échapper par le haut ne l'empêchait pas de creuser dans la direction opposée.

Ainsi que cela se produit souvent, une fois au travail, il se sentit moins fatigué. Comme si accomplir une tâche physique diminuait son angoisse, comme si le rythme régulier qu'il imposait à sa pelle improvisée lui laissait moins de loisir pour envisager le pire.

De bonnes raisons de s'angoisser, il en avait, la moindre n'étant pas que le temps filait à toute allure. En surface, la fin de la journée était pour bientôt. Et, si son socle était vide à minuit, il était fichu. Il ignorait comment le fait d'être fichu allait se combiner avec le fait d'être maudit. Il deviendrait peut-être une statue morte mais encore capable de bouger, avec deux mains mortes, comme les tares qui ne descendaient de leur socle que pour obéir aux ordres du Marcheur ou de la Pierre. L'idée de devenir une tare dans le corps d'une réplique lui retourna les sangs et il s'acharna sur les graviers, creusant plus vite et plus fort. Quoi qu'il arrive, même s'il devait crever à minuit, il allait enterrer le butin sacrilège du Marcheur le plus profondément possible. Il travaillait avec tant de détermination que le plat d'étain se déforma ; il le jeta et se mit à creuser à mains nues.

Et pendant un temps infini, dans l'obscurité, on n'entendit plus que le crissement mat des cailloux arrachés au trou et empilés sur le côté, le halètement tranquille d'un homme qui travaillait à deux mains, une cigarette fichée au coin de la bouche.

Il se demandait ce que George pouvait bien fabriquer au même moment.

20

Le Friar propose un marché

— Où est le garçon ? demanda le Black Friar en jetant un œil noir à Edie.

— Disparu.

— Disparu ? Comment ça ?

Quelque chose dans le ton accusateur sur lequel il posait ces questions donnait l'impression que, de toute façon, ce serait la faute d'Edie.

— Disparu, c'est tout. Je sais pas comment, je sais pas où.

Le menton en avant, elle refusait de baisser les yeux.

— Tu ne sais pas comment, tu ne sais pas où. Et maintenant toi… tu es là.

— Ouais.

Il poussa un long soupir bruyant, en soufflant par le nez comme une valve de sécurité lâche la vapeur d'une bouilloire.

— Parfait. Tout cela est bel et bon. Rien à dire. Épatant, même. Et j'imagine que tu…

— J'ai pensé que vous sauriez pourquoi.

Il n'était pas du genre à se laisser aisément interrompre. Il se racla la gorge.

— Tu pensais que je saurais pourquoi tu es ici ?

— Pourquoi George avait disparu.

La valve de sécurité lâcha un nouveau jet de vapeur tandis que le Friar explosait avec force postillons.

— Tu crois que je sais pourquoi ce garçon a disparu ? Tu es complètement à côté de la plaque, ma petite ! Je t'assure que je n'ai rien à voir dans cette histoire ! Rien que de penser…

— J'ai cru que vous sauriez si c'était lié à la Voie Ardue.

L'explosion se calma. Le moine passa la main sur son crâne chauve et se caressa le menton. Comme s'il effaçait son expression d'indignation profonde pour la remplacer par un étonnement sincère.

— La Voie Ardue ?

— Vous avez dit que, s'il ne remettait pas la tête de dragon sur la Pierre, il aurait droit à la Voie Ardue. Je voulais savoir si sa disparition brutale était liée à cela.

Le moine recula. Prit l'air moins menaçant. Se gratta la tête.

— Tu as bien dit qu'il n'avait pas posé la tête sur la Pierre ?

— Oui.

— Parce que le temps lui a manqué ? Tu m'étonnes vraiment. J'ai vu la marque qu'il avait, j'ai senti cette puissance, j'étais certain qu'il réussirait.

Le frère paraissait authentiquement surpris.

— Que le diable m'emporte ! J'aurais parié qu'il allait retrouver le Cœur de Pierre, sans hésiter. J'avais une meilleure opinion de ce garçon.

Edie eut soudain un flash-back : l'expression déterminée du visage de George tandis qu'il tenait fermement son arme braquée vers l'œil du Minotaure. Elle se souvint qu'il n'avait pas bronché, même quand il avait appuyé sur la détente, déclenchant une monstrueuse détonation.

— Il n'a pas manqué de temps. Il a trouvé le Cœur de Pierre. C'était la Pierre de Londres. Il a réussi à la découvrir. Il a suivi le réseau de mots que vous lui avez indiqué. Et il a fait aussi d'autres trucs. Il a été absolument génial. En réalité, il a choisi de ne pas remettre la tête de dragon au moment où il aurait pu. Il a choisi la Voie Ardue. Et je veux savoir si c'est la raison pour laquelle il a disparu.

— Il a choisi la Voie Ardue ? C'est bien ce que tu me dis ? Enfer et damnation, mais pourquoi aurait-il fait une chose pareille ? À moins que…

Le moine regarda Petite Tragédie. Puis Edie. Ensuite, il recula lentement jusqu'au bar. Il tendit la main pour y attraper une bouteille de Coca. Il la décapsula pensivement d'un coup de dents et la tendit à Edie.

— Bois un coup, si tant est que cet abominable soda sucré mérite d'être bu, et raconte-moi tout – n'oublie rien. Après, on va voir à voir et on fera peut-être bien quelque chose.

Edie prit la bouteille et s'assit sur un tabouret ; elle commença à parler, prenant brusquement conscience du fait que la tête de dragon se trouvait dans la poche de la veste de George, à quelques centimètres du coude du moine.

Elle lui raconta tout ce qui s'était passé depuis qu'ils avaient quitté cette même salle la veille au soir, et termina sur l'Artilleur qui avait été escamoté dans les miroirs par le Marcheur.

— D'où ma question sur les miroirs, conclut-elle. Et mes questions sur la Voie Ardue. Il faut que je retrouve George pour que nous venions en aide à l'Artilleur.

— Et pourquoi ça ?

— Parce que c'est ça qu'on doit faire, répliqua-t-elle sans réfléchir.

En s'entendant répondre ainsi, elle comprit que c'était la vérité vraie. Prendre une vie, sauver une vie.

Ce n'est qu'à ce moment-là qu'elle s'autorisa à boire la bouteille de Coca encore intacte. Débordée par les bulles, elle rota bruyamment.

— Tu m'as bien raconté tout ce qui s'est passé ?

— Oui, répondit-elle en croisant mentalement les doigts. Je vous ai raconté tout ce que j'ai vu.

Ce qui était la stricte vérité. La veille, ils étaient partis en affirmant qu'ils allaient chercher la tête de dragon sans avertir le moine qu'ils l'avaient avec eux. Ce qui ramena le regard d'Edie vers la veste de George posée sur le bar, près du coude du Friar. Elle détourna les yeux, en espérant qu'il n'avait pas remarqué ce poids insolite dans la poche quand il l'avait repoussée pour attraper la bouteille de Coca.

— Je ne t'ai pas demandé si c'était tout ce que tu avais vu. Je t'ai demandé si c'était tout ce qui s'était passé.

Pour un individu coulé dans le bronze, il avait un œil dur comme l'acier.

— C'est ce qui s'est passé.

— Toujours pas ce que je t'ai demandé… mais faut pas trop exiger d'une fulgurance, sans doute…

Elle entendit Petite Tragédie s'efforcer de masquer sa dérision derrière un petit reniflement. C'était assez raté, et ce bruit l'agaça plus qu'elle ne l'aurait cru. Elle releva la tête, l'œil brillant, provocant.

— Je n'ai rien à cacher.

Le moine l'examina un petit moment, puis ses épaules se mirent à tressaillir ; le tressaillement devint un tremblement avant de se transformer en rire. Très vite, la salle résonna de la joie explosive de la gigantesque silhouette. Il attrapa un petit torchon pour tamponner les larmes qui ruisselaient sur ses joues tant il se tordait, incapable de contrôler son fou rire.

Provoquer l'hilarité des autres sans l'avoir voulu n'est jamais une expérience agréable. Provoquer l'hilarité d'une tonne et demie de bronze moulée dans une soutane, c'est encore bien pire.

— Eh ! tenta-t-elle dans un effort pour canaliser le flot. Qu'y a-t-il de si drôle ?

— Désolé, hoqueta le moine. Grossièreté impardonnable, honte éternelle, manque absolu d'hospi… d'hospitalité. Mais une fulgurance. N'avoir rien à cacher ? Rien que d'y penser… Une fulgurance est un entrepôt bourré jusqu'à la gueule de choses planquées. Cachettes et dissimulation sont les deux côtés d'une même médaille, comme tu le sais au fond de toi-même, si jeune que tu sois, que tu le reconnaisses ou non. Une fulgurance absorbe tout ce qui est caché dans le monde et ne survit qu'à force de dissimulation. Si ce n'était pas aussi symétrique, ça confinerait au paradoxe !

Il fut pris d'un nouvel accès de fou rire ; ses épaules tressautaient tandis que ses mentons tremblotaient dans cette crise d'hilarité incontrôlable.

Elle n'avait aucune idée de ce que signifiait cette avalanche de paroles. C'était comme s'il la matraquait avec sa grosse voix de basse. Elle savait bien ce qu'était un paradoxe ; d'ailleurs, ce personnage qui riait aux éclats avec tant de bonhomie et de bonne humeur, en étant, de fait, particulièrement effrayant, avait lui-même tout du paradoxe. On aurait dit qu'il avait découvert le moyen d'utiliser sa gaieté débordante comme une arme. Il était à des années-lumière du gars souriant armé d'un couteau qui l'avait poursuivie sur une plage lointaine dans ce qui semblait une autre vie ; n'empêche, quelque chose dans cette joie pourrait renvoyer à un mobile caché qui se révélerait aussi mortel qu'une lame.

Tout ce rire et cette bonne humeur ne l'aidaient pas à réfléchir, bien au contraire. Or, pour Edie, c'était le seul moyen de ne pas se laisser submerger.

— Eh ! s'exclama-t-elle assez grossièrement.

Mais il continua à rire.

Spontanément, elle saisit la capsule métallique qui traînait sur la table, la prit entre le pouce et l'index et la lança d'une pichenette sur le moine : elle vint heurter le front de la statue avec un cliquetis de métal contre métal. Le rire en fut coupé net, comme à la hache. La capsule rebondit sur le front bombé et scintilla dans les phares d'une voiture qui passait ; la main gauche du moine jaillit à une rapidité surprenante chez un individu d'une telle corpulence. Il écrasa aussitôt la capsule dans sa paume. Puis il rouvrit la main et posa doucement le métal tordu devant elle.

— Oh, oh, commenta Petite Tragédie derrière elle.

— Silence, lutin ! ordonna le moine.

Puis il se pencha en avant, remonta sa soutane jusqu'aux genoux et s'assit sur un tabouret face à elle. La capsule écrasée oscillait toujours sur la petite table ronde qui les séparait. Edie décida de se laisser intimider plus tard. Pour l'instant, elle avait besoin d'un certain nombre de réponses.

— Les miroirs, dit-elle. Je vous ai raconté tout ce qui s'est passé. Maintenant, parlez-moi des miroirs et ensuite de la Voie Ardue.

Le Friar se frotta le menton d'une main et, de l'autre, tambourina d'un air énervé sur la table. Puis il jeta un œil en biais vers les miroirs.

— Je vais te proposer un marché, déclara-t-il sans ambages.

— Un marché ?

— Un marché. Quelque chose pour toi, quelque chose pour moi.

— Quel genre de quelque chose ? demanda-t-elle en s'efforçant de ne pas regarder la veste posée sur le bar, avec sa poche au renflement suspect.

— Je veux ta parole que si le garçon est en vie, si tu le trouves, tu me l'amèneras.

— Vous voulez George ?

— Je veux lui parler. Je veux qu'il me parle.

— Et c'est tout ?

— Et c'est tout !

Inutile de réfléchir longtemps.

— Marché conclu.

Le moine la dévisagea avec une intensité telle qu'elle eut l'impression qu'il lisait en elle, puis il cracha dans sa main et la lui tendit. Elle ne savait pas comment réagir. Petite Tragédie se racla la gorge de l'ombre où il se dissimulait.

— Crache dans la tienne et échangez une poignée de main.

Sa bouche était bien trop sèche pour qu'elle ait de quoi cracher. Elle s'efforça de mobiliser un fond de salive.

— C'est plus pour la forme que pour l'échange réel, ma petite, déclara le moine.

Elle cracha donc à sec sur sa paume et laissa le gros poing de bronze s'en saisir. Elle fut surprise par la tiédeur et la douceur de cette étreinte métallique.

Le Friar se rassit en souriant.

L'espace d'un instant, elle se demanda si elle ne venait pas de trahir George, de manière totalement involontaire.

21

Le Dernier Chevalier

George entendit la cloche sonner, profonde, régulière et lugubre. Ils volaient droit sur elle, comme aimantés par la source du bruit, missile à tête chercheuse filant entre les rafales d'une pluie qui tombait dru.

Devant eux, une grille noire et un portail hérissé se profilaient entre deux corps de garde en pierre patinée par le temps, à peine plus larges qu'une guérite. Ariel les survola, puis passa entre deux vieux bâtiments de briques à colonnade qui donnaient sur une cour intérieure. Au fond s'élevaient des bâtiments modernes, avec une façade en verre, et d'en haut George aperçut un ou deux parapluies qui se hâtaient sous l'averse ; les gens étaient impatients de rentrer chez eux. Le sol était tellement saturé d'eau qu'il voyait dans les flaques le reflet d'Ariel briller contre le ciel bas et noir.

Puis, après un ultime virage, elle atterrit avec tant de délicatesse que la frontière fut ténue entre le vol et la marche ; ils étaient arrivés. La cloche sonnait à toute volée, étouffant le bruit de la pluie qui maintenant tombait en hallebardes. Elle montra du doigt l'un des entrepôts rénovés.

Il y avait quelque chose de rouge et de carré sur le mur au-dessus d'eux, mais, parce que la pluie leur coulait dans les yeux, il fallut quelques secondes à George pour comprendre qu'il s'agissait de la cloche et de son cadre. Autrefois, ça avait dû être une cloche d'incendie. À présent, rouge et luisante comme du sang frais, elle faisait résonner son implacable note funèbre.

Il savait que la réponse à sa prochaine question allait lui déplaire, mais il la posa quand même.

— Qu'est-ce qui se passe, au juste ? Pourquoi on est là ?

Ariel se fendit d'un grand sourire, virevolta sur la pointe du pied et revint face à lui, le regard dépourvu de toute gaieté.

— Ne demande jamais pour qui sonne le glas, garçon. Il sonne pour toi.

— D'accord, dit-il très posément.

Il n'était pas étonné parce que, depuis le premier instant, il savait que ça sonnait pour lui, mais ça n'expliquait rien.

— Pourquoi pour moi ?

Elle tendit son long bras dans un geste emphatique et montra un point derrière l'épaule de George.

— C'est une sommation. Tu es sommé de rencontrer le Dernier Chevalier.

Il se retourna lentement. À dix mètres de là, au milieu d'un tertre herbu entouré par une haie basse, se tenait un chevalier en armure sur le dos de son intrépide monture. Il brandissait une lance et son visage était caché derrière un heaume dans lequel était ménagée une fente étroite ; le cheval portait un caparaçon fait de plaques de métal articulées et incrustées de disques de verre bleu reproduisant un motif celtique en forme de vague. Ils formaient un groupe majestueux, même si la tête du cheval avait tout du squelette. On voyait à travers ses narines. À vrai dire, on voyait à travers les différentes parties de son corps parce qu'il n'était pas compact. Il était creux. En regardant de plus près, George s'aperçut que le sculpteur avait fait l'homme et le cheval dans du blindage. Ce qui posait la question – une question délicate, étant donné le tranchant de la lance qu'il tenait dans la main droite – de savoir s'il s'agissait d'une tare ou d'une réplique.

— Ariel, demanda George calmement, pourquoi la cloche me somme-t-elle de venir, moi ?

Un halo de gouttelettes irisées se déploya autour d'elle lorsqu'elle secoua sa chevelure. Il y avait quelque chose de théâtral dans le moindre de ses gestes.

— Je te l'ai déjà dit. On choisit son destin. Toi, tu as voulu la Voie Ardue. Ça commence là.

George était persuadé que la Voie Ardue avait démarré au moment où le Tuyau l'avait emporté dans le ciel et peut-être même plus tôt, lorsqu'ils avaient perdu l'Artilleur. L'idée que tout cela n'était qu'un simple prélude à bien pire l'angoissait sérieusement.

— Et qui est le Dernier Chevalier ?

— C'est le Dernier Chevalier de la Cnihtengild.

Elle prononçait ce drôle de mot « ke-nik-ten-gild ».

— La quoi ?

— La Guilde des Chevaliers. Selon l'orthographe de

l'ancien anglais. Les explications sont derrière toi, ajouta-t-elle.

Il y avait effectivement une plaque sur le mur bas qui entourait la statue du chevalier.

Le roi Edgar (959-975) octroya cette terre abandonnée à treize chevaliers à condition qu'ils livrent chacun trois combats, l'un sur terre, l'autre sous terre et le troisième sur l'eau. Ces exploits ayant été accomplis, le roi accorda aux chevaliers, ou Cnihtengild, certains droits…

Il n'alla pas plus loin, parce que le cheval soufflait par les naseaux d'un air énervé en frappant du sabot ; le chevalier se pencha en avant, braquant sur lui l'ombre de son heaume fendu. George lui rendit son regard, l'obscurité de la fente s'éclaircit et il aperçut deux faibles lueurs bleues là où auraient dû être les yeux. Avant que George ait eu le temps de décider s'il devait prendre ses jambes à son cou ou rester où il était, le Dernier Chevalier prit la parole. Sa profonde voix de basse résonnait en harmonie avec le battement cuivré de la cloche qui continuait à carillonner, comme si les mots en étaient un écho.

— Vous dresserez-vous ?

C'était une simple question. George n'y vit pas malice. Il se redressa en essuyant son visage ruisselant de pluie.

— Voilà. Bonjour.

— Vous dresserez-vous ? répéta le chevalier.

George scruta ces yeux invisibles qui le contemplaient derrière la visière. Le cheval tira de nouveau sur les rênes en martelant le sol de son grand sabot de métal.

— C'est fait, répondit-il, à tout hasard.

Le chevalier tira sur la bride et le cheval cessa de renâcler.

— Alors, vous dresserez-vous ?

Cette insistance devenait bizarre. Ou simplement agaçante. À moins que le chevalier n'ait mauvaise vue derrière la fente étroite de sa visière.

— Oui, je me redresse. C'est déjà fait, d'ailleurs. Comme vous le voyez.

Il parlait lentement, avec une politesse exagérée, afin de n'offenser personne.

— Vous m'avez déjà posé cette question trois fois, reprit-il.

Le chevalier redressa la tête et sa monture hennit.

— Et vous avez accepté trois fois, *bon sire*.

Cette statue avait un grain. Après tout, les statues ont le droit d'être aussi folles que n'importe qui. Il n'avait rien accepté, ni une fois ni trois. Il était plus que temps de s'occuper de retrouver Edie.

— Oui. D'accord. *Bonsoir* à vous aussi, dit-il en faisant volte-face.

— AH !

La cloche sonna à toute volée, doublée par un rugissement monstrueux sur fond de cliquetis d'armes.

Un raffut tel qu'il en fut physiquement atteint. La pluie en débordait des flaques. Des cris de joie jaillissaient de dizaines de gorges. La foule martelait son enthousiasme à grand renfort de coups d'épée ou de lance sur les écus. À la lueur d'un éclair brutal comme une flamme, George distingua les silhouettes des chevaliers de la Guilde. Rassemblés autour de lui, le serrant de près, ils surgissaient comme une vision fantomatique sur fond de pluie. Mais ce n'étaient nullement les chevaliers joliment coloriés des livres pour enfants. C'était de sinistres personnages, meurtris par les combats, et qui se cramponnaient à leur selle avec leurs ultimes forces. Leurs armures et leurs cottes de mailles étaient ternies, tailladées et maculées de sang. Les lames de leurs épées étaient ébréchées et abîmées, et leurs boucliers tellement percés qu'on avait du mal à distinguer les signes héraldiques dont ils étaient autrefois ornés. Ceux qui tenaient leur casque à la main avaient le visage mangé de barbe et les yeux cernés par l'épuisement ; plusieurs étaient balafrés et sanguinolents ; la plupart tenaient difficilement en selle. À voir leurs chevaux qui soufflaient par les naseaux, on avait l'impression de les surprendre lors d'une pause en pleine bataille. D'autant que tous tenaient à la main leur épée nue.

George vit tout cela en un éclair et, quand la nuit reprit ses droits, les immeubles modernes étaient toujours là ; il se trouvait en face d'Ariel et tournait toujours le dos au chevalier. Cependant, il y avait quelque chose de changé : derrière lui, des centaines de lumières bleu vif formaient une explosion d'étoiles sur les murs de la cour, comme dans une fête disco.

— Il n'a pas dit *bonsoir*, il a dit *bon sire*, corrigea Ariel.

La cloche résonna de nouveau, faisant zigzaguer un nouvel éclair, et la Guilde réapparut avec sa cohorte de chevaliers qui avançaient sans hâte.

— D'accord, d'accord, articula lentement George. Et qu'est-ce que cela signifie, exactement ?

Il n'avait aucune envie de se retourner pour voir l'origine de ces lumières bleues.

— Cela signifie qu'il te reconnaît comme chevalier, puisque tu as accepté les trois défis. Ce sont les règles de la chevalerie.

— Euh, non. C'est n'importe quoi, souffla-t-il, désespéré. Je n'ai accepté aucune saleté de défi, encore moins trois !

— Mais si, tu l'as fait, mon ami. Tu as accepté de te dresser. Tu as accepté à trois reprises.

— Mais je ne comprenais rien à ce qu'il racontait ! Je croyais qu'il avait du mal à m'entendre. Que c'était la raison pour laquelle il se répétait... J'ai pensé qu'il était un peu sourd, ajouta-t-il à voix plus basse. Ou cinglé...

— AH !

La cloche sonna, l'éclair zigzagua, la foule cria et la Guilde réapparut aux yeux de George. Les chevaliers l'encadraient, formant une longue file de chaque côté.

— Bonne chance, garçon ! dit Ariel avant de s'éloigner de lui à reculons.

— Qu'est-ce que je suis censé faire ? marmonna-t-il.

— Te dresser, accepter le combat. Trois duels, trois épreuves de force, aucune ne devant être livrée au même endroit. Tu dois te battre sur la terre, sous la terre et sur l'eau. Tu as lu la plaque. C'est ainsi avec la Guilde.

— Mais pourquoi je dois me battre ?

— Parce que, en choisissant la Voie Ardue, tu as choisi de rester parmi nous. Et maintenant, tu dois prouver que tu en es digne.

— Et si j'échoue ?

Une nouvelle volée de cloche, le zigzag de l'éclair, mais cette fois pas de cris, simplement la vision des chevaliers. Le rythme de la cloche marquait le tempo des éclairs. La Guilde apparaissait baignée dans une lumière stroboscopique très lente, liée à la sonnerie funèbre du glas.

— Alors, tu ne resteras pas. Ni ici ni dans aucun autre non-Londres. Tu quitteras ce monde définitivement.

Elle remonta la manche de George pour tapoter la vrille de la veine métallique issue directement de la marque du Créateur.

— Au début de chaque duel, chacune de ces veines progressera vers ton cœur. C'est pour t'obliger à aller au bout de ton combat car, si tu t'enfuis, la veine montera à l'assaut de ton bras et ira te percer le cœur. Alors, ne fuis aucune de ces rencontres. Accepte le combat, dresse-toi et prouve ta valeur. C'est la seule manière de montrer dans quel matériau tu es taillé.

Le désespoir lui coupa le souffle. Il ferma les poings et s'accrocha à un dernier fétu de paille en entendant le cheval derrière lui hennir doucement en secouant la chaîne de sa bride.

— Mais je ne peux pas me battre. Je n'ai pas d'arme !

Elle sourit, d'un triste sourire d'adieu.

— Alors, prie pour avoir l'esprit mieux affûté que sa lance, garçon, parce qu'il arrive.

Il fit volte-face et, à la lueur de l'éclair, vit que la Guilde l'avait acculé sur un étroit terrain de lutte, bruissant du cliquetis des armes, saturé de visages brutaux. Et, pire encore, à l'autre extrémité, se dressait la source de toutes ces lumières : le chevalier et son destrier.

Les disques de verre incrustés dans le caparaçon du cheval resplendissaient de mille feux bleus, tandis que le chevalier menait lentement sa monture hors de l'abri du dais. Les lumières ondulaient de façon hypnotisante sur les fenêtres et les parois, reflétant les plis capricieux tandis que l'animal de haute taille enjambait délicatement la haie basse et faisait résonner ses sabots sur le pavé humide de la cour.

Le chevalier roulait des épaules en remuant la tête, comme un boxeur s'échauffe avant un combat. Il paraissait tout aussi féroce et efficace que le reste de la Guilde, que George apercevait à la lueur des éclairs rythmés par les battements de la cloche.

Il ne cessait de reculer, suivant la ligne formée par les chevaliers visibles/invisibles. Il se demanda s'ils étaient là en permanence ou s'ils ne surgissaient qu'au moment des éclairs. Il fit un pas de côté, décidé à s'enfuir sous la colonnade basse en briques ; là, le chevalier, en raison de sa grande taille, aurait du mal à le suivre, et il pourrait au moins attraper une chaise métallique pour se défendre.

Quelque chose de dur, comme le plat d'une épée, le frappa violemment à la tête. Il en vit trente-six chandelles, mais il entendit quand même le cliquetis d'un harnais près de son oreille et une voix qui sifflait « LÂCHE ».

La main sur l'oreille, il revint en vacillant sur le terrain de lutte, qui n'avait maintenant plus grand-chose d'imaginaire. Il avait d'ailleurs dû s'aventurer trop loin, car il prit en pleine figure quelque chose de large et de plat, comme un bouclier, qui l'envoya valdinguer au milieu de l'étroit espace.

Ce coup fut probablement ce qui le sauva. Prendre un coup sur le nez, ça fait très mal, mais ça envoie également une décharge d'adrénaline. George était plutôt du genre soupe au lait, et la moutarde lui monta immédiatement au nez. Il s'essuya le visage d'un revers de main et ne fut pas étonné de voir une traînée de sang. Il se souvint que l'Artilleur, juste après l'avoir sauvé la première fois, au tout début de leur périple de cauchemar, lui avait déclaré :

« Tu es en colère. Parfois, la colère permet d'avancer. Là, elle est malvenue, d'accord… »

Mais il se souvint aussi de la façon dont ce même Artilleur avait canalisé sa rage lors du combat contre le Minotaure. Là, elle était bienvenue, elle avait permis d'avancer. Aujourd'hui, les circonstances étaient identiques.

« D'accord, se dit-il. Très bien. »

Même s'il était gelé et trempé, même si tout cela n'était que frime, il se retourna, retroussa ses manches et se planta dans le sol, les jambes légèrement écartées. L'Artilleur était absent et avait d'ailleurs sans doute définitivement disparu, mais on retrouvait quelque chose de lui dans la façon dont George était campé sur ses deux pieds.

Celui-ci cracha dans la flaque et fit face au chevalier, à l'autre bout de la cour.

— PARFAIT, cria-t-il. Je suis prêt au pire…

La Guilde surgit de nouveau, le temps d'un éclair ; on aurait dit que les chevaliers naissaient de ce rideau de pluie battante contre lequel ils se détachaient. Ils avaient tous les yeux fixés sur lui.

Cette foule compacte, loin d'évoquer un joyeux groupe de chevaliers en armure, passionnés de poésie courtoise et impatients de secourir une demoiselle en détresse ou d'anéantir quelque pittoresque dragon, ressemblait plutôt à une vilaine bande de gros durs médiévaux.

— Personne ne peut me prêter un bouclier ? demanda George à la cantonade.

Un nouvel éclair. Personne ne bougea. Sa colère en fut décuplée.

— Très bien. Très chevaleresque. Allez tous vous faire voir !

Sentant battre violemment la cicatrice de sa main, il comprit sans regarder que le processus décrit par Ariel était en marche. La veine métallique montait à l'assaut de son bras, droit vers son cœur. Il leva la main pour leur montrer la marque du Créateur. Puis il se tourna vers le chevalier.

— J'ignore ce que cela signifie, mais je suis un créateur. Vous regretterez peut-être d'avoir cherché la bagarre avec moi.

Il bluffait, bien sûr, mais le bluff était la seule arme dont il disposait. Le chevalier s'arrêta et inclina son casque.

— Montre-moi cette main.

Le moral de George remonta. Le bluff allait peut-être marcher, même s'il ne savait pas pourquoi. Il leva la main plus haut.

— C'est l'œuvre d'un dragon…, ajouta-t-il dans l'espoir que ce détail supplémentaire les impressionnerait.

— Tu portes la marque, tonna le chevalier.

— Oui, oui, répliqua George en hâte. Je la porte…

— La marque d'Ironhand, la marque de la Main de Fer, continua le chevalier.

La cloche fit zigzaguer un nouvel éclair et George vit

toute la Guilde se pencher pour mieux voir. La situation s'améliorait peut-être.

— Oui, affirma-t-il comme s'il savait parfaitement ce dont il parlait. Oui. C'est vrai. Euh... Je suis la Main de Fer.

Silence. Tout était immobile, sauf la pluie.

— Non, dit le chevalier. Pas la Main de Fer. Une Main de Fer. Il y en a eu beaucoup. Tu as une marque qui signifie que tu en es peut-être une. Seuls le temps, tes épreuves et la façon dont tu résisteras pourront le dire.

— Mais c'est bien d'être une Main de Fer, non ? demanda George en tentant de se rattraper.

— Oui.

— Donc..., dit George d'une voix soudain ralentie.

Il fallait négocier la suite des opérations avec beaucoup de doigté, car il se trouvait sans doute à un carrefour déterminant : la bonne réponse l'enverrait sur un chemin où il n'aurait plus à se battre contre cette énorme statue armée de cette lance trop pointue. Sinon, il finirait sans aucun doute proprement – peut-être pas si proprement que ça – embroché.

— ... donc, continua-t-il, vous êtes du côté des bons. Moi aussi. Si je suis une Main de Fer – pardon, une probable Main de Fer –, cela signifie quoi ? Que nous n'avons pas besoin de nous battre, c'est ça ? Ça fait bien une différence, non ?

Il injecta une note pressante dans la dernière question, comme si la réponse était évidente.

Son cœur se mit à battre la chamade quand il vit le chevalier hocher lentement son grand heaume. Cette silhouette de cavalier, jaillissant d'un bouquet explosif de lumières bleues qu'irradiait le caparaçon à mailles du cheval, était doublement impressionnante. George en oublia de respirer, attendant que le chevalier renforce sa silencieuse affirmation de quelques paroles.

— Oui, ça fait une différence.

— Génial ! explosa George, soulagé. C'est génial. Absolument génial. Formidable…

Le chevalier abaissa sa lance pour la pointer sur la poitrine de George.

— Cela signifie que tu es un adversaire digne d'être combattu. Maintenant.

George se figea de terreur. Ce « maintenant » faisait définitivement éclater la bulle bien gonflée de ce nouvel espoir.

— Maintenant ?

— Maintenant – *à outrance*[1] ! Sus !

Il enfonça ses étriers dans les flancs de son cheval, l'animal bondit, la foule des chevaliers mugit de nouveau en faisant cliqueter ses armes tandis qu'un éclair figeait leurs rangs autour de George. Celui-ci comprit qu'il n'y avait aucune fuite possible en voyant la pointe acérée de la lance foncer sur lui comme un train express s'élance dans la nuit.

---

1. En français dans le texte *(NdT)*.

21 bis

Nouvelles noires

Le Marcheur passait et repassait l'angle de Bury Street et de St James's Court. Les mains jointes dans le dos, il marchait la tête tournée sur le côté pour pouvoir se contempler.

Il examinait son reflet dans le granit noir soigneusement poli qui décorait l'angle de l'immeuble.

La pierre lisse avait été sculptée pour donner l'impression qu'un paquebot stylisé sortait de l'immeuble jusque dans la rue. Le Marcheur laissa sa main traîner sur la vague figée qui formait, à la proue du bateau, un V d'arabesques de pierre qui se détachaient de la façade comme des copeaux noirs.

Le Corbeau attendait patiemment, perché sur le beaupré du navire. Plus noir que le granit noir, il avait un regard d'encre. Il cligna des yeux, puis sauta d'un bond sur l'épaule du Marcheur.

— Les yeux du Tallyman ont-ils vu quelque chose ? interrogea le Marcheur d'une voix sifflante.

L'oiseau claqua du bec dans l'oreille de l'homme ; celui-ci écouta, puis hocha la tête.

— Puddle Dock, c'est ça ?

Il fit volte-face et repartit dans le sens opposé.

— Une fulgurance dans Puddle Dock, en quête de secours autant que de renseignements, risque de chercher un moine. Un moine en noir. Un Black Friar.

Il passa la main sur la surface noire et luisante, comme pour la jauger. Puis il se détourna brusquement.

— Le noir est une bonne couleur. Dis au Tallyman où elle va. Maintenant qu'on l'a retrouvée, ça me ferait de la peine de la perdre de nouveau.

22

Un désert de miroirs

Le fait d'avoir sans doute trahi George obnubilait Edie. Une idée brutale et obsédante.

Mais le Friar parlait, et elle l'écoutait. Ce qu'il racontait relégua provisoirement cette pensée désagréable dans un coin de sa tête.

— Les miroirs sont des portails. Pas tous, seulement ceux qui sont posés parallèlement l'un à l'autre. Ils fonctionnent de deux façons : d'abord, en posant le pied dessus, un individu peut se transporter de là où il est vers un autre endroit à l'intérieur de la ville, du moment qu'il y a également là-bas des miroirs parallèles.

— C'est dingue, ne put s'empêcher de dire Edie.

— C'est bien pire que ça, je te le promets. Il s'agit d'autre chose que d'un simple « moyen de transport ». C'est très puissant et très, très dangereux…

— Pourquoi ?

Il se redressa d'un geste si preste qu'elle en tressaillit. Mais il lui enjoignait seulement d'aller sous l'arche.

— Mets-toi là. Entre les miroirs. Ne les touche pas parce que, maintenant que tu sais ce dont ils sont capables, ils risquent de t'entraîner. Regarde !

Elle vit ses multiples reflets et le bar mal éclairé se télescoper au loin.

— Tu crois voir ton reflet à répétition. Mais tu te trompes. Ce sont des tranches de temps. Un seul reflet dans un seul miroir, ce n'est jamais toi à un moment M, parce qu'il faut une fraction de microseconde pour que la lumière vienne taper sur le miroir et rebondisse dans ton œil. Un visage dans le miroir, c'est toujours un visage du passé, à cause de ce microdécalage. Nous ne nous voyons donc jamais comme nous sommes, toujours comme nous étions…

Il lui fit un sourire avant de continuer son explication.

— Regarde ton visage qui se répète à l'infini. Chaque image semble identique à l'autre, mais c'est seulement parce que celles que tu distingues clairement sont celles où les différences sont trop infimes pour pouvoir être détectées. Plus tu t'enfonces dans les reflets, plus tu t'enfonces dans le passé.

Elle examina les miroirs en s'efforçant de déceler où commençaient les différences. Elle n'y parvint pas, mais elle se sentait mal à l'aise.

Comme si les miroirs lui rendaient son regard.

— Comment ça marche ? s'enquit-elle.

— Le pourquoi n'a pas d'importance. C'est comme ça, comme le ciel ou les moineaux. C'est là et puis voilà. Ça a toujours été comme ça. Londres est un concentré de puissance, et c'était déjà vrai avant que l'homme ne construise ici son premier abri. La puissance avait investi ces lieux avant que la société des hommes n'y bâtisse des palissades, des rotondes, des temples et des huttes. Avant même que l'homme ait eu l'idée d'un temple. Ça date de l'époque où l'arche du ciel suffisait à l'humanité. Regarde le long des berges du fleuve : la Tour de Londres. Ancienne ? C'est du tout neuf, ça. C'était autrefois une église chrétienne, avant un temple romain, plus avant le sanctuaire d'un dieu-oiseau celtique, avant encore un autre sanctuaire dédié à un dieu portant des cornes et, si l'on remonte plus loin, seul le Corbeau s'en souvient. Tous les passés sont là, empilés sous la dernière couche.

Il avait les yeux étincelants. Il la rejoignit sous l'arche et elle se retourna, inquiète à l'idée qu'il risquait de profiter de l'obscurité pour l'attraper par-derrière.

— Donc, les miroirs ne font pas que transporter dans l'espace. Ils emmènent aussi à travers le temps, dans les Londres d'autrefois, dit-elle.

— Tu es vive, petite fille.

— Je ne suis pas une petite fille. Je suis une fulgurance. Je n'ignore rien du passé.

— Et, bien entendu, tu n'en conçois nulle crainte.

Edie leva les yeux au ciel en soupirant d'un air impatient.

— J'en conçois toutes les craintes. Ne soyez pas idiot. Le passé n'a rien de délicieux, non ? Je dis seulement que je comprends qu'on puisse basculer dans le passé parce que c'est ce que je fais, en somme. C'est une idée à ma portée.

— Tu n'as pas l'air impressionnée, petite, remarqua le moine avec un grand sourire.

— Pas vraiment, répondit-elle en haussant les épaules. Le présent me cause déjà suffisamment de soucis. Je n'ai pas besoin d'en rajouter.

— Tu n'as pas « besoin » d'en rajouter ?

Plus il paraissait ulcéré de son indifférence, moins elle voulait paraître troublée par l'étendue des possibilités qu'il lui offrait.

— Non. Désolée. Londres et les couches du passé, j'accroche pas. J'entends parfaitement ce que vous dites mais c'est… un peu… con.

Elle n'avait pas eu l'intention de lâcher un mot aussi grossier. Elle voulait dire bizarre. Ou peut-être effrayant. Mais sa bouche avait pris le pas sur sa cervelle et elle avait dit ce qu'elle avait dit. Le moine eut l'air choqué.

— Un peu… con ?

— Oui.

Après tout, si elle l'avait dit, c'est qu'elle le pensait.

— Tu estimes que des réalités différentes, des passés stratifiés, c'est un peu… con ?

— Oui, riposta-t-elle, bien décidée à ne pas se laisser bousculer. Oui. Sans vouloir vous vexer, c'est le genre de choses que les déglingués racontent quand ils sont trop défoncés ou quand ils ont picolé, vous voyez le genre ? Tout ce charabia avec les champignons magiques, ils croient raconter logiquement comment ça s'emmêle dans leur pauvre tête, des histoires de molécules au bout de leurs ongles qui sont des galaxies autour desquelles tournent sans arrêt des univers minuscules et tout ça…

Pour avoir passé la majeure partie de sa vie à s'efforcer d'échapper à l'horreur chaque fois qu'elle touchait quelque chose par hasard, Edie tenait en piètre estime ceux qui se droguaient pour le plaisir de se laisser surprendre. Et, parce qu'elle s'était retrouvée à la rue plus souvent qu'à son tour, elle avait eu l'occasion de tomber sur des gens prêts à tout pour se soustraire à leurs démons, pour la simple raison que toute autre forme de fuite leur était interdite.

Ce discours amena aussitôt le Moine à se dresser sur ses ergots.

— Les déglingués ? Tu crois que c'est une chose qui concerne les « déglingués » ?

Il cracha le mot, insistant sur les « g » d'un air dégoûté. Une fois de plus, elle décida de ne pas montrer à quel point il l'intimidait.

— Eh bien, tout ça, on dirait bien des conneries, non ?

— Ce que tu interprètes ainsi est une chose que je ne maîtrise en aucune manière, fulgurance. Ce que c'est…

Levant les mains au-dessus de sa tête, il toucha la mosaïque circulaire à damiers qui couvrait le plafond. Comme s'il tournait deux des anneaux dans des directions opposées.

— … ce que c'est, je peux te le montrer.

Il y eut un craquement sinistre et le monde bascula brusquement, l'atmosphère s'alourdit, l'obscurité s'épaissit. Des ombres se mirent à danser sur le visage du moine éclairé par-dessous, lui donnant l'air démoniaque. La lueur rouge qui accentuait ainsi ses traits vacillait comme celle d'un brasier et pourtant, un instant auparavant, il n'y avait pas le moindre feu dans la salle. Edie se retourna pour voir d'où cela venait mais, sentant un grand souffle chaud cuire un côté de son visage, elle s'immobilisa quand son regard heurta le miroir sur sa droite, ce miroir dans lequel elle avait vu son reflet répété à l'infini et qui maintenant offrait le spectacle d'un incendie dévastateur, une vision d'apocalypse, pleine de murailles écroulées et de gens qui hurlaient.

Elle en fut si bouleversée qu'elle bondit en arrière – elle sentit alors le contact froid de l'autre miroir derrière elle.

— NON ! NE T'APPROCHE PAS DU MIROIR ! cria le moine.

La surface lisse et fraîche céda comme une bulle de savon sous son poids, le monde vacilla et elle s'enfonça doucement avant de dégringoler dans une fournaise rugissante tandis que des explosions lui cinglaient le visage. Quelque chose lui attrapa le pied… Alors la situation se gâta pour de bon.

23

La douleur d'un coup

Le Dernier Chevalier fonçait sous la pluie, sa lance dardée avec fermeté sur le cœur de George. Celui-ci recula jusqu'à sentir un mur derrière lui ; il esquiva alors en roulant sur le côté.

Il se savait cerné par les chevaliers invisibles ; son nez douloureux était là pour lui rappeler à quel point il serait difficile de tenter de passer en force. Ils formaient une muraille impénétrable de chevaux, de boucliers et d'hommes en armes. Mais, lorsque le coup de cloche fut ponctué par un éclair lumineux qui fit sortir les chevaliers de l'ombre, il remarqua que plus bas, sous le ventre de leurs montures, il y avait assez d'espace pour fuir.

Il prit son élan et plongea entre leurs pattes en espérant éviter les coups de sabot. Il en prit quand même un sur l'épaule, mais, cet incident mis à part, son plan fonctionna à merveille. La cloche sonna de nouveau et, à la lueur de l'éclair, il eut le temps d'apercevoir au-dessus de lui un ventre de cheval ; il se redressa et courut de l'autre côté de la cour, jusqu'à l'abri tout relatif de la colonnade en briques.

La Guilde protesta bruyamment, quelqu'un cria distinctement « POLTRON ! ». Il se retourna et vit le chevalier relever en hâte sa lance vers le ciel et freiner des quatre fers en tirant sur les rênes. La tête du cheval recula et ses sabots dérapèrent. George comprit pourquoi le chevalier avait relevé sa lance : sinon, il se serait bel et bien embroché dans un charmant immeuble de bureaux.

George s'aplatit contre une colonne et retint son souffle. Il était devant la grande baie vitrée d'un café. Celui-ci était fermé mais, à l'intérieur, une fille empilait les chaises et essuyait les tables. Elle leva les yeux et George, persuadé qu'elle le voyait, s'apprêta à l'appeler au secours. Mais il entendit alors un martèlement tout proche ; dans la vitre, il vit se refléter le cheval qui avançait lentement sous l'arche, éclairé par la lueur diffuse qui émanait de son caparaçon.

Le chevalier tenta de baisser la tête pour passer sous la colonnade, mais c'était vraiment trop bas. Il brandit sa lance en avant pour atteindre la jambe de George.

Si George voyait le chevalier se refléter dans la vitrine du café, à l'évidence le chevalier le voyait aussi parfaitement.

— Vous devez vous battre, déclara celui-ci. Vous devez accepter le combat ou renoncer comme un misérable lâche.

Sa voix résonnait puissamment sous le plafond bas.

— Mais je me bats ! protesta George. Sauf que je n'ai pas d'arme !

Dans sa paume, la cicatrice l'élança brusquement et il baissa les yeux. Il se souvint comment, la veille, sa main avait pulvérisé le bras tentaculaire de la créature de glaise qui l'avait saisi dans le souterrain. Il se souvint du regard presque émerveillé que lui avait jeté le dragon de Temple Bar. Il se souvint de la balle qu'il avait fabriquée pour tuer le Minotaure. Il se souvint de l'expression respectueuse de l'Artilleur quand il avait déclaré qu'il était un créateur[1].

Il reporta son attention sur cette lance qui lui touchait la jambe. Un contact immonde, insupportable. Le chevalier l'asticotait pour qu'il vienne se battre, comme s'il était en train de jouer à cache-cache avec un bébé.

Il songea au pouvoir de ses mains. Il songea qu'on venait juste de l'appeler Main de Fer.

Alors il passa à l'action. Tendant le bras vers la lance, il la saisit à pleine main, bien décidé à la casser en deux ; ainsi, non seulement il se retrouverait en possession d'une arme pointue mais le chevalier, lui, n'aurait plus qu'un moignon émoussé. Une bonne façon de retourner la situation en sa faveur, d'autant qu'il était certain que le sculpteur du chevalier n'avait pas prévu de l'équiper d'une épée.

C'était vraiment le geste de la dernière chance, mais George savait, d'après les battements de sa main scarifiée, que ça risquait de marcher.

Il raffermit sa prise sur la lance et mobilisa toutes ses

---

1. Voir *Stoneheart*, le premier volume de cette trilogie.

forces. Il réussirait au moins à tordre l'arme et à la rendre inutile.

Il mettait tout son cœur dans cette idée audacieuse. Emporté par sa détermination, et bien que la lance refuse de se briser ou même de se déformer, il demeura accroché à elle trop longtemps ; le chevalier éperonna alors son cheval pour le faire reculer et George se retrouva traîné à découvert, comme on traîne un chien qui refuse de lâcher le bâton avec lequel il joue.

Il eut une vision de cauchemar : s'il lâchait la lance, la lame effilée lui trancherait la main.

Il tressaillit aussitôt.

Il avait laissé la peur se manifester.

Le chevalier en profita pour l'envoyer valdinguer à l'autre bout de la cour trempée de pluie, avec autant d'aisance qu'un pêcheur lance sa ligne.

George se releva d'un bond en cherchant une issue.

La cloche sonna. La Guilde avançait, formant une muraille inébranlable, animée d'une détermination sinistre.

— Vous avez accepté le combat. Vous ne pouvez pas vous enfuir. Vous devez vous battre. Si vous refusez, c'est la défaite, clama le chevalier.

— Mais je me bats ! répliqua George. Vous, vous avez un cheval et une arme, bon dieu ! Moi, je ne peux que courir !

Là, il était bel et bien acculé. Il fit donc face parce que, quand il n'y a pas d'issue, quand les négociations ont échoué, il est inutile de se dérober.

Lorsque le chevalier éperonna son cheval et abaissa sa lance, George fit l'unique chose susceptible, d'après lui, de désarçonner son adversaire : il courut dans sa direction.

L'idée lui en était venue spontanément, alors qu'il était déjà lancé au pas de gymnastique. Son père dans le parc, un ballon de rugby, les froides après-midi d'hiver. Et ces mots :

« Le truc, c'est zigue quand on s'attend à ce que tu zagues. »

Le pas du bègue. La clé pour prendre à contre-pied l'attaquant de l'équipe adverse. Son père avait passé des heures à lui apprendre cette technique. Si tu te débrouilles bien, l'adversaire costaud qui fonce sur toi n'a ni le temps ni la place pour changer de direction au dernier moment. La tactique parfaite.

Le seul problème, il s'en souvint au bout de cinq pas, c'était qu'il n'avait jamais été très doué en rugby et qu'il était particulièrement nul pour cette histoire de pas du bègue. Il lui arrivait de se faire un croche-pied et de se tacler lui-même.

Il gomma cette pensée et se concentra sur le bout de la lance. À deux pas, il fit un bond à gauche avant de repartir sur la droite. L'extrémité de la lance tenta de le suivre, frôla son oreille au moment où il plongeait, son épaule gauche effleurant les mailles du caparaçon au passage.

Réfugié sous une autre colonnade, il se retourna pour voir le grand cheval, dont la silhouette se détachait sur l'immeuble, essayer de virer sur l'aile en pleine vitesse ; ses sabots lancèrent des étincelles tandis que le dérapage projetait une gigantesque gerbe d'eau éclairée par-derrière.

Il n'attendit pas qu'ils retrouvent leur équilibre. La

cloche sonna et l'éclair de lumière lui permit de distinguer la Guilde qui se rangeait de nouveau en une longue file, barrant toute fuite. Mais il vit également, de l'autre côté de ce groupe hostile, non pas un mur plein mais le portail flanqué de ses deux guérites qu'il avait franchi plus tôt avec la fille d'or. Et, au-delà des guérites, la circulation et les lumières de la ville lui faisaient signe.

Il ne réfléchit pas deux fois, il ferma les poings, baissa la tête et courut à perdre haleine, fonçant dans la muraille de chevaliers qui réapparaissait sporadiquement. Il lui fallait passer avant que l'un d'eux ne s'installe au bout de la file et ne lui coupe définitivement toute retraite.

Il courait si vite que son cœur cognait de façon inquiétante contre les parois de sa cage thoracique, mais il se rendit compte qu'il allait réussir.

Aucun membre de cette Guilde n'allait le bloquer. Il ne ralentit pas l'allure pour autant. Pas question tant qu'il n'aurait pas mis une bonne distance entre le chevalier et lui. Ou tant qu'il ne vomirait pas tripes et boyaux, tant qu'il ne succomberait pas à une crise cardiaque. En approchant du portail ouvert, il sentit l'euphorie le gagner. Arrivé à deux pas, il se permit un coup d'œil en arrière.

Il avait donc le dos tourné au moment où le portail se referma brutalement.

Il le heurta de plein fouet et s'y écrasa violemment. La surprise fut telle que l'impact en fut presque amorti. Il vit trente-six chandelles, des chandelles scintillantes qui virevoltaient devant ses yeux. Pourtant la douleur n'était pas le plus grave. Cette violence qui aurait pu lui briser les os lui coupa le souffle et anéantit tout espoir ; si ses os résistèrent, son courage succomba.

Il ouvrit la bouche pour dire « quoi ? », mais il était trop hors d'haleine pour prononcer ce mot. Il aperçut un éclair doré de l'autre côté des barreaux noirs et serrés du portail.

Il n'en crut pas ses yeux.

— Ariel ?

Son bras mince se faufila entre les barreaux et elle lui saisit l'épaule. Elle la serra doucement.

— Tu ne peux pas t'enfuir. Tu ne peux pas refuser le duel.

Incrédule, il secoua la tête en tentant de faire cesser la ronde des chandelles.

— Tu as fermé le portail ? Toi, tu... ?

Elle lui serra de nouveau l'épaule. Mais, comme il vit à la lumière de l'éclair suivant le chevalier se précipiter sur lui depuis l'extrémité des deux longues rangées formées par la Guilde, le geste d'Ariel ne réussit pas à lui remonter le moral comme il s'imaginait qu'elle en avait l'intention.

— Ouvre le portail !

Elle secoua tristement sa belle tête d'or.

— Je ne peux pas, garçon, déclara-t-elle d'une voix pleine d'un authentique regret.

Le chevalier baissa sa lance pour la troisième fois et aiguillonna son cheval. Les sabots dansèrent dans les flaques en envoyant de grandes gerbes d'eau dans sa course folle.

— D'accord, dit-il en désespoir de cause. Lâche-moi, je vais passer par-dessus.

— Je ne peux pas faire ça non plus.

La main d'Ariel se referma sur le bras de George comme une menotte et le cloua contre le portail.

— Mais pourquoi ? cria-t-il, figé face au chevalier qui fonçait sur lui.

— Parce que je suis l'envoyée du Destin…

La note nouvelle qu'il décelait dans sa voix était dure comme le diamant et froide comme la glace.

— … et personne, absolument personne, ne triche avec le Destin, garçon.

Elle prononça ce dernier mot comme si elle crachait quelque chose de vraiment répugnant. Il eut beau se débattre pour échapper à sa poigne de fer, il se retrouva cloué à la grille métallique, formant une cible inratable.

— OH !

La cloche résonna une ultime fois et, dans l'éclair de lumière, les chevaliers de la Guilde se dressèrent dans leurs étriers, leurs armes pointées vers le ciel pour célébrer sa mort. La lance fatale fonça vers son cœur : trois mètres, deux mètres, un mètre – la partie était finie…

D'instinct, sa tête esquiva le coup et il sentit le battement des ailes de la mort au moment où il fermait les yeux. Il y eut un choc monstrueux, le monde se désarticula et il entendit son propre cri de douleur comme si déjà ce n'était plus le sien ; il fut brutalement arraché de la surface de la terre, sa tête explosa et son âme s'élança vers le ciel ; il rouvrit les yeux, persuadé d'être en pleine ascension vers la lumière…

Au lieu de cela, le Tuyau le regardait de ses implacables yeux de pierre tout en volant dans le ciel nocturne.

— Gigant ? s'enquit la gargouille en resserrant sa prise sur la poitrine de George dans un nouveau battement d'ailes de guingois.

George baissa la tête, pensant encore qu'il s'agissait

d'une expérience extracorporelle, prêt à contempler son corps empalé.

Mais ce qu'il vit, ce fut le chevalier et sa monture avec la lance enfoncée jusqu'à la garde dans le portail ; il distingua également une silhouette qui se tortillait à l'extrémité de l'arme… Les hurlements venaient d'elle, pas de lui, et ses reflets dorés furent la dernière chose qu'aperçut George avant que ses paupières clignotent et qu'il soit anesthésié par une vague d'inconscience.

24

La dernière victime de Tyburn

Dans l'obscurité glacée, sans espoir, l'Artilleur creusait toujours.

Un nouveau bruit était venu s'ajouter aux siens, un bruit de clapotis. À force de creuser dans les graviers, il était parvenu au-dessous du niveau d'eau du réservoir. Enfoncé jusqu'à la taille dans l'excavation ronde qu'il avait lui-même créée, il continuait son travail, le corps penché et étiré.

La fatigue qu'il ressentait à présent était une fatigue réelle, celle que provoque le travail physique, pas cette mauvaise fatigue qui l'avait rongé en l'absence de toute occupation. Il lui vint à l'esprit que, s'il avait mis autant d'énergie à creuser vers le haut, il aurait sans doute déjà atteint la surface. Sauf qu'il ne serait peut-être arrivé nulle part si le plafond s'était effondré – dès la première pierre déplacée, ce projet aurait peut-être avorté avant d'avoir démarré.

— Ça aurait pu faire écrouler la baraque, déclara-t-il à voix haute.

Il s'immobilisa en entendant sa propre voix résonner. Il sentit alors quelque chose remuer autour de ses chevilles. De l'eau.

De l'eau courante, un glissement à peine perceptible, mais bel et bien présent.

L'Artilleur l'ignorait, mais ce courant était celui de la Tyburn, une des rivières oubliées de Londres, celle qui a donné son nom à l'endroit où autrefois on pendait les criminels de la ville. Et maintenant, cette eau noire coulait autour des chevilles de l'Artilleur. Il ignorait cela, tout comme il ignorait qu'il se trouvait dans un réservoir perdu datant du Moyen Âge, sous Marylebone. En revanche, il savait que, lorsque l'eau court, elle creuse son lit et qu'en suivant ce lit il trouverait peut-être une issue à ce trou à rats.

S'il avait été porté à l'introspection, il aurait dit, comme la plupart des soldats, que l'idéal c'était de mourir dans son lit, entouré de ses arrière-petits-enfants. Mais, puisqu'il n'avait pas le choix, mieux valait mourir en tentant d'échapper à son sort.

Il redoubla d'efforts. Tandis qu'il pelletait la terre à grandes brassées, l'urgence de ses mouvements fit basculer son casque métallique, qui tomba en faisant jaillir une gerbe d'éclaboussures. Il lui fallut un moment pour comprendre l'évidence.

— Je dois virer idiot, marmonna-t-il en se remettant à creuser, cette fois à l'aide du casque.

Dès lors, il progressa rapidement. Le trou gagnait en profondeur et il finit même par apercevoir la voûte d'une arche basse qui s'ouvrait dans la paroi. Sans ralentir, il se demanda pourquoi cette galerie s'était colmatée. Lorsqu'une rivière souterraine ne peut plus couler, les débris qu'elle charrie l'engorgent naturellement : la berge de graviers, au bord du réservoir, s'était formée ainsi.

Donc, quelque chose bloquait l'évacuation du réservoir. L'Artilleur le comprit quand son casque ripa sur le côté au lieu de creuser droit. Il le posa et tâta le fond. Il crut d'abord sentir la racine d'un arbre. Mais cela céda sous sa main. Saisi d'horreur, il chercha encore et trouva d'autres fragments. Puis ses doigts s'emmêlèrent dans des cheveux.

Il les libéra avec délicatesse et secoua ses mains pour les sécher avant de gratter une de ses précieuses allumettes.

Bien que la flamme se reflète à la surface de l'eau, la lumière était suffisante pour qu'il distingue deux orbites vides dans un crâne de femme. Il s'agissait d'une femme parce que les cheveux, longs et sombres comme des aubergines, pendaient d'un côté du crâne ; un anneau d'or brillait sur l'os d'un doigt, à côté d'un petit paquet. Il s'en saisit et cela lui suffit pour comprendre que ce n'était pas le squelette d'une femme. Il avait sous les yeux un visage rudimentaire sculpté dans un bout de bois, à coup sûr celui d'une poupée.

Ce n'était pas un squelette de femme, mais de petite fille.

Il devina d'emblée qu'il s'agissait d'une fulgurance, une des victimes du Marcheur, peut-être même la première.

L'Artilleur fut ému devant cette petite main squelettique crispée sur le visage souriant de la poupée. Une envie de meurtre le submergea.

— D'accord, mon salaud. Destin ou pas destin, pas question de crever ce soir. Je vais m'occuper de toi.

Il gratta une autre allumette et examina les orbites du squelette. Il ne repéra rien d'atroce dans les os et les débris de chair et de tissu qui subsistaient encore. Une petite fille était morte cramponnée à sa poupée, dans l'attente d'un réconfort auquel elle n'avait pas eu droit. Il imagina les sanglots qui avaient dû résonner dans cette salle de pierre avant qu'elle se taise. Ses mâchoires se contractèrent.

Bien entendu, une statue ne peut pas pleurer. Tout le monde sait ça. Ce qui roulait sur sa joue, ce n'étaient que des éclaboussures échappées de ses travaux de creusement et qui retombaient dans la Tyburn ; il se pencha pour déplacer les ossements avec douceur et les déposer sur la berge en s'efforçant d'en respecter l'ordre. En dépit de ses mains que la fatigue rendait maladroites, l'Artilleur faisait preuve d'autant de délicatesse qu'un père mettant son enfant au lit.

— Pardonne-moi, ma chérie, il faut que je te bouge. C'est la seule façon de pouvoir le choper. Je vais LE CHOPER de ce pas, où qu'il soit ! Et, quand je le tiendrai, je le tuerai !

25

Le Miroir Noir

La King's Library se trouve sur le côté ouest de la vaste cour circulaire couverte d'un dôme en verre du British Museum. C'est une longue salle aux proportions élégantes et les diverses collections de curiosités exposées là viennent de toutes les époques et de toutes les régions du monde.

Il y a des fossiles fragiles et d'épaisses matraques guerrières maories, d'exquis vases d'albâtre hauts comme un homme et de fines lances à la pointe recouverte de lames de météorite comme en fabriquaient les Indiens d'Amérique. Il y a des sculptures grecques et les bustes des grands hommes qui ont rassemblé ces collections. Il y a de très vieux manuscrits et de magnifiques bijoux en or, des haches en silex primitives, de grossiers carillons à vent romains, et tout un bazar d'obscures reliques religieuses.

Aux yeux de la plupart, c'est un charmant fouillis

d'objets de l'époque des Lumières, tous dignes d'être exposés ; très peu savent que, dans ces collections faussement disparates, certains objets ne sont là que pour se surveiller mutuellement – des objets investis de puissance, des objets sombres et des objets lumineux, s'annulant l'un l'autre grâce à leur disposition qui ne doit rien au hasard.

Les lumières étaient éteintes et le musée était silencieux.

Un bruit inopiné se produisit et le Marcheur surgit de l'un de ses petits miroirs. Il les ajusta l'un contre l'autre pour les refermer et glissa ce disque dans la poche de son manteau. Debout devant une haute vitrine sur pied, il se délecta en examinant son contenu. Repoussant la capuche du sweat vert qu'il portait sous son manteau aux pans flottants, il libéra le Corbeau, qui avait voyagé avec lui, et se pencha, les deux mains posées sur le verre.

Le Corbeau étira ses ailes et voleta dans toute la salle avant de se percher sur la balustrade de la passerelle qui courait le long des étagères au niveau du premier étage. Il scrutait de son œil noir et indéchiffrable le Marcheur, absorbé dans la contemplation de la vitrine.

Voici ce qu'il y avait dedans : trois disques de cire de tailles différentes, deux petits et un grand, tous épais comme des roues de fromage et décorés de symboles magiques – des pentacles – et de noms oubliés d'une importance considérable ; une « pierre de voyance », en l'occurrence une petite boule de cristal, guère plus grande qu'une balle de golf ; un mince disque d'or, gravé des mêmes motifs de cercles concentriques et de tourelles qu'on voyait à la surface du plat d'étain dans le réservoir souterrain ; et, le plus bizarre de tout, une pierre miroir. Les autres objets évoquaient surtout le fouillis ésotérique qu'on s'attend à trouver dans le repaire d'un magicien ; la pierre miroir n'appartenait pas à la même catégorie. Les lignes en étaient si pures et si dépouillées qu'elle paraissait atemporelle, à la fois complètement moderne et irrémédiablement ancienne. Sculptée et polie dans de l'obsidienne noire sans défaut, elle était d'origine aztèque, comme l'indiquait le cartouche.

— Aztèque, marmonna-t-il en crachant d'un air moqueur.

Le crachat coula le long de la paroi vitrée entre lui et le cartouche.

— Les collectionneurs ont des cervelles de musaraignes pygmées, ajouta-t-il.

Lui, il savait que cette pierre noire était ancienne longtemps avant que les Aztèques d'Amérique centrale se livrent avec beaucoup d'enthousiasme à des sacrifices humains ; et c'était la surface si bien polie de cette pierre, dont la forme rappelait celle d'un miroir à main, avec un manche et un trou prévu pour une courroie depuis longtemps disparue, que le Marcheur contemplait fixement.

— Des oiseaux et des papillons. Tu imagines…

Il regarda le Corbeau en remontant la manche droite de son manteau.

— Les Aztèques les ont sacrifiés par centaines de milliers pour leur dieu Quetzalcóatl. Davantage les colibris que les corbeaux ; donc toi, mon cher ami, tu n'aurais pas eu de problème. Mais j'aurais aimé voir ça. Pour penser à sacrifier un papillon, il faut avoir une sensibilité particulièrement délicate…

Le Corbeau, pour qui le monde des insectes était un buffet permanent, ne trouvait pas qu'il soit extraordinaire de tuer des papillons, mais il n'ouvrit pas le bec. La vérité, c'était que le Marcheur aimait parler et que lui était condamné à l'écouter.

Le Marcheur posa les mains à plat sur la vitre, juste devant la boule de cristal. Il ferma les yeux, doigts écartés comme pour la mesurer et inscrire la taille dans sa mémoire. Puis, de nouveau, il scruta la surface noire et polie du miroir.

— Le Miroir Noir ne sert à rien tout seul. Sans son jumeau, il est à peine plus intéressant qu'un caillou bien poli.

Il sourit sombrement au Corbeau.

— Avec une paire de miroirs ordinaires, on pénètre dans tous les endroits du monde où on a envie d'aller – n'importe où dans l'espace et le temps – pour peu qu'on ait le truc, reprit-il. Mais, à côté de ce que peut faire un miroir de pierre, c'est un numéro de salon pour enfants de chœur. Une paire de miroirs de pierre ouvre l'accès à un tout autre univers. Et, dans l'opacité de cet univers, un homme rusé peut s'arroger des pouvoirs dont notre monde n'a même pas idée.

Si le Corbeau était impressionné, il choisit une drôle de façon de le manifester en lâchant une fiente monstrueuse sur le crâne chauve d'un splendide buste en marbre du XVIIIe siècle. Le Marcheur ne remarqua rien.

— Ils ont cru pouvoir me couper les ailes en les séparant, ces miroirs, et en cachant le second dans un endroit où je n'ai jamais pu le trouver. Il ne leur est pas venu à l'esprit que, avec l'éternité déployée devant moi, je me donnerais le temps de trouver une fulgurance pour choisir une pierre et un maître créateur pour la sculpter. Idiots…

La boule de cristal se mit à tourner dans la vitrine, répondant à la force cachée qui irradiait des doigts écartés du Marcheur – plus elle tournait vite, plus elle semblait osciller sur son axe.

Une goutte de sueur roula le long du nez du Marcheur et vint s'écraser sur le parquet tandis qu'il luttait pour contrôler la puissante vibration de ses doigts ; suffoquant, il referma sa paume ouverte et cingla violemment l'air de son poing fermé devant la vitrine. La boule de cristal se mit à ricocher en tourbillonnant contre les parois de verre, suivant les mouvements du poing, rebondissant de plus en plus vite jusqu'à ce que le rythme de ces impacts brutaux évoque un tir de mitraillette ; alors, tout le verre de la vitrine dégringola d'un coup et s'effondra en tas comme un rideau de cristal.

Une sonnerie d'alarme se mit à sonner prosaïquement dans le lointain et une faible lumière s'alluma. Sans se soucier de tout cela, le Marcheur enjamba le verre brisé. D'un geste preste, il s'empara de la boule bloquée en pleine course au beau milieu de la vitrine et l'empocha.

De cette même poche, il sortit deux gants dépareillés et tout fripés. Il les enfila vite fait et, tout aussi rapidement, étala une écharpe dans laquelle il empila deux des disques de cire protecteurs. Puis il prit le miroir d'obsidienne et le posa sur les disques ; à voir ses gestes hâtifs, on aurait dit qu'il ne voulait pas le toucher plus longtemps que nécessaire, en dépit de ses gants. Puis il le protégea d'un autre disque de cire avant de nouer serré les coins de l'écharpe pour former un balluchon. Il empocha également le disque d'or avec le rêve des quatre châteaux et recula d'un pas.

— Viens, ordonna-t-il.

Le Corbeau se percha sur son épaule. Pour avoir les mains libres, le Marcheur attrapa entre ses dents les extrémités de l'écharpe contenant le Miroir Noir, puis ôta ses gants et sortit les petits miroirs de sa poche. Quand le premier gardien du musée débarqua en courant, il posa le pied sur l'un d'eux et disparut.

26

La lune du chasseur

Edie tomba dans le miroir situé derrière elle. La surface plia avant d'éclater aussi délicatement qu'une bulle de savon et la fulgurance s'enfonça dans la fournaise. Quelqu'un tenta en vain de la rattraper par la cheville, mais elle continua sa chute et atterrit au milieu d'un vacarme assourdissant, comme si les portes de l'enfer s'étaient ouvertes en grand.

Elle se retrouva à plat dos ; la première chose qu'elle vit, ce furent ses propres jambes, en l'air, et derrière le ciel sombre et le rond brillant d'une lune pleine qui la contemplait de haut, pâle soleil nocturne d'automne, encadrée par deux bottes éraflées et familières.

Sentant un bout de brique pointu lui entrer dans l'omoplate, elle se remit sur pied avec beaucoup de contorsions, juste à temps pour voir le ciel balayé de longs doigts blancs lumineux qui le découpaient en segments dentelés. Puis elle prit conscience du crépitement affamé d'un feu qui ronflait tout près d'elle.

Tout ce bruit n'avait rien à voir avec son atterrissage brutal ; elle se retrouvait immergée dans un enfer qui ravageait le monde autour d'elle. Le monde dans lequel elle avait dégringolé était un monde en train d'exploser. C'était une suite de déflagrations profondes, de cris et de chocs. Derrière les hurlements, on percevait le hululement sourd d'une sirène, et derrière encore, le martèlement rythmé d'un moteur qui venait du ciel lui-même. Sans compter le contrepoint aigu des salves d'un tir de défense aérienne qui venait se rajouter aux sirènes d'ambulance, aux hurlements de détresse et aux coups de boutoir monstrueux qu'elle sentait à travers les semelles de ses bottes.

Reculant le moment de découvrir la source de cet abominable fracas, elle s'intéressa à ses pieds et s'aperçut qu'ils étaient sur les marches d'une boutique. Le sol autour d'elle était jonché de débris de verre et de briques. Il y avait un miroir sur le montant de la porte. Son reflet la contemplait, un visage sale et blafard, bouleversé, rougi par les flammes. Avant qu'elle ait eu le temps de voir s'il y avait un autre miroir pour faire la paire, un choc énorme la fit tomber à genoux tandis que, sous elle, le sol se déformait. Abasourdie par la violence de ce coup invisible, elle se redressa à moitié mais vit alors quelque chose qui la figea sur place. Elle demeura là, un genou à terre, les yeux écarquillés, la bouche ouverte, fascinée par la vision d'enfer qui se dressait devant elle à l'autre bout de la rue.

Un incendie dévastateur. Du centre de ce brasier sortait le dôme familier de la cathédrale St Paul, couronné de feu et de fumée noire mais intact. C'était une vision de fin du monde – mais avec la chaleur qui lui brûlait le visage et son épaule endolorie, là où elle avait roulé sur les briques brisées, Edie savait qu'il ne s'agissait pas d'une vision. Ce n'était pas un effet de sa fulgurance.

C'était la réalité.

Quand la fulgurance la projetait dans le passé, la vision paraissait réelle mais se livrait par fragments déchiquetés, et tout finissait par s'arrêter. Il ne lui arrivait jamais de se retrouver avec la bouche tapissée de poussière de briques. On était loin de la fulgurance, en plein dans la réalité.

— Eh ! Toi, la gamine, fous le camp de cette putain de rue, file dans l'abri ! cria une voix de l'autre côté de la rue.

Elle se retourna et vit un homme entre deux âges, avec un sac en toile sur l'épaule et un casque métallique comme celui de l'Artilleur, sauf que celui de l'Artilleur n'avait pas de W peint en blanc dessus. Il paraissait énervé contre elle, sa fine moustache vibrait comme une chenille furieuse.

— C'est par là-bas, au bout. Tu cherches à te faire tuer ou…

Le mur du vieux bâtiment derrière lui sauta comme si un géant invisible avait donné un coup de pied dedans. L'homme ne put jamais terminer sa phrase parce que toute la façade de l'immeuble lui dégringola dessus, avalanche brutale de briques et de pierres.

Un nuage de poussière s'éleva et, d'instinct, Edie se protégea la bouche ; puis il retomba et le casque avec le W blanc roula lentement vers elle. Il heurta le bord du trottoir et se retourna. Elle aperçut quelque chose d'humide à l'intérieur et préféra détourner les yeux.

Au milieu du brasier qui cernait le dôme intact de la cathédrale, quelques jets d'eau s'arquaient en vain contre le rugissement de ces flammes déchaînées. On distinguait les silhouettes noires de groupes d'hommes qui luttaient, armés de lances d'incendie. Au-dessus, les pinceaux des projecteurs ratissaient le ciel, dessinant dans les nuées sombres des traînées de feu, échos brûlants des jets d'eau qui striaient ce spectacle de désolation.

Edie se rendit compte qu'elle se bouchait les oreilles dans l'espoir de repousser loin d'elle l'assaut discordant.

Soudain, quelque chose lui saisit le bras par-derrière.

Elle se retourna et se retrouva face au Friar. Son visage habituellement jovial était tout angoissé.

— Viens ! cria-t-il en tentant de dominer le vacarme que faisait un immeuble, dans la rue à côté, en s'écroulant. Retour aux miroirs. Pas question de mourir ici.

Pour une fois dans sa vie, elle ne chercha pas à discuter. Elle se laissa entraîner vers l'entrée de la boutique – une librairie –, où elle vit, à son grand soulagement, deux miroirs posés face à face de chaque côté de la vitrine. Ils allaient échapper à ce cauchemar.

Mais le moine s'arrêta net.

— Quoi ? demanda-t-elle.

Et elle entendit, une seconde avant la déflagration, un sifflement tombé tout droit du ciel chaotique – un sifflement d'une proximité obscène.

Le moine la saisit de nouveau par le bras et l'attira contre lui, l'éloignant de la librairie et de la sécurité que signifiaient les miroirs. Il lui fit un rempart de son corps pour la protéger de toute sa corpulence.

La bombe explosa et ses pieds se dérobèrent sous elle. Si elle ne tomba pas, ce fut grâce à la solide étreinte du moine. On aurait dit que l'air lui-même les battait comme plâtre, les vitrines de la boutique furent soufflées, déclenchant une averse horizontale de débris de verre argentés. Si elle n'avait pas été totalement protégée par le large dos métallique du Friar, elle aurait été transformée en purée rougeâtre et éparpillée sur les pavés comme du steak haché. Après la vitrine, ce fut au tour des marchandises de s'envoler. Les livres s'étalèrent sur le trottoir et un ouragan de pages arrachées tourbillonna autour d'eux.

Au bout d'une minute, le moine se redressa : ils étaient pris dans le cœur d'un lent maelström de papier, certaines feuilles étaient en flammes, d'autres non, mais toutes tournoyaient dans le ciel sombre au gré des courants que générait l'incendie.

Le Friar traversa la rue en quatre pas rapides, repoussant avec détermination la tempête de pages qui les environnait. Edie avançait derrière lui d'un pas vacillant. Ils s'arrêtèrent en même temps.

Les miroirs avaient disparu, pulvérisés par le même souffle qui avait détruit la vitrine. Edie perçut le petit bruit aigu et désapprobateur que fit le moine. Encore plus sinistre qu'un immeuble en train de s'écrouler.

— Les miroirs, dit-elle.

Il refit le même bruit désapprobateur.

— C'était notre seule issue, reprit-elle d'une voix haut perchée.

Il leva les yeux vers le ciel. Elle tira sur sa soutane.

Des débris de verre s'échappèrent des plis du tissu et tombèrent à terre en tintant.

— Qu'est-ce qu'on fait maintenant ?

Il examina la rue des deux côtés. Le voir aussi hésitant ne fit qu'augmenter sa peur. Il finit par la regarder.

— Tu sais courir ?

Elle fixa le gros ventre du moine.

— Et vous ? riposta-t-elle.

Une ombre de sourire se dessina sur le visage éclairé par les flammes.

— Jeune dame, si ma survie en dépend, je suis même capable de voler…

Retroussant d'une main sa soutane au-dessus du genou, il l'attrapa par le bras et se mit à courir. Elle refusa toujours de le reconnaître plus tard, mais la pression de cette main suffit à l'arracher à son apathie et elle se mit à cavaler à ses côtés, faisant deux petites enjambées pour chacune de ses grandes.

Les détails de cette fuite échevelée à travers le brasier et les bombes se fondirent dans un certain flou, tant tout alla vite. Plus tard, elle fut incapable de reconstituer la chronologie des événements : certains moments isolés resurgirent, déconnectés les uns des autres, une minute ici, ailleurs la minute d'après. Un vieux taxi dont les roues avaient des rayons apparents se retrouva soufflé de l'autre côté de la rue, juste sous leur nez, et vint s'encastrer dans la baie vitrée d'un premier étage. Ils continuèrent leur course. Un ruisseau de feu jaillit brutalement d'une ruelle adjacente, leur barrant la route. Le Friar attrapa Edie à pleins bras et sauta par-dessus les flammes. Elle avait le souvenir qu'ils avaient couru le long d'un bus londonien et qu'elle avait remarqué l'escalier en spirale qui montait à l'arrière vers une impériale dépourvue de toit. Elle avait détourné la tête avant que son cerveau n'ait le temps de comprendre ce que signifiait la manche tordue et la main qui dépassaient de sous le véhicule, à la hauteur du trottoir.

Ils enfilèrent des rues étroites entre des murs d'une hauteur vertigineuse et se retrouvèrent dans une vieille cour surgie de nulle part dans le dédale des rues. Edie se souvenait du bruit sourd d'une bombe qui était tombée dedans juste au moment où ils la quittaient. Elle avait eu le temps de voir une boîte de forme allongée dégringoler du ciel et se fracasser contre le mur de l'église ; là encore, elle avait détourné les yeux avant de voir ce que contenait ce cercueil. Elle se souvenait aussi de ce qu'avait déclaré le moine :

— Ils réenterreront ces pauvres diables demain matin.

Et ils avaient continué à courir, sans trêve ni repos, passant dans des rues vides et tranquilles qui se transformaient instantanément derrière eux en ruines enflammées. Ce n'est qu'en lisant sur une plaque à l'angle d'un immeuble, « Puddle Dock », qu'elle comprit vers quoi ils couraient.

En dépit de sa fatigue, elle redoubla d'efforts ; ils prirent à la corde le dernier virage et le Black Friar surgit, à la proue de son bâtiment.

Le moine ouvrit la porte et ils s'engouffrèrent à l'intérieur. Elle eut le temps de voir que les fenêtres étaient masquées par du papier collant avant qu'il la pousse sans douceur entre les deux miroirs de la voûte.

— Parfait ! lâcha-t-il, essoufflé. À la maison, James.

— C'est qui, James ? riposta une voix familière du fond de l'alcôve.

Elle eut beau scruter les ténèbres, elle ne distingua personne. Elle ne voyait qu'une affiche représentant deux hommes en train de discuter accoudés à un bar, l'oreille aux aguets – sur les bouteilles et même sur les poignées des pompes à bière on voyait le visage familier d'un homme avec une mèche brune et ce qu'on appelle justement une moustache à la Hitler. En dessous, le message « Les oreilles ennemies nous écoutent ». Une affiche amusante et colorée.

— Tu as raison, dit-elle à la cantonade, en se tournant vers l'endroit où elle savait que se trouvait Petite Tragédie. Cette affiche me plaît.

Le moine renifla bruyamment et la tira par le bras ; ils tombèrent droit dans le miroir, elle se sentit vaciller sur ses pieds et s'aperçut qu'elle ne marchait plus sur le même tapis ; le monde extérieur n'était plus un enfer, on n'entendait que le ronronnement régulier de la circulation derrière les vitres – des vitres qui n'étaient plus barrées de ruban antiexplosion.

— Je crois qu'ainsi les miroirs ont été expliqués, déclara alors le Friar.

— Oui, répondit Edie en s'efforçant d'empêcher ses jambes et sa voix de trembler. J'ai compris le coup du miroir. Pas du tout pour les déprimés du cigare. Tout ce qu'il y a de plus véridique.

Elle se laissa brusquement tomber par terre ; quelque chose en elle devait céder, et ce furent ses jambes qui le firent en premier.

27

Eigengang

Ce fut le foot qui réveilla George, le foot et une voix d'homme qui criait avec beaucoup d'énergie quelque part au loin.

— Par ici, fiston ! Fais une tête !

Il y eut ensuite le bruit sourd et inimitable d'une chaussure venant frapper le cuir humide d'un ballon ; il ouvrit les yeux, s'arracha aux ténèbres et vit un ballon blanc et rouge tourbillonner dans l'air, au-dessous de lui, avant de lentement retomber vers un groupe de joueurs tassés autour d'un but encombré. Après un bref échange de coups dans la boue, le ballon s'engouffra dans le filet ; un des joueurs, la tête couverte de son maillot, les bras levés effectua en courant un tour de piste victorieux. Les autres se mirent à siffler en riant de plaisir ; la seule chose anormale là-dedans, c'était que George contemplait ce spectacle d'en haut, comme un oiseau perché en équilibre instable.

Il sentit alors sa poitrine prise dans la serre de pierre. Le Tuyau lui revint en mémoire, et le fait qu'il aurait dû être mort et la fille d'or qui criait, empalée sur la lance. Le passé le frappa de plein fouet comme un sac de ciment mouillé.

L'espace vert inondé de lumière qu'il voyait au-dessous de lui, c'était Coram's Fields, une oasis d'herbe et d'arbres au sud d'Euston Road. Le Tuyau volait plus vite maintenant, comme s'il était presque arrivé à destination et qu'il n'avait plus besoin d'économiser son énergie. La pluie s'était calmée mais tombait toujours – un petit crachin avait remplacé l'averse brutale.

George était trempé jusqu'aux os, il tremblait comme une feuille tout en s'efforçant de comprendre pourquoi il n'était pas mort.

Ariel l'avait attrapé pour le coincer contre la grille, avec une telle force qu'il ne pouvait plus bouger. Et le chevalier fonçait sur lui, la lance braquée. À la dernière seconde, George avait détourné la tête et fermé les yeux. Il avait senti ce choc colossal. Donc, il aurait vraiment dû être mort.

Sauf qu'il était de nouveau conscient ; il se repassa le grand final plus lentement et comprit que le plus grave de l'histoire, ce n'était pas le choc lui-même mais bien plutôt d'où il venait. La lance le visait en plein cœur, prête à l'épingler comme un papillon. Or l'impact n'avait pas été frontal. Plutôt latéral. À bien y réfléchir, il se souvint d'avoir senti battre les ailes de la Mort ; il comprit alors que ce n'était pas la Mort mais le Tuyau qui avait surgi du ciel noir au dernier moment pour l'arracher à son destin, si bien que la lance du chevalier avait traversé l'espace vide – où George n'était plus –

pour s'engouffrer dans la brèche entre deux barreaux – où Ariel, elle, se trouvait toujours.

Il avait alors eu l'impression que sa tête explosait ; le Tuyau avait dû le cogner brutalement contre le toit de la guérite au moment où il l'emportait dans le ciel, parce que George sentait maintenant, derrière l'oreille, les élancements d'une bosse.

Ce qui expliquait pourquoi il volait maintenant au-dessus d'Euston Road, en direction des toits généreusement décorés de la gare de St Pancras : le Tuyau l'avait récupéré. Le Tuyau l'avait sauvé, tout comme auparavant Ariel l'avait sauvé de la gargouille. De Charybde en Scylla, en somme. Sauf qu'il ne savait plus très bien qui était Charybde et qui était Scylla. Le Tuyau n'étant sans doute pas devenu brusquement son ami après avoir été son ennemi, il l'avait forcément sauvé par hasard, n'obéissant qu'à son propre intérêt. Tout était trop compliqué, il avait mal partout, il avait froid et il était perdu.

Le souvenir d'Ariel – son sourire, sa joie de voler autour du Cornichon, de faire des pirouettes au sommet du monde –, tout cela était également source de souffrance, surtout si on y ajoutait l'accent glacé de sa voix quand elle l'avait attrapé pour le livrer au chevalier. Il souffrait parce qu'elle l'avait trahi.

Le Tuyau ralentit à l'approche du grand clocher illuminé. Ils firent le tour de l'imposant bâtiment à l'architecture surchargée, construit en briques orange et en pierres blanches, tout propre. George eut le temps de remarquer le grand toit d'ardoise qui s'élevait dans le ciel au-dessus des cadrans, sur les côtés, et les pinacles qui décoraient chaque angle.

L'entrepôt allongé de King's Cross défila sous son

épaule droite, puis le Tuyau longea le toit de St Pancras, au-dessus d'une crête aiguë sur laquelle courait une étroite passerelle menant à de hautes cheminées cernées de pentes vertigineuses. Avant que le bâtiment s'arrondisse brutalement pour s'achever sur une tour imposante et pointue, il y en avait une autre, et c'était vers celle-là que le Tuyau se dirigeait. Arrivée à sa hauteur, la gargouille cessa de battre des ailes et les étendit, s'en servant comme de freins jusqu'à caler. Au moment où George s'avisait que le mouvement des ailes s'était enrayé et qu'ils allaient tomber, le Tuyau tendit une patte et planta sa serre dans l'angle d'un mur.

— Gurk ! toussa-t-il avant de déposer George sur un espace étroit.

Pas question pour George de s'enfuir. L'aire du Tuyau, délimitée par trois angles du toit, s'achevait en à-pic. Il y avait une gouttière en plomb, une sorte de plateau troué avec un fragment de pierre posé dans un coin, ce qui laissait à George la place de s'accroupir pour regarder la gargouille s'installer. Sauf que – contrairement à ses collègues, dont George ne pouvait que constater la présence un peu partout autour de lui et qui faisaient face à la ville –, le Tuyau se retourna pour dévisager George.

Celui-ci n'avait pas la moindre idée de ce qui allait se passer. Après l'avoir examiné attentivement, la gargouille déploya lentement ses ailes, s'ébroua comme un chien puis les replia proprement sur son dos. C'était la première fois que George avait l'occasion d'observer le Tuyau au repos. Jusqu'à présent, il l'avait toujours vu en action, occupé à courir, à voler ou à pourchasser une proie. D'ailleurs, il s'était donné tant de mal pour rester aussi loin que possible de cette créature qu'il n'avait jamais eu l'occasion de la contempler dans toute sa gloire.

Non qu'elle soit manifeste. Le Tuyau était vraiment moche comme un pou, selon l'expression du père de George. Un félin filiforme avec des ailes à la place des pattes avant. Il y avait quelque chose de contraint, de torturé, dans la façon dont le sculpteur l'avait créé et, à l'évidence, la vie sur le toit n'avait pas été rose tous les jours. Il était maculé de crasse et une mousse verte s'échappait de sa bouche depuis que George lui avait arraché son vieux tuyau de cuivre. Maltraitée par les intempéries, l'articulation supérieure d'une de ses ailes était brisée, ce qui lui donnait un air bancal. George se demanda si ce n'était pas à cause de ce bout d'aile manquant que la gargouille volait tellement de guingois.

Le Tuyau retroussa les babines et George vit à quel point les taches vertes envahissaient les dents du bas comme des traces de sang.

— Gack ! dit la créature d'une voix rauque.

— Oui, dit George. C'est gentil chez toi.

Les bras serrés autour du corps, il était pelotonné sur lui-même dans l'espoir de trouver une étincelle de chaleur.

— Dommage qu'il n'y ait pas le chauffage central, ajouta-t-il.

Le vertige était en train de le gagner.

— Gowk ! dit le Tuyau en se donnant un petit coup sur les crocs avant de repousser George sur les tuiles.

— Gowk !

Il essayait de dire quelque chose, comprit George. Il

voulait communiquer. Et l'incapacité de George à comprendre son message semblait l'énerver.

— GOWK !

— Oui, gowk, répéta George.

Le Tuyau ne parut pas impressionné. Ses crocs grincèrent l'un contre l'autre et sa gorge émit un bruit, comme s'il tentait de recracher une arête de poisson ou une boule de poils.

— Désolé. Je parle pas le gargouille, s'excusa George.

Le Tuyau secoua la tête en tapotant de nouveau ses crocs à nu du bout des ailes. Brusquement, tout s'éclaira pour George.

— Gowk ! Tuyau ! Tu veux ton tuyau ! Le gowk – je veux dire le tuyau – que je t'ai arraché de la bouche. Oui, bien sûr, excuse-moi…

Évidemment. Cela expliquait pourquoi cette créature s'obstinait à le poursuivre. Il l'avait privé d'une partie importante de son anatomie. Dans son souvenir, avant, la créature n'émettait pas le moindre son. Ses tentatives pour communiquer paraissaient si douloureuses qu'il n'était guère surpris qu'elle souhaite le récupérer.

Fouillant dans la poche de son pantalon, il réussit à attraper le tuyau rouillé. Il le tendit à la gargouille en signe d'offrande de paix.

Mais juste à temps, dans un éclair d'intelligence, il le mit hors de sa portée.

— Quoique…, dit-il lentement, en réfléchissant en même temps. Quoique… On pourrait peut-être passer un accord. Tu me déposes à terre et moi, je te rends ton tuyau. Tu comprends ?

Il mima le geste de voler puis celui de rendre le tuyau.

L'animal de pierre pencha la tête. Puis, avec une vitesse surprenante, il tendit une serre. La main de George se retrouva vide. La gargouille contempla le tuyau métallique qu'elle avait récupéré.

— Oui, concéda George. Ou tu peux le prendre maintenant et me poser ensuite sur le sol. Si ça te convient mieux, je ne suis pas… euh… exigeant…

Il s'accrochait aux basques effrangées d'un espoir infime ; il referma les bras sur lui-même et s'efforça de voir le bon côté de la situation.

— N'empêche. Puisque tu as récupéré ton tuyau, je suis content. Je suis content, tu es content, et…

Le Tuyau cessa de s'intéresser au bout de cuivre pour fixer George avec une intensité minérale qui lui ôta les mots de la bouche. Il fit rouler deux fois le métal sous sa serre puis le jeta par-dessus son épaule avec la plus grande indifférence. George le dévisagea fixement, tandis que le tuyau dégringolait bruyamment du toit jusqu'à l'entrepôt en contrebas. George avala sa salive avec difficulté.

— Gowk !

Le Tuyau se frappa la poitrine du bout de l'aile avant de pousser George de façon insistante.

— Gowk… eigengang. Eigengang… gowk.

Quelque part, cela avait sans doute un sens, mais pas sur une planète connue de George.

— Désolé. J'ignore également ce que signifie « eigengang ».

Le Tuyau fit un mouvement brusque et George crut qu'il passait à l'attaque ; mais la gargouille saisit le fragment de pierre et tira dessus. George recula en s'agrippant aux ardoises pour ne pas tomber dans le vide. Le Tuyau brandit la pierre comme une massue.

Alors qu'il levait les mains pour se protéger, le Tuyau lâcha un sifflement mécontent et se rassit sur ses pattes arrière. Il agita son arme improvisée sous le nez du garçon. Puis il eut un nouveau mouvement brusque, reposa la pierre et attrapa la main de George. La cicatrice en forme de marque du Créateur se réveilla tandis qu'il le tirait en avant. George se retrouva sur la pointe des pieds. Alors, la gargouille lui frotta la main contre son aile, à l'endroit où les intempéries en avaient arraché un gros morceau.

— Aïe ! cria George dont la main était toute râpée par la surface rugueuse.

Le Tuyau siffla de nouveau d'un air fâché et fit un pas en arrière. George se retrouva soudain sans appui ; pire encore, il était sur la pointe des pieds, parfaitement conscient du vide prêt à l'engloutir. Il chancela et retomba dans la gouttière. Le fragment de pierre lui laboura le flanc au passage ; il arqua le dos pour le pousser. Lorsque la pierre s'enfonça dans la chair tendre de ses paumes et de ses doigts, il comprit.

Il sut, sans avoir besoin de vérifier l'aile abîmée de la gargouille, que c'était le morceau manquant. Ses mains palpaient la même texture granuleuse, ses doigts savaient qu'il tâtait la forme en négatif de l'aile du Tuyau. C'était taillé dans la même pierre et ce morceau allait s'adapter parfaitement. Non seulement ces deux fragments concordaient mais, d'une manière inexplicable, ils souhaitaient se retrouver collés.

— Oh ! dit-il.

Il s'assit. Il examina le bout d'aile au creux de sa main, il examina le Tuyau.

— Oh ! répéta-t-il.

Le Tuyau s'accroupit, offrant à George son membre cassé. Bien que cette créature soit terrifiante, celui-ci ne put s'empêcher de tendre la main pour toucher la blessure.

— Tu veux que je te répare…

Il tâta la surface puis posa le fragment sur l'aile. Ça correspondait parfaitement.

— Eigengang, dit le Tuyau en hochant la tête.

— Si eigengang signifie réparer, je ne peux pas le faire. Désolé. Il ne s'agit pas simplement de le remettre en place. Il faut le fixer.

En esprit, il revit le désordre parfaitement organisé dans l'atelier de son père. Il l'entendit aspirer l'air d'un côté de la bouche, comme il faisait quand il fumait en travaillant, les mains prises. Il le vit examiner une sculpture brisée. C'était une danseuse qui appartenait à sa mère : George l'avait cassée et ils tentaient de la réparer avant qu'elle ne s'en aperçoive. Un grand moment de complicité – deux hommes unis travaillant contre la montre. Il se souvint de son père expliquant que ce n'était pas qu'une histoire de colle. Impossible de se contenter de coller. Pour une réparation digne de ce nom, il fallait un renfort mécanique. Surtout s'il y avait de la pression au niveau de la cassure. Et les ailes du Tuyau étaient soumises à une sacrée pression chaque fois qu'il volait.

— C'est compliqué. Il faut que ce soit collé ou cimenté. Sans compter que ce serait bien de renforcer avec une vis ou un clou. Désolé.

En guise d'excuse, il serra entre ses doigts l'aile provisoirement reconstituée. La pierre devint brûlante.

Le Tuyau l'observait.

— Eigengang.

George serra plus fort. La chaleur augmenta encore. Tout en lissant la fêlure du creux de la main, il ne savait plus d'où sourdait cette chaleur. Sans doute pas de la pierre.

Non, de sa paume.

Sans comprendre pourquoi il fermait les yeux, il gomma le monde alentour. Son ouïe s'émoussa tandis qu'il palpait la surface rugueuse, à l'affût des minuscules craquements qui se répercutaient le long de la fissure au fur et à mesure que les granules de pierre venaient s'agglomérer sous la chaleur intense de sa main.

Il se rejeta soudain en arrière, bizarrement épuisé, hors d'haleine, la poitrine vide. Il était trempé de sueur et fumait légèrement dans l'air froid.

Le Tuyau secoua son aile, comme pour la tester. Le fragment brisé faisait de nouveau solidement partie de lui-même. Il hocha la tête avec enthousiasme.

— Eigengang !

Il s'assit sur son arrière-train.

George en fit autant.

— Waouh ! Quelle… histoire !

Il leva les yeux vers le ciel noir en essayant de se concentrer sur le picotement qui subsistait encore au creux de ses paumes plutôt que sur le vide de sa poitrine.

— Et il a cessé de pleuvoir.

Le Tuyau releva vivement la tête, les yeux écarquillés, les oreilles plaquées, toutes les écailles de son dos hérissées.

Quelque chose arrivait sur eux.

28

La Reine et le chevalier

Quand le soir tombe, le calme revient dans les rues de la City de Londres. Les employés sont rentrés chez eux et les canyons que forment les tours serrées au sein de ce très ancien réseau urbain ne mènent nulle part ailleurs ; pour aller de l'autre côté de la City, les voitures empruntent donc des voies plus larges tandis que le cœur de ce quartier, si animé dans la journée, devient ville fantôme.

La Reine Rouge conduisait lentement ses chevaux ; l'antique silhouette de son char de guerre jurait étrangement avec les immeubles modernes qui se dressaient de chaque côté de la rue.

Ses filles étaient à ses côtés, examinant chaque ruelle et chaque recoin, cherchant Edie ou un quelconque indice permettant d'imaginer où elle avait bien pu se réfugier.

Elles avaient le même regard intense que leur mère.

C'étaient des filles très silencieuses et acharnées. Quand elles devaient prendre une décision, elles n'hésitaient pas. La hardiesse maternelle courait dans leurs veines, mais, alors que celle-ci laissait sa colère s'embraser, les filles préféraient garder cette flamme soigneusement couverte.

C'est celle qui était à gauche qui l'entendit en premier.

Elle toucha le bras de sa mère et, aussitôt, la Reine tira sur les rênes.

Alors, elles l'entendirent toutes.

Un bruit de sabots, qui approchait.

La Reine saisit sa lance et la source du bruit apparut lentement au coin de la rue ; les trois femmes se figèrent.

C'était le Dernier Chevalier. Sa monture avançait à une allure d'enterrement, il tenait sa lance abaissée en signe de deuil, la tête penchée en avant sous le poids de la tristesse. En travers de la selle, devant lui, gisait le corps doré et sans vie d'Ariel.

La Reine et ses filles regardaient le chevalier approcher ; elles étaient si immobiles qu'on les aurait crues figées dans un repli du temps. Quand il fut évident qu'il allait passer devant elles sans les voir, la Reine intervint d'un air pincé.

— Chevalier ! Un mot, je vous prie.

Il continua sa route sans réagir.

La Reine fit un signe de tête à ses filles. Sans commentaire inutile, elles bondirent lestement du char et, pieds nus, coururent silencieusement derrière le chevalier. La Reine jeta sa lance à l'une d'elles, qui la rattrapa au jugé et dépassa le chevalier. La Reine fit faire demi-tour à son char, la fille à la lance se planta devant le cheval harnaché et l'homme en armure qui se dressait au-dessus d'elle ; elle enfonça la pointe de son arme dans la gorge du chevalier en guise d'avertissement. Il arrêta sa monture. L'autre fille attrapa les rênes et les garda tandis que la Reine arrivait au petit trot.

Elle examina le corps doré posé en travers de la selle. Puis elle leva les yeux vers le chevalier.

— De quoi s'agit-il ?

Il y eut un silence tandis que le chevalier, lentement, se tournait vers elle.

— D'un accident.

— Et que faites-vous avec elle ?

D'un signe de tête, il montra la rue devant lui.

— J'avais pensé escalader l'immeuble pour la remettre sur son socle avant la fin du jour. Ainsi, je ne serai pas responsable de sa mort.

La Reine regarda ses filles.

— C'est à cause de vous que l'accident s'est produit ?

— Oui.

De nouveau, la Reine fit un signe de tête à ses filles. Celle qui tenait les rênes du chevalier prit Ariel et la posa en travers de ses épaules.

— C'est mon devoir, protesta aussitôt le chevalier.

— Vous en avez déjà suffisamment fait, l'interrompit la Reine en voyant le grand trou dans le flanc d'Ariel. La blessure que vous avez infligée à cette pauvre fille eût-elle été à peine plus grande, j'aurais pu faire passer mon char au travers.

— Je n'ai pas fait exprès, se défendit-il.

— Bien évidemment, répliqua-t-elle d'un ton chargé d'ironie. Retournez à votre Guilde, chevalier. Et jouez à vos petits jeux d'épée tous ensemble. Vous n'êtes bons qu'à cela. Désormais, c'est nous qui nous occuperons d'elle, et soyez assuré qu'elle sera sur son socle avant la fin du jour.

Le chevalier la regarda un moment, puis il inclina la tête. Il fit faire volte-face à son cheval et s'éloigna lentement.

La Reine ne le quitta pas des yeux tandis que ses filles déposaient doucement Ariel à l'arrière du char.

— Vous voyez, les filles, je vous l'ai toujours dit ; ce n'est jamais une bonne idée d'envoyer un homme effectuer une tâche de femme.

29

La glissade de la mort

Du haut du toit de St Pancras, George les entendait foncer vers lui. Il se pencha par-dessus le bord de son perchoir précaire et constata qu'une grande quantité de créatures en pierre étaient en train de ramper au-dessous, sur les tuiles vertes et les cheminées.

Dans toute cette agitation, George avait oublié ce que l'Artilleur lui avait expliqué au sujet des gargouilles : elles pouvaient être des tares acharnées à sa destruction, mais elles devaient également remplir leur tâche première – à savoir servir de gouttières hautement décoratives.

Ce qui signifiait que, dès qu'il pleuvait, elles devaient reprendre leur place sur leur toit d'origine. Pour recueillir l'eau. De façon décorative. Alors, pourquoi le Tuyau et lui seul avait-il soudain pu voler librement sous l'averse battante ? George subodorait que, en donnant un nom à cette gargouille et en lui arrachant le bout de tuyauterie qui la bâillonnait lors de leur première confrontation, il avait changé sa nature. Cependant, ce n'était guère le genre de réflexions sur lesquelles il avait le temps de s'attarder pour le moment.

La question qui le taraudait, et même, qui le cernait de toutes parts, c'était ce qu'il allait faire à présent que la pluie avait cessé. Toute la colonie de gargouilles de St Pancras ressuscitait pour converger vers lui. C'était bien le bruit qui l'avait alerté – griffes et serres de pierre approchaient inexorablement, franchissant les toits encore humides et les cheminées mouillées.

Elles avançaient lentement, mais c'était encore pire que s'il les avait vues foncer. Au moins, les détails atroces lui auraient été épargnés. Toutes de tailles et de formes différentes, elles laissaient échapper de leurs gueules béantes un grondement bestial, en soufflant comme si elles respiraient par le fond de la gorge. Certaines étaient si érodées par les intempéries qu'on ne distinguait plus très clairement leurs traits, qui étaient devenus des masques abstraits, des concentrés d'hostilité. Certaines avaient été sculptées plus grossièrement que d'autres, et plusieurs avaient dû être restaurées parce qu'elles paraissaient plus neuves et plus finement ciselées.

Les plus grosses traînaient leurs ailes derrière elles comme de grandes capes, tandis que les plus petites sautaient d'un perchoir à un autre et progressaient à saute-mouton d'un pignon à une lucarne en passant par une souche de cheminée.

George se demanda si c'était ce que le Tuyau avait prévu, s'il allait finir comme ça : écartelé par cette bande de tares sans regard, très haut au-dessus de la ville noyée d'indifférence. Le Tuyau cependant se tournait vers lui, une serre tendue.

— Gung, dit-il d'un ton pressant.

Il tremblait comme font les chiens lorsque leurs sens en alerte flairent des ennuis en perspective. George ne comprenait pas pourquoi l'arrivée de ses amis plongeait la créature dans une telle angoisse.

— Gung ear ! siffla le Tuyau tout en gardant un œil sur la horde des gargouilles.

La créature tentait-elle de dire « viens ici ! » avec une gueule de félin peu adaptée à la conversation ordinaire ? George était en train de se poser la question lorsque quelque chose, tombant du ciel, vint enfoncer ses dents dans l'épaule du Tuyau ; le choc fit dégringoler celui-ci de son perchoir. L'air terrifié, il croisa le regard de George.

Le Tuyau et son assaillant passèrent par-dessus bord et disparurent.

George rampa jusqu'à surplomber le vide : les deux gargouilles s'écrasèrent sur un toit plat en contrebas, atterrissant sur une troisième qui, aussitôt, se joignit à la bagarre. Celles qui se trouvaient sur le toit reculèrent et, pendant quelques instants, les créatures s'entredéchirèrent en formant une boule compacte et grondante. On aurait pu croire qu'ils allaient plonger dans la cour, mais le Tuyau harponna d'une serre une gouttière en saillie et réussit à se hisser jusqu'au milieu du toit, sans que les deux monstres lâchent prise.

Il se jeta brutalement contre une cheminée et assomma ainsi la petite gargouille agrippée à ses épaules. Celle-ci tomba à terre et, sans pitié, le Tuyau tenta de la balancer par-dessus bord. La petite résista et voulut lui planter ses crocs dans la gorge, mais la créature bancale fut plus rapide et ce fut elle qui mordit sauvagement l'autre à la tête.

Tout autour, les monstres se mirent à pousser des sifflements de rage tandis que le Tuyau secouait sa proie, coincée entre ses mâchoires. Le cercle des animaux de pierre se referma autour de lui, et il cracha la créature sans vie sur les tuiles avant d'affronter le premier agresseur qui se présentait. Faisant adroitement un pas de côté, il utilisa la dynamique du mouvement pour balancer son assaillant contre une solide cheminée de briques juste derrière lui. Ensuite, le Tuyau attrapa la bête assommée par le bout de l'aile et la fit tourbillonner comme un gourdin, creusant les rangs de la horde ; les gargouilles reculèrent précipitamment pour éviter d'être assommés par cette matraque vivante. George se rendit compte que le Tuyau cherchait à revenir au pied de sa tour.

Puis l'aile de la créature que le Tuyau secouait comme un prunier se brisa net, claquant comme un coup de feu ; aussitôt la nuit noire aspira le corps, qui disparut.

Les autres gargouilles s'immobilisèrent. Le Tuyau contempla le fragment d'aile demeuré entre ses griffes et haussa les épaules d'un air indifférent. Il soupesa son arme improvisée comme pour dire : « Au suivant ! »

Ce fut alors que trois grandes gargouilles, deux de la même taille que le Tuyau et une plus grosse, l'assaillirent, venues de différents points cardinaux. Il allongea un bon coup de patte à la première et l'envoya valser, mais les deux autres le plaquèrent au sol ; sous le choc, le fragment d'aile lui échappa et ils se retrouvèrent tous projetés en l'air au-dessus du hangar…

La moitié des gargouilles se précipita vers le bord du

toit, mais l'autre moitié se tourna vers quelque chose de plus intéressant.

George.

Lui aussi les examinait, indécis, lorsqu'une créature le prit à revers.

Il se retrouva de nouveau dans les airs, mais cette fois le vol ne dura guère car la gargouille qui s'était emparée de lui n'était pas très grande ; ses ailes courtaudes, contraires aux lois de l'aérodynamique, ne lui assuraient pas l'envergure nécessaire pour se maintenir en l'air avec sa proie.

Ils atterrirent en catastrophe sur l'étroit rebord en dessous, mais, heureusement, la lenteur du mouvement amortit le choc. La gargouille était tellement maladroite que George se retrouva en train de lui écraser l'aile.

Elle tira dessus pour tenter de la récupérer.

Dans la lutte, George se cogna la tête contre un autre morceau de pierre – le fragment d'aile que le Tuyau avait utilisé comme gourdin.

Réagissant au quart de tour, il s'en empara et faucha le visage de la gargouille dans un uppercut écrasant. Écrasant était bien le mot exact, à entendre le bruit que fit le coup. La gargouille le regarda, perplexe, puis elle secoua la tête pour s'éclaircir les idées et poussa un grognement rauque.

Alors George frappa de nouveau, plus fort. La tête de la gargouille fut projetée sur le côté suivant un arc de quatre-vingt-dix degrés, mais elle la ramena dans l'axe en rugissant de colère – pile au bon moment pour encaisser le troisième coup, qui lui dévissa la tête à cent quatre-vingts degrés. Cette fois, le craquement fut suivi d'un « boum », la tête se détacha du corps et tomba sur le sol.

Les conséquences de ce coup désespéré laissèrent George pantois. Il ne fut pas le seul. Brusquement, les gargouilles rassemblées sur le toit ne bougeaient plus. Il en profita pour se remettre debout et s'adosser contre une cheminée. Au cas où les gargouilles viendraient lui chercher des crosses, il se défendrait mieux si l'attaque était frontale. Il avait été témoin des difficultés du Tuyau quand celui-ci avait dû se battre sur trois cent soixante degrés.

Les gargouilles se mirent à siffler, commençant en douceur pour mieux hausser le ton.

— Parfait, mentit-il en agitant l'aile cassée devant lui. Je suis prêt à continuer toute la nuit. À qui le tour ?

Elles resserrèrent lentement le cercle autour de lui, sans se laisser troubler par ses fanfaronnades.

George n'avait aucun plan. Il était largement dépassé en nombre et n'avait plus d'alternative. La seule échappatoire possible, c'était ce reflet qu'on apercevait sur le toit, une vingtaine de mètres plus loin. Il s'agissait d'une lucarne qui s'ouvrait à plat. Même si, en règle générale, ce n'est guère avisé de sauter à travers une fenêtre, en l'occurrence c'était sans doute l'option la plus raisonnable. Sur le toit, il était cerné. S'il pouvait pénétrer à l'intérieur du bâtiment, il y aurait des couloirs, des salles et des recoins dans lesquels se cacher. S'il pouvait forcer le passage dans cette marée montante de tueurs minéraux et sauter à pieds joints sur la vitre avant de rouler comme un parachutiste à l'atterrissage, il avait une chance de s'en tirer. Bien évidemment, cela dépendait de deux choses : a) qu'il ne soit pas découpé en tranches par la vitre qu'il devait traverser et b) que la lucarne donne bien sur une pièce et non sur autre chose – par exemple un gigantesque puits de lumière qui ferait toute la hauteur de la bâtisse.

— Je peux le faire, affirma-t-il en s'efforçant d'ignorer qu'une autre voix dans un coin de sa tête l'accusait de baratiner.

Si c'était l'unique solution pour s'en sortir, il fallait agir tout de suite, avant que la horde des gargouilles ne se resserre encore davantage et devienne trop dense pour pouvoir foncer dedans. Sans lâcher son fragment d'aile, il se lança dans un sprint.

Il lui vint à l'esprit que c'était la deuxième fois qu'il tentait d'échapper à une situation périlleuse en préférant l'attaque à la fuite. Cette idée lui redonna du courage, d'autant que cela avait bien fonctionné avec le chevalier.

La première gargouille qu'il affronta se dressa sur ses pattes arrière, mais il plongea sans hésiter sous ses ailes. Il heurta aussitôt une autre gargouille et, sans lui laisser le temps de réagir, lui sauta dessus. D'un pied il frappa la créature en pleine poitrine et celle-ci bascula en arrière. George se servit de la bête comme d'un tremplin pour bondir et courir vers la lucarne, plus haut. Un petit monstre lui sauta au visage : il réussit à l'assommer avec le fragment de pierre.

Plus aucun obstacle ne le séparait de son but ; quatre pas à faire. Une grosse gargouille avait volé de l'autre côté, mais elle n'aurait pas le temps de le bloquer.

George bondit sur la vitre. Soulagé, il constata que de l'autre côté il n'y avait que la hauteur d'une pièce et qu'il allait atterrir sur un tas de vieilles caisses.

Il récita une courte prière pour le pied qui n'était protégé que par une chaussette et donna un énorme coup de talon dans la vitre.

À Londres, il y a un truc incontournable : les règlements concernant les matériaux qu'on doit utiliser pour la construction des bâtiments. Ainsi, les lucarnes horizontales doivent obligatoirement être équipées de verre Securit. Et, si la lucarne se trouve juste à l'aplomb d'une tour pourvue d'ornements en pierre susceptibles d'être rongés par le gel ou descellés par le vent, ce verre Securit doit être particulièrement Securit. Un verre résistant – une résistance qui ne cède pas au premier coup de pied.

Les talons de George cognèrent à toute volée sur le verre… sans rien briser.

La pluie, combinée à son élan puissant, transforma la fenêtre en patinoire.

George sentit ses pieds se dérober sous lui, son coccyx heurta rudement le verre glissant, mais il réussit quand même à replier son menton contre sa poitrine pour éviter de se fracasser le crâne en tombant en arrière. Sa bonne étoile décida alors de l'abandonner.

Il glissa sous la gargouille planante prête à l'écraser de l'autre côté de la lucarne et fila à grande vitesse vers le bord du toit et la longue chute qui l'attendait jusqu'au hangar en contrebas. Il se contorsionna dans l'espoir de trouver un frein, un obstacle pour l'aider à ralentir ou même à s'arrêter.

Une nouvelle gargouille surgit du bord du toit, maintenant si proche. Il tendit la jambe pour l'utiliser comme frein mais, malheureusement, la gargouille avait l'esprit vif pour un tas de pierre. Elle se plia en deux, les oreilles aplaties, esquivant le choc.

George s'envola par-dessus sa tête, décolla du toit… et fut propulsé dans le vide.

30

Trois défis et une trahison

Edie avait récupéré la maîtrise de ses jambes, mais elle était toujours assise par terre dans le pub, en train de digérer son aventure. Cette plongée dans le Londres de la Seconde Guerre mondiale, en plein Blitz, ne ressemblait en rien à la souffrance aiguë qu'elle ressentait face au passé débité en tranches, lors de ses accès habituels de fulgurance.

Il était moins douloureux d'être dans le passé que d'en être le témoin. Ça laissait seulement une impression de nausée et un sentiment de vide abominable. Peut-être était-ce dû à la rapidité de cet aller-retour, se dit-elle, préférant se concentrer sur ce voyage éclair plutôt que sur la main qui dépassait de sous le bus renversé. Les troubles provoqués par les déplacements dans le temps étaient peut-être pires que ceux des déplacements dans l'espace.

Appuyé contre le bar, encore hors d'haleine, le moine

l'observait. Il repoussa la veste de George et hissa sa masse imposante sur le comptoir. Sa soutane remontée révéla ses jambes nues et ses pieds chaussés de sandales. On aurait dit qu'il était assis sur la berge d'une rivière. Il ne lui manquait qu'une canne à pêche pour parfaire l'illusion. De fait, il lança sa ligne à la tête d'Edie.

— Et la deuxième question ? interrogea-t-il d'une voix mielleuse, si pleine de sollicitude que, en dépit du choc qui la secouait encore tout entière, elle se hérissa aussitôt.

— Deuxième question ?

— En dehors des miroirs et de leur fonctionnement. Tu disais que tu avais une deuxième question.

Ça avait beau remonter à quelques minutes, elle avait l'impression que c'était dans une autre vie. Elle secoua la tête pour s'éclaircir les idées.

— Oui. D'accord. La Voie Ardue. Vous avez dit que, si George n'accomplissait pas le sacrifice de poser la tête brisée sur la Pierre, il serait contraint d'emprunter la Voie Ardue.

— En effet, roucoula-t-il avec une expression pleine de suffisance.

Selon les critères d'Edie, une telle arrogance méritait – et même exigeait – une bonne baffe. Mais, dans l'état où elle se trouvait, elle n'était guère capable d'en asséner une, qu'elle soit verbale ou réelle. Elle préféra inspirer profondément.

— La Voie Ardue, qu'est-ce que c'est précisément ? Est-ce la raison pour laquelle il a disparu de la surface de la terre ?

— Peut-être, répondit-il en attrapant vivement la

veste de George qui traînait sur le comptoir pour l'accrocher à un des robinets de bière à la pression.

Avoir été arrachée par miracle à ce qui donnait fortement l'impression d'être la fin du monde n'avait pas mis Edie d'humeur à supporter les « peut-être ».

— Il faudrait que vous m'en disiez un peu plus. S'il vous plaît.

Même si ce « s'il vous plaît » lui restait en travers de la gorge, elle l'ajouta quand même, assorti d'un sourire aussi sucré que le glaçage d'un gâteau. Et, à sa grande surprise, il lui répondit. Il lui expliqua que George devait mener trois duels, qui devaient avoir lieu sur la terre, sous la terre et sur l'eau. C'était la règle, parce que le défi des trois rencontres faisait partie des rituels oubliés de Londres et le fait qu'il soit oublié n'enlevait rien à son importance.

— Après tout, ma chère enfant, qui se souvient de la clé de voûte sur laquelle repose l'église ou la cathédrale ? Mais elle est là et, même si on l'a oubliée, il faut se souvenir que tout l'édifice s'écroulerait sans elle.

— Vous voulez dire que c'est une tradition, suggéra-t-elle.

— Ça n'a rien à voir avec la tradition. La tradition revient à laisser s'exprimer la catégorie de gens la plus obscure, en l'occurrence nos ancêtres. Vraiment, pas question ! La tradition n'est que la démocratie des morts. Non, cela fait partie du tissage vivant de la ville elle-même. Rien de mort là-dedans. Si George veut gagner sa place au soleil, il doit livrer ces trois combats.

— Et s'il ne les livre pas ?

Il haussa les sourcils, puis les abaissa l'un après l'autre, outré.

— Il doit le faire. Refuser le combat est un échec. Échouer, c'est devenir un serviteur de la Pierre et se retrouver esclave de sa puissance pour l'éternité.

— C'est donc grave, dit-elle après avoir digéré cette information.

— Comme tu l'exprimes avec tant de perspicacité, c'est grave.

— Mais s'il ne sait pas que la Voie Ardue passe par trois duels, il risque de refuser ce défi. Moi, c'est ce que je ferais. Je prendrais la fuite, sauf si j'étais coincée !

— Alors, tu ferais bien de le retrouver pour le lui expliquer, non ?

— Mais comment le retrouver ?

— Cherche-le.

Elle se mit à bafouiller d'énervement devant l'énormité de la tâche qu'il lui assignait.

— Dans cette ville ? C'est comme chercher une aiguille dans une botte de foin !

— Alors ne perds pas de temps…

D'un geste du pouce, il montra la porte derrière lui.

— … file tout de suite. La première étape pour trouver une aiguille dans une botte de foin, c'est de se mettre au travail.

— Vous m'aiderez ? répondit-elle en se raidissant.

— Je croyais l'avoir déjà fait.

— Vous m'aiderez à trouver George ? précisa-t-elle.

— Pourquoi le ferais-je ?

— Parce que vous êtes une réplique.

Le visage du moine demeura impassible.

— Très bien, reprit-elle. Parce que vous n'êtes pas une tare.

La paupière inférieure du moine frémit peut-être

légèrement, mais, d'après elle, ce n'était que pour manifester son irritation. Il poussa un petit soupir.

— Qui dit absence d'hostilité ne dit pas bienveillance, mon enfant. Cela signifie également indifférence et moi, si peu charitable que ce soit de l'avouer, je me considère comme sublimement et ineffablement indifférent.

— Mais pourquoi ?

Il regarda par-dessus son épaule.

— Pourquoi, insista-t-elle, pourquoi ?

On entendit un « tchah » agacé et incrédule derrière elle : Petite Tragédie tentait d'exprimer à quel point il fallait qu'elle soit obtuse pour ne pas savoir pourquoi le Friar changeait si vite de tactique.

— Je voudrais vraiment que vous me répondiez, reprit-elle en haïssant le ton plaintif qui s'était glissé malgré elle dans sa voix. Je ne sais pas pourquoi vous agissez ainsi, pourquoi vous refusez de m'aider.

Délibérément, le moine décrocha la veste de George de la pompe à bière et la laissa tomber par terre, où elle atterrit avec un bruit révélateur.

Petite Tragédie émergea en hâte de l'ombre pour fouiller la poche. Les yeux grands comme des soucoupes, il en sortit la tête de dragon brisée comme un prestidigitateur sortirait un lapin de son chapeau.

— Oooooh, dit-il. Regardez-moi ça. Le petit dragon du petit George. Ben mince alors !

— Espèce de galopin, je devrais te crever les yeux pour ne pas être resté à ta place, aboya le Friar en lui arrachant le fragment de sculpture des mains. Je te crèverais les yeux si je n'avais pas le cœur aussi bêtement tendre et sentimental.

« Tendre » et « sentimental » étaient bien les derniers adjectifs qu'Edie aurait utilisés pour définir l'expression du visage de la statue tandis qu'il la fixait par-dessus la tête du dragon.

— Pourquoi ? reprit le moine. Parce que, manifestement, ce garçon ne me faisait pas confiance, et toi pas davantage. La confiance, madame, c'est une voie à double entrée. Une voie qui est maintenant barrée. Je ne supporte pas les menteurs.

Il la fixait avec une intensité telle qu'elle avait bien du mal à ne pas cligner des paupières. Elle voulait qu'il redevienne le moine qui l'avait protégée d'une mort certaine en l'emmenant loin du Blitz. Mais ce Friar-là avait disparu. Trop tard, elle se rendit compte qu'elle ne l'avait pas remercié pour l'avoir suivi dans le miroir et lui avoir sauvé la vie.

— Écoutez, je vous présente mes excuses et j'aurais dû vous remercier…

Un coup frappé à la vitre interrompit leur conversation. Elle suivit le regard du moine. Dehors, trois silhouettes se détachaient sur le ciel sombre. Deux d'entre elles avaient le nez écrasé contre le verre dépoli, et elles étaient si près qu'on distinguait parfaitement leurs yeux noirs comme ceux du Corbeau. La silhouette derrière était plus floue, mais c'était quelqu'un de grand, portant sans doute une capuche.

— Le Tallyman ! pépia Petite Tragédie.

Le Friar le fit taire d'un regard et se laissa glisser à terre, où il atterrit lourdement. Il remit la tête de dragon dans la poche de George, puis se dirigea vers la porte.

— Planque-la pour l'instant ! souffla-t-il par-dessus son épaule.

Edie sentit que Tragédie l'attrapait avec vigueur.

— Viens, Fulgur. C'est le moment d'aller voir ailleurs.

Elle se laissa entraîner dans l'ombre derrière l'arche. La masse imposante du moine leur cachait la porte ; il l'ouvrit et se tint devant, faisant barrage, tout en chuchotant d'un ton animé avec ceux qui étaient à l'extérieur.

Le sang d'Edie se figea dans ses veines ; une sensation dont elle avait déjà entendu parler mais qui lui était jusque-là inconnue. Si l'homme dehors était bien celui qu'elle pensait être, l'homme qui avait envoyé le Minotaure à ses trousses, l'homme qui avait tranquillement menacé de lui ouvrir le ventre pour répandre ses entrailles sur le sol comme un sac de petits pois – et, le pire de tout, si c'était lui qu'elle avait vu en train de noyer la fille qui avait son visage dans le trou percé dans la glace durant la Fête de l'Hiver –, alors son sang avait toutes les raisons de se figer dans ses veines.

Parce que, si c'était le Marcheur, cela signifiait que la Mort était venue la chercher.

31

Le ciel assiégé

Lorsque George glissa sur la lucarne mouillée et fut propulsé dans le vide au-dessus du hangar, il y eut un bref moment d'apesanteur qui l'empêcha provisoirement de croire à ce qui lui arrivait ; tout s'apaisa jusqu'à ce que les lois de la gravité reprennent le dessus ; il se retrouva alors en train de foncer vers le sol.

George avait entendu dire que les gens qui dégringolent d'immeubles très hauts perdent conscience avant d'atteindre le sol. C'est une de ces histoires que les gamins se racontaient à la récréation, pareille à celle de la noyade – dont on dit qu'elle se termine en douceur. George s'était toujours demandé sur quoi reposait ce genre d'affirmation. Parce qu'on ne pouvait pas interroger les morts pour connaître leurs impressions. Il tomba en battant l'air de ses membres, écartelé comme une étoile de mer, sans cesser de regarder la verrière arrondie de la gare qui montait vers lui d'une façon terrifiante.

Il ne perdit pas conscience. Durant les quelques secondes de chute libre, son esprit demeura aussi clair que les vitres qu'il s'apprêtait à pulvériser. Il ne revit pas toute son existence en un éclair. Il ne ressentit aucun soulagement, aucune harmonie avec l'Univers. Il se sentit accablé de solitude. Brutalement, tristement et irrévocablement seul. Il eut juste le temps de penser au terrible gaspillage que c'était, de regretter d'avoir gâché le précieux et extraordinaire miracle qu'était la vie. Il eut honte d'avoir si mal profité de tout ce qui lui avait été donné – bien plus honte que de tout ce qu'il avait pu faire ou ne pas faire au cours de son existence.

Il se demanda si cette souffrance intolérable avait également envahi la cervelle de son père au moment de l'accident de voiture qui lui avait coûté la vie – puis, ses ultimes pensées se bousculèrent : il comprit que son père avait ressenti les mêmes choses, il sut que sa dernière pensée avait été pour lui, George, et il sut aussi que cette pensée avait provoqué une douleur indicible. Il en était aussi certain que du fait que, depuis la mort de son père, il ne s'était jamais endormi un soir sans souhaiter lui parler une dernière fois. Puis il pensa à sa mère, il se souvint des bons moments, de leurs rires, et se rendit compte, à l'instant où le choc lui coupa le souffle, qu'elle allait désormais passer sa vie à regretter les mots qu'elle ne lui aurait jamais dits. Et cette pensée le fit infiniment plus souffrir que l'impact lui-même.

À vrai dire, ce ne fut pas si violent.

La demi-tonne de pierre qui s'interposa en plein vol devant lui, déviant sa trajectoire et le forçant à décélérer jusqu'à rendre la vitesse acceptable, amortit le choc. La gargouille tâtonna un peu pour le saisir, George eut un éblouissement, tout devint noir pendant une microseconde, puis il vit l'aile battre au-dessus de lui, il vit la trace de la réparation ; il se démancha le cou pour apercevoir la tête de son sauveur.

— Gack ! dit celui-ci.

— Salut, le Tuyau, répondit George en luttant contre une envie de rire hystérique particulièrement ridicule et malvenue. Faut qu'on arrête de se rencontrer comme ça…

Soudain, le Tuyau fit un écart. Une grosse gargouille leur balança un coup de griffe, une deuxième leur fonça dessus par en haut. Le Tuyau réussit à éviter la collision en volant vers un immeuble et en s'accrochant à un échafaudage. D'instinct, George se cramponna à la bâche de protection en plastique. Le Tuyau repoussa vigoureusement un autre assaillant avant de se tourner vers George, qu'il chercha à balafrer. Celui-ci crut que la créature, avec perversité, ne l'avait arraché à la mort que pour avoir la satisfaction de le décapiter. Mais la griffe du monstre vint lacérer la bâche. Avant que George ait eu le temps de comprendre la manœuvre, le Tuyau l'avait poussé dans la relative sécurité d'une plateforme. Il s'étala sur les planches grossières et se retourna à temps pour voir le Tuyau glisser la tête à l'intérieur.

La grande gueule de pierre s'ouvrit et articula pour la première fois un mot distinct, sans doute parce qu'il commençait effectivement par un « g », l'unique vocable que le Tuyau était capable de prononcer.

— Go.

Tant de clarté bouleversa George.

— Tu as bien dit « go » ?

Le Tuyau hocha la tête d'un air féroce, tout en surveillant le ciel du coin de l'œil.

— Go, eigengang, go !

Et George comprit.

— Eigengang ? Tu essaies de dire Ironhand ? La Main de Fer ? Mais tu ne peux prononcer que des « g » ! Tu m'appelles Ironhand !

Le Tuyau poussa un bruyant soupir en levant les yeux au ciel, comme si George était plus obtus que la pierre dans laquelle il avait été sculpté – et puis il disparut, sauvagement aspiré par les ténèbres, quand une gargouille lui tomba dessus en lui serrant le cou.

George ne perdit pas de temps à se demander pourquoi le Tuyau s'était mis à parler. N'importe où ailleurs, il serait mieux que là où il était. Voyant plusieurs gargouilles s'attaquer à la bâche qui protégeait l'échafaudage, il décida de se mettre en quête d'un endroit entouré de solides murs de briques. Il courut sur les planches branlantes, tentant d'ouvrir toutes les fenêtres au passage. À la quatrième, il eut de la chance. On était en train de remplacer les vitrages, et ce n'était qu'un trou noir dans la maçonnerie.

Il se courba pour pénétrer à l'aveugle dans une pièce sombre remplie de planches et d'établis ; il vit une porte au fond et se précipita dessus.

Brisant son élan, quelque chose le plaqua résolument au sol. Il crut que c'était un nouveau monstre, mais il finit par se dégager et comprit qu'il s'était simplement emmêlé dans une bâche en plastique tendue là pour confiner la poussière des travaux dans une seule pièce. Il suivit alors un long couloir sombre et trébucha ; son pied – celui qui était déchaussé – se déroba brusquement sous lui pour aller s'écraser sur une surface rugueuse beaucoup plus basse. Il baissa les yeux et, dans l'obscurité, se rendit compte qu'il était passé à travers le sol et avait atterri sur les solives et le plâtre du plafond de l'étage inférieur, parce que la moitié des lattes du parquet avait été ôtée et empilée le long du mur.

Il se releva et continua à avancer le plus vite possible, en longeant les grands trous qu'il y avait dans le sol, dans l'espoir de trouver un escalier. Sur l'échafaudage bâti parallèlement au couloir, et dont il n'était séparé que par la largeur d'une pièce, il crut entendre des bruits d'ailes et de griffes. Il lui semblait que des grosses phalanges de pierre tambourinaient sur les fenêtres, cherchant à les ouvrir. Il heurta brutalement un banc et quelque chose de lourd s'écrasa par terre.

C'était un gros marteau, de ceux qu'on utilise pour taper sur les ciseaux à froid.

Il le ramassa. Sentir une masse en acier d'un kilo et demi au bout d'un bon manche en hickory, voilà qui tombait à pic pour lui redonner le moral. D'autant qu'il remarqua aussitôt une lanière passée dans un trou percé au bout du manche. Il l'enfila autour de son poignet.

Il se souvint d'une bande dessinée que son père gardait dans son atelier, un souvenir de sa propre enfance : *Thor l'Invincible*. C'était un superhéros armé d'un marteau identique à celui-là. Pour l'heure, tandis qu'il se frayait avec précaution un chemin le long des solives réduites à l'état de squelette, George ne se sentait pas du tout l'âme d'un superhéros. Le bruit que faisaient les gargouilles lancées à sa poursuite semblait de plus en plus proche.

Il poussa une autre bâche en plastique et se trouva dans une vaste salle remplie de matériaux de construction. On aurait dit un parcours de saut d'obstacles : des échafaudages et des échelles grimpaient à l'assaut des murs qu'on était en train de gratter jusqu'à la brique, des gros sacs de plâtre et des piles de pots de peinture étaient stockés à côté de plaques de Placoplâtre, et il y avait même une bétonneuse au milieu. George ferma la porte derrière lui et, comme il y avait un verrou, n'hésita pas à le pousser. Il resta là, tremblant ; dès qu'il cessa de bouger, il se rendit compte qu'il était gelé.

La pièce avait des fenêtres des deux côtés ; il fut soulagé de constater que, du côté de l'échafaudage, elles étaient toutes barrées de planches. La plupart des autres, donnant sur Euston Road, l'étaient également. Il fit lentement le tour de la pièce en se demandant s'il était en sécurité. Plus rien ne signalait la présence de gargouilles dehors, mais c'était peut-être parce qu'elles aussi se faisaient discrètes, à l'affût du moindre bruit qu'il aurait fait à l'intérieur, dans l'espoir de repérer où il se trouvait.

Il leur fournit immédiatement un indice de poids en faisant tomber quelque chose d'une table ; quelque chose qui atterrit sur le sol avec un bruit de cymbale. Il se pencha pour s'en saisir avec maladresse parce qu'il refusait de lâcher le marteau. L'objet s'ouvrit en deux et son contenu faillit se renverser. C'était une boîte à biscuits métallique qu'il avait soulevée à l'envers. Il posa le marteau sur une table, remit la boîte à l'endroit, s'empara d'une poignée de gâteaux et les dévora avec avidité tout en inspectant les lieux à la recherche de quoi que ce soit d'utile. Au milieu de tout ce bazar, un radiateur aurait été le bienvenu pour qu'il se réchauffe un peu. Il se glissa entre des cylindres qui paraissaient compacts mais qui cédèrent sous sa main. C'était des rouleaux de laine de verre pour isoler le toit. Il tendit le bras pour les empêcher de basculer…

… et se figea car, du coin de l'œil, il avait aperçu un groupe d'hommes menaçants debout derrière lui, leurs visages clairs se détachant dans l'obscurité.

Évitant de les regarder franchement, il fit semblant de ne pas les avoir repérés. Leur immobilité avait quelque chose d'étrange. Pourquoi une bande de bonshommes l'attendaient-ils dans le noir sans bouger ? Il se dirigea lentement vers la table où il avait laissé le marteau. Avant de les affronter, il voulait sentir le poids rassurant de l'outil ; le mieux, c'était d'agir avec une certaine nonchalance. Il tendit la main vers un gâteau mais, brusquement, il eut la bouche sèche. Il mordit quand même dedans, puis reposa le couvercle sur la boîte.

Il atteignit la table ; ils allaient sûrement penser qu'il voulait reposer la boîte. Ce qu'il fit, avant de s'emparer du marteau et de faire volte-face, prêt à frapper si jamais ils fonçaient sur lui.

— D'accord ! souffla-t-il. Qu'est-ce que vous voulez ?

Dans le même geste, il balaya de la manche une tasse à café, qui s'écrasa par terre. La seule réponse qu'il obtint, ce fut un bruit de porcelaine brisée.

Les hommes restaient immobiles. Maintenant qu'il était face à eux, il s'en rendait bien compte. Ils se contentaient de l'observer, comme des faces de lune impassibles dans le clair-obscur.

Il voulut avaler sa bouchée de gâteau, mais celui-ci

était pâteux comme de la sciure dans sa bouche sèche et il s'étrangla. Ce qui le mit en colère ; il avança vers le groupe, préférant l'affrontement à la fuite. Leur immobilité avait quelque chose d'artificiel.

Il avala péniblement les dernières miettes de biscuit.

— Sérieusement, qui êtes-vous... ?

Un pas et il s'arrêta net.

Ce n'était personne. Rien qu'une rangée de casques blancs et de combinaisons accrochés au mur. Seules sa peur et l'obscurité avaient pu les transformer en humains.

Il laissa retomber son marteau, soulagé. Non seulement ce n'étaient pas des ennemis, mais en plus c'étaient des vêtements secs. Il en fit rapidement l'inventaire et découvrit deux grosses vestes et une épaisse chemise molletonnée. La chemise sentait le plâtre, une odeur fade et légèrement acide, mais il n'était pas en position de faire le difficile. Il ôta la sienne, qui était mouillée et enfila celle qui était sèche. L'intérieur molletonné était froid contre sa peau, mais il la boutonna jusqu'en haut et noua autour de sa taille les manches de sa propre chemise pour conserver la chaleur. Puis il mit la plus petite des grosses vestes par-dessus. Elle était en laine rugueuse, de couleur sombre, avec un empiècement en plastique sur les épaules, mais elle était épaisse. Il en fut presque aussitôt réchauffé.

Il trébucha sur quelque chose qui traînait par terre et fut content de voir qu'il s'agissait d'une paire de chaussures de chantier, maculées de peinture ; elles étaient en cuir, sans lacets et ressemblaient à des bottes en caoutchouc. Il glissa dedans son pied déchaussé. C'était trop grand, mais pas au point de ne pas pouvoir marcher avec. Après avoir joué avec l'idée de partir avec des chaussures dépareillées, il décida plutôt de porter les deux bottes. Il accrocha la sienne à sa ceinture, qu'il noua serré, remonta les manches de la chemise pour dégager ses mains et revint vers la table ; là, il remplit les poches de la veste de ce qui restait de gâteaux et se mit en quête de quelque chose à boire.

Il n'y avait qu'une bouilloire en plastique éclaboussée de peinture ; il but donc l'eau qu'il y avait dedans, l'oreille tendue, à l'affût du moindre bruit que feraient les gargouilles en voulant pénétrer à l'intérieur du bâtiment. Mais on n'entendait dans la pièce que les bruits habituels d'une ville la nuit : la circulation, des bribes de musique tonitruante échappées de la stéréo d'une voiture qui passait, le crissement aigu d'un scooter et, au loin, la lancinante stridulation électronique d'une sirène de police. Il s'approcha des fenêtres côté rue et regarda à l'extérieur. Aucun problème à l'horizon.

Un courant d'air froid venait de la fenêtre à côté de laquelle il se trouvait ; un cliquetis de chaînes lui fit comprendre qu'elle laissait passer l'air nocturne. Il s'aperçut alors qu'elle était effectivement ouverte, mais bloquée par l'énorme section cylindrique d'une glissière à gravats. C'était un de ces longs tubes segmentés qu'on voit fixés sur les façades des bâtiments en rénovation, de ceux constitués d'une chaîne de poubelles sans fond reliées les unes aux autres pour former un toboggan dans lequel on jette tous les détritus, qui atterrissent dans une benne. Celui-là était légèrement incurvé, si bien que George ne voyait pas ce qu'il y avait au bout.

Il se pencha pour examiner la brèche triangulaire qui s'ouvrait à côté de la glissière, histoire de voir s'il pouvait envisager de s'échapper par là. La mauvaise nouvelle, c'était que c'était impossible. La très mauvaise nouvelle, c'était que quelque chose sifflait sur le mur à sa droite. Levant les yeux, il aperçut trois gargouilles posées sur la façade du bâtiment, comme des geckos, les yeux fixés sur lui.

Il recula précipitamment, mais il eut quand même le temps de voir que l'extérieur de l'immeuble grouillait de créatures minérales qui, toutes, scrutaient les fenêtres ou surveillaient les murs de briques. Il était vraiment temps de fuir. Dans sa hâte, il heurta différents obstacles et dispersa brutalement la pile branlante des rouleaux de laine de verre. Voulant en enjamber un, il se cogna le tibia contre le bord dur et coupant d'un bidon de peinture ; il faillit perdre l'équilibre et tendit le bras pour se rétablir. Il lâcha son marteau. Celui-ci tomba bruyamment par terre. Persuadé que les gargouilles savaient désormais où le trouver, George décida de filer.

Il tira sur le verrou. Coincé. Il l'avait trop enfoncé en fermant la porte. Il serra les dents et tira plus fort. Le verrou ne bougea pas d'un millimètre… puis il y eut un coup sourd de l'autre côté, le verrou en fut libéré, la porte s'ouvrit à la volée et il se retrouva projeté en arrière.

Deux griffes de pierre apparurent de chaque côté du chambranle et, tandis qu'il se remettait debout, une gargouille qui, autrefois, avait dû posséder deux cornes mais à qui il n'en restait plus qu'une, se mit à gronder. La créature était trop grosse pour pénétrer dans la pièce de face – et c'est ce qui sauva George.

Aucun espoir de récupérer le marteau, mais sa paume se referma sur l'anse métallique du bidon de peinture sur lequel il avait trébuché ; lorsque la gargouille se glissa de côté et entreprit de déplier une de ses ailes, George leva le pot pour le balancer, façon uppercut de la dernière chance.

Le poids du bidon créa une force centrifuge quand il le fit tourner au-dessus de son épaule et, au moment de l'impact, il avait atteint une bonne vitesse. La gargouille grondait en cherchant à le mordre sauvagement : le choc la coupa dans son élan. Le bidon la frappa juste sous le menton. La force du coup ébranla la main de George, mais il réussit à ne pas lâcher son arme tandis que la gargouille partait en vrille jusque dans le couloir pour finir aplatie sur le dos. Elle resta là, sonnée, puis secoua la tête et tenta de se relever.

L'adrénaline vint piquer le nez de George, ses dents grincèrent quand il serra les mâchoires. Il se jeta sur la gargouille et lui balança le bidon à toute volée dans la tête. Le projectile improvisé explosa tandis que la créature s'écroulait de nouveau par terre, inondée de peinture rouge.

George recula en hâte et reverrouilla la porte derrière lui. Quelque chose tambourinait sur les planches qui barraient les fenêtres donnant sur la rue. Quand le verrou claqua, il se dit que, à moins d'imaginer un plan pour sortir de cette pièce, il allait se retrouver coincé comme un rat qui s'est lui-même pris au piège.

Survivrait-il à une chute de cinq étages s'il se laissait glisser le long du toboggan à gravats ? Il pensa à la benne dans laquelle il atterrirait et à tous les déchets hostiles dont elle devait être remplie. Mauvaise idée. L'angoisse faisait flageoler ses jambes tant il avait envie de les prendre à son cou, mais il n'y avait pas d'issue. Quelque chose maintenant cognait contre les fenêtres barrées de l'autre côté. Il fallait vraiment disparaître. Autant pour arrêter le tremblement de ses jambes que par exaspération, il donna un coup de pied dans les rouleaux de laine de verre. L'un d'eux tomba sur le sol et George sut alors ce qu'il allait faire. Il saisit le plus proche. Il était difficile à manier, mais il réussit à traverser la pièce sans le lâcher et le lança dans la glissière. Ça passait juste, avec une marge de dix centimètres de chaque côté. Il en attrapa un autre, qu'il lança de la même manière, puis un autre encore, travaillant vite et méthodiquement pour ne pas avoir le temps d'écouter les pensées qui tapaient avec insistance à la porte de sa conscience.

Il y eut un bruit inquiétant de planches brisées venant de la fenêtre derrière lui, et il vit que la créature de l'autre côté avait réussi à ménager une brèche. Décidément, il ne ferait pas bon s'attarder…

Il prit une profonde inspiration et passa une jambe dans la glissière. Mais une des pensées qui s'obstinaient à l'orée de sa conscience réussit à percer. S'il atteignait le niveau de la rue à peu près entier et donc capable de repartir, comment pourrait-il s'échapper ? Les gargouilles le reconnaîtraient aussitôt et lui fondraient dessus.

Il retira sa jambe et courut au portemanteau où étaient accrochées les combinaisons. Il enfila vite fait la deuxième veste par-dessus la première. Ça l'engonçait un peu, mais ce rembourrage supplémentaire était rassurant. Il se coiffa d'un casque de chantier, attrapa une paire de gants de travail sur la table et les mit en essayant de ne pas se laisser distraire par les coups qui faisaient trembler la porte sur ses gonds.

Cette fois, il cessa de réfléchir mais prit quand même

le temps de récupérer le marteau et un autre rouleau de laine de verre au passage. Il balança l'isolant dans la glissière et suivit aussitôt le même chemin, se laissant avaler par la grande bouche de plastique.

Au moment où ses mains lâchaient le rebord, la porte céda dans un grand fracas – mais il avait disparu.

Il sentit son estomac remonter brutalement tandis qu'il filait à toute vitesse vers le sol. Il essaya de penser à bien fermer la bouche pour éviter de se mordre la langue au moment du choc, comme cela lui était déjà arrivé sur un toboggan géant dans un parc aquatique. Il perdit son casque dans ses efforts pour ralentir sa descente, freinant avec ses bottes, ses coudes et ses gants, le dos arc-bouté contre l'intérieur incurvé du gros tuyau.

La méthode n'était guère efficace, mais il espérait que ça suffirait pour l'empêcher de s'écraser dans la benne. Au passage, il décollait la poussière des parois du tube et dégringolait dans un nuage aveuglant de débris suffocants. Il tenta de bloquer sa respiration, en se demandant quand replier ses jambes pour tenter un atterrissage parachute. Mais toutes ces interrogations devinrent soudain obsolètes : il toucha terre avec un choc brutal qui lui coupa totalement le souffle tandis que ses genoux remontaient jusqu'à son menton – puis il s'immobilisa. Vivant, il était vivant, pensa-t-il avec allégresse tout en prenant sur la tête son casque de chantier qui le suivait de près.

Il resta sans bouger, enfoui dans ce rembourrage rose de laine de verre qui avait si bien amorti sa chute ; il essaya de ne pas tousser et de ne pas cracher dans ce nuage de poussière qu'il avait créé. Puis, ayant enfin accepté le témoignage de ses sens et donc sûr qu'il n'avait rien de cassé, il saisit son casque, raffermit sa prise sur le marteau et se faufila entre les rouleaux jusqu'au fond de la benne à moitié vide.

Elle était couverte d'une bâche goudronnée fixée pour résister au vent, mais il trouva une brèche. Il risqua un œil à l'extérieur et vit que toutes les gargouilles étaient rassemblées autour des fenêtres de la pièce qu'il venait de quitter, cinq étages plus haut. Il sortit de la benne, se planqua sous l'échafaudage et, le plus vite et le plus discrètement possible, se dirigea vers l'angle du bâtiment.

Si les gargouilles ne l'avaient pas entendu dégringoler le long de la glissière, en revanche elles devaient entendre son cœur battre la chamade. En arrivant au bout de l'échafaudage, il mit son casque blanc et s'aventura résolument dans la rue. Le plus difficile était de ne pas se retourner, mais c'était impératif. Parce qu'alors une gargouille verrait son visage et comprendrait que l'homme corpulent qui s'éloignait avec son casque n'était qu'un gamin.

Il avait des démangeaisons dans le dos et il tendait l'oreille, à l'affût du moindre sifflement tombant du ciel. Arrivé à l'immeuble voisin, il se dit qu'il avait peut-être réussi son coup. En passant devant les lettres en cascade qui annonçaient l'entrée de la British Library, il s'offrit le luxe d'un petit demi-tour nonchalant sans cesser de marcher. Horizon dégagé.

Le soulagement lui fit presque plier les genoux, et il se dépêcha de prendre Euston Road.

Il ne remarqua pas la statue gigantesque plantée dans un endroit stratégique du parvis de la British Library, qui tournait la tête pour le regarder. L'immense silhouette masculine était penchée sur un imposant compas, comme si elle mesurait le monde. On aurait dit qu'elle avait été fabriquée puis découpée en morceaux maladroitement réassemblés, avec des écarts là où les bords ne se rejoignaient pas.

Le géant observa George, puis leva les yeux vers la colonie perchée sur St Pancras. Il glissa ses doigts dans sa bouche et siffla.

32

La fuite vers le silence

— Viens donc, Fulgur, c'est le moment d'aller voir ailleurs si on y est, déclara Petite Tragédie en tirant Edie sous les arches à miroirs jusque dans l'alcôve sombre.

À la porte du pub, elle voyait le moine discuter de façon animée avec ceux qui se trouvaient de l'autre côté. Aller voir ailleurs était une excellente idée. Le seul problème, c'est qu'il n'y avait aucune autre issue dans cet endroit clos. Une vraie impasse.

Comme s'il lisait dans ses pensées, Petite Tragédie porta son doigt à ses lèvres avant d'escalader comme un singe l'une des appliques pour aller bricoler quelque chose sur le médaillon en mosaïque du plafond. Puis il sauta à terre, souple comme un chat.

— Fais-moi confiance. Je connais un endroit où le Tallyman ne te trouvera pas.

Il lui fit signe d'approcher des miroirs parallèles. Mais

elle freina des quatre fers. Elle n'avait aucune envie de retourner dans le Blitz.

— Tout va bien, la rassura-t-il en secouant la tête avec impatience. J'ai changé le bitoniau dans le plafond. On va pas dans le passé, on va juste ailleurs dans la ville, ailleurs où ils pourront pas te trouver. C'est une maison tranquille, t'inquiète pas. Regarde : y a rien de grave là-dedans.

Il montrait le miroir. Elle accepta d'y jeter un coup d'œil. De l'autre côté, pas de drame en vue. Juste une pièce grise et vide, des murs gris et nus, un plancher gris et poussiéreux. Le seul relief altérant toute cette grisaille, c'était l'ombre en croisillons que faisait la fenêtre éclairée par la lune. Il n'y avait rien d'autre dans la pièce, aucun recoin sombre où aurait pu se tapir quelque danger.

Elle entendit le moine hausser le ton. Elle surprit les mots « Marcheur » et « Pierre », et cela suffit à chasser ses appréhensions vis-à-vis des miroirs.

Elle fit un signe de tête à Petite Tragédie ; derrière son épaule, elle aperçut soudain la veste de George, accrochée aux poignées des pompes à bière. Il suivit son regard.

— Tu as raison, l'approuva-t-il. Il faudrait pas oublier le plus important.

Il fonça dans la salle et, vif comme l'éclair, attrapa la veste et revint vers elle avant qu'elle ait eu le temps de dire ouf.

— Les dames d'abord, chuchota-t-il.

Juste avant d'entrer dans le miroir, elle eut une dernière hésitation. Et si… ?

Sans lui laisser le temps de réfléchir, Petite Tragédie

la bousculait avec impatience pour l'entraîner dans le miroir avec lui. Finalement elle le suivit, sentant la surface polie s'étirer et céder sous son poids comme précédemment. Elle se retrouva dans la pièce qu'elle avait vue.

Cette fois, ses oreilles ne furent pas sauvagement agressées par un vacarme épouvantable ; au contraire, c'était le silence complet. Le bruit que produit une ville en paix avec elle-même. Un silence si dense qu'elle entendit son cœur affolé ralentir la cadence pour retrouver le rythme de ses battements de tout à l'heure, dans le pub.

Rien à voir avec son premier voyage. Non seulement il n'y avait ni explosions en rafale ni incendie, mais la chaleur était très supportable. Même insuffisante. L'air était immobile, il n'y avait pas de vent et pourtant il faisait frais.

— Il fait froid, remarqua-t-elle en observant son souffle qui s'élevait en panache.

— Parfois, il fait froid, parfois non, répondit Petite Tragédie en l'observant par-dessus la veste qu'il avait récupérée sur les pompes à bière. C'est un satané drôle d'endroit.

Il y avait quelque chose de nouveau dans les yeux du lutin, qui démentait ce sourire suffisant de petit voyou qu'il affichait en permanence. Ses yeux racontaient une tout autre histoire, une histoire ni très gaie, ni très drôle, ni très impertinente.

Plutôt une histoire alourdie d'excuses.

— C'est pas un mauvais bougre. Y s'occupe toujours des fulgurances. Y me l'a dit. Personne s'en occupe mieux que lui.

Le sang d'Edie se figea dans ses veines et elle porta la main à sa poche, à la recherche du disque de verre poli par la mer. Elle le sortit, mais elle savait déjà à quoi s'en tenir parce qu'il était chaud au toucher, éclairé de l'intérieur par une lueur d'alerte. Tandis que l'ombre de ses doigts se projetait sur les murs gris, elle formula – trop tard – la pensée qui l'avait effleurée dans le pub au moment où Petite Tragédie l'avait entraînée de l'autre côté du miroir.

Si le Friar l'avait protégée de l'explosion d'une bombe et arrachée au Blitz, pourquoi ne la sauverait-il pas des griffes du Marcheur ? Bien entendu, il y avait toutes les chances pour qu'il s'interpose entre le Marcheur et elle. Alors, pourquoi le lutin l'avait-il entraînée dans le miroir à l'insu du moine et pourquoi paraissait-il aussi coupable… ?

— Tu ne parles pas du Friar, là ?

Petite Tragédie esquiva le regard d'Edie, cherchant à échapper à ces yeux pleins d'une horreur grandissante. Il lui tendit la veste comme une offrande de paix.

— Tiens, prends-la. Il fait frisquet ici.

Elle regarda le miroir derrière lui, calculant comment l'atteindre sans qu'il l'arrête.

— Merci, articula-t-elle lentement.

Un plan germait dans sa tête. Elle lui jetterait la veste au visage et profiterait de la confusion pour sauter dans le miroir. Elle se souvint alors du morceau de statue dans la poche et décida de le récupérer ; mais aucune pierre n'alourdissait la veste. Perplexe, elle finit par lever les yeux et comprit.

Petite Tragédie tenait la sculpture brisée dans sa

main ; il profita de sa surprise pour reculer jusqu'au miroir en deux pas rapides.

— Tu ne peux pas prendre ça, dit-elle d'une voix rauque. Ne fais pas une chose pareille.

Le sourire du lutin ne tenait qu'à un fil, et ses yeux étaient chargés de tant de tristesse dans son visage brouillé qu'il aurait pu être un représentant de la Tragédie portant le masque de la Comédie plutôt que l'inverse.

— Ne m'abandonne pas ici, dit Edie d'une voix rauque en examinant les murs gris et nus.

Quelque chose bougeait lentement derrière les fenêtres, et une terreur nouvelle s'empara d'elle.

— C'est pas un mauvais bougre, dit encore le lutin. Il me l'a dit.

Il passa une jambe dans le miroir. Il s'arrêta, comme si sa conscience le retenait sur la voie de la fuite. Comme s'il souhaitait vraiment son approbation.

— Tragédie, non, je t'en prie… !

Il secoua la tête, et une étincelle s'alluma dans son regard.

— Y va arriver dans pas longtemps. T'inquiète, ça va se passer au petit poil.

Elle bondit vers lui, vers le miroir, mais il sauta en arrière et disparut. Elle se cogna contre la surface vitrée et froide.

Son premier réflexe fut d'y donner un énorme coup de poing, cependant elle se raisonna et interrompit son geste. Pour l'instant, tout retour dans le miroir lui était interdit mais, si elle se calmait, elle trouverait peut-être le moyen d'y parvenir.

Elle recula et essaya de s'éclaircir les idées. Il fallait

maîtriser la panique et la colère provoquées par la trahison de Petite Tragédie. C'était la seule façon de parvenir à réfléchir à sa situation.

Elle examina les lieux. Il y avait une porte, quatre murs et une fenêtre. La porte semblait le bon choix, mais quelque chose dans un coin de sa tête s'obstinait à lui dire de ne pas l'ouvrir, de ne même pas y toucher.

Elle alla regarder par la fenêtre. Elle était, évidemment, à barreaux. Ça bougeait toujours derrière la vitre et la sonnerie d'alarme que cela avait déclenchée chez elle faisait de plus en plus de bruit dans sa tête.

Il neigeait.

Et les toits sur lesquels la neige tombait n'étaient pas les toits du Londres qu'elle venait de quitter. Il n'y avait pas de réverbères dans les rues, pas d'antennes de télé, pas d'antennes satellite, pas de néons et aucune lueur vacillante comme en produisent les écrans de télévision. Dehors, on ne voyait aucune lumière électrique.

Le calme qui régnait dépassait le fait que la neige amortissait tous les bruits alentour en recouvrant la ville d'un manteau blanc. Il n'y avait pas la moindre circulation. Pas de voitures, pas d'autobus, pas de deux-roues vrombissants. Simplement, au loin, un orgue de Barbarie et le cliquetis d'un attelage.

Elle regarda entre les barreaux l'étroite portion de rue qu'elle apercevait. Un cheval tirait un vieux fiacre, ses roues traçaient lentement un double sillon dans la neige épaisse qui recouvrait la chaussée. Le cocher, assis sur son siège surélevé, fouettait l'arrière-train de son cheval, un petit haut-de-forme retenu sur sa tête par un cache-nez, les jambes emmitouflées dans une couverture. Il disparut, ne laissant que les sillons de ses roues pour trace de son passage.

Le lutin avait menti sur plusieurs points. Elle n'était pas dans le Londres d'aujourd'hui, mais dans un Londres plus ancien, un Londres glacé où des roues en bois marquaient les rues blanches de neige, un Londres où il faisait assez froid pour que le fleuve gèle et que les filles se retrouvent noyées au fond de trous creusés dans la glace.

Il avait également menti en affirmant que cette maison était sans danger. Elle, elle savait toujours quand les pierres étaient chargées de tristesse, d'angoisse ou d'horreur ; là, elle n'aurait touché pour rien au monde à ces murs gris ou même à cette poignée de porte.

Elle avait compris tout cela avant même d'entendre un bruit de sanglots, venu d'un étage inférieur.

Ce n'était pas du tout une maison sûre. C'était la maison des Égarés.

33

La bande d'Euston

George remonta rapidement Euston Road vers l'ouest, tournant le dos à la British Library. Un sifflement strident, impératif, avait retenti et, même si son auteur demeurait invisible, George avait le sentiment que plus il mettrait de distance entre eux, mieux il se porterait.

À présent qu'il n'était plus en train de se battre pour défendre sa vie, il était de nouveau assailli par l'urgence de ses inquiétudes à propos d'Edie et de l'Artilleur. Pour Edie, il était à peu près certain qu'elle avait persisté à aller rendre visite au Black Friar, ainsi qu'ils l'avaient décidé. Elle n'était pas du genre à craquer quand la situation se gâtait. C'était un des traits positifs de sa personnalité. Le Black Friar pourrait sûrement l'aider. Pourvu qu'elle pense à récupérer le fragment de dragon dans sa poche pour l'utiliser comme monnaie d'échange avec le moine en cas de nécessité. À l'idée du temps perdu depuis que, à l'abri de la benne dans la ruelle, ils avaient élaboré la première étape d'un plan, sans doute vain, pour venir au secours de l'Artilleur, il était atterré. Maintenant qu'il était sain et sauf, toute cette histoire de balade volante au-dessus de Londres lui paraissait dramatiquement déplacée. Il n'avait toujours pas la moindre idée de comment trouver ou sauver l'Artilleur. Frappé au plexus par cette évidence, il s'arrêta pour essayer de réfléchir logiquement, ce que lui permettait la baisse d'adrénaline dans son organisme.

D'abord, il se rendit compte qu'il avançait sans savoir où il allait. Il aurait dû se diriger vers le pub du Black Friar. Edie y était peut-être encore – si toutefois elle y était allée – et, même si elle en était partie, le moine pourrait lui dire où. Évidemment, se rendre au pub impliquait de revenir dans la City, donc de passer devant les dragons qui gardaient les accès du quartier. Mais, ce problème, il serait toujours temps de le régler lorsqu'il y serait confronté.

Il était parvenu à la hauteur de la gare d'Euston. Si son sens de l'orientation était juste, il lui fallait obliquer vers le sud puis vers l'est. Sa connaissance des rues de Londres n'étant pas assez précise pour lui permettre de rejoindre directement le fleuve, il se dirigeait au jugé. Ensuite, il n'aurait plus qu'à remonter vers l'est.

Il prit donc vers le sud. Ses bottes de plâtrier trop grandes raclèrent le pavé grumeleux, faisant écho juste devant lui à un autre raclement, immédiatement suivi d'un sifflement. Il leva les yeux : deux immenses ailes de chauve-souris lui barraient la route. La gargouille qu'il avait frappée avec le bidon de peinture atterrit en douceur sur le trottoir. Ses taches rouges ressemblaient à du sang et elle avait la tête penchée, un œil maculé tout fermé tandis que l'autre le vrillait littéralement, tout vide qu'il soit.

Où se cacher ? Sur la gauche se dressait une des deux loges massives qui marquaient l'entrée de la gare. Malheureusement, elle était trop loin pour qu'il puisse l'atteindre et, de toute façon, il ne distinguait aucune porte dans la façade sur laquelle étaient gravés des noms de batailles gagnées bien longtemps auparavant dans des endroits fort éloignés.

Toute retraite barrée, George comprit qu'il ne lui restait plus qu'à se battre sans tergiverser davantage.

Il le comprit en voyant l'expression de la gargouille qui avançait ses griffes sur le pavé, l'une après l'autre. Il le comprit en sentant son bras tressaillir – la marque du dragon et les trois veines enroulées autour de son poignet se rappelaient à lui.

Il resserra sa prise sur le marteau, prêt à l'attaque. Sa main, de nouveau, l'élança.

La douleur lui donna une idée. Cela lui avait permis de gagner du temps avec le chevalier. Si ça marchait aussi avec la gargouille, il pourrait peut-être trouver quelque chose pour éviter d'être lacéré.

— Eh, dit-il en présentant sa paume. Recule.

La grosse tare pencha la tête de l'autre côté et s'arrêta. Étonnant.

Le poignet de George dépassait de la veste épaisse ; là où il n'aurait dû y avoir que de la peau, il y eut un éclat métallique dans lequel se reflétèrent les réverbères. Pris de nausée, George se rendit compte que les veines de pierre et de cuivre autour de son bras montaient désormais à l'assaut de son coude. Mais il n'avait guère le temps de s'en soucier. Il devait conserver son avantage sur la gargouille.

— Oui, dit-il en tentant de maîtriser le tremblement de sa voix. La marque du Créateur. Une Main de Fer. Ironhand. Tu recules ou je…

Mais que dire de plus ? Il fit donc un pas en avant, brandissant sa main comme un talisman.

— Recule ou je… je…vais…

— Sans doute être saigné comme un cochon, oui.

Cette voix derrière lui, George ne l'avait jamais entendue. Une voix avec un accent de Tyneside, reconnaissable à ces voyelles dures et plates telles qu'on les prononce dans le nord de l'Angleterre.

— Si j'étais toi, freluquet, je baisserais ce marteau et je reculerais.

George avait envie de regarder derrière lui, mais il ne voulait pas lâcher la gargouille des yeux.

— Le Gros Rouge, là, ça l'impressionne pas du tout, ta main, mouflet. Ce qui l'impressionne, c'est les quatre Lee-Enfields braqués sur son vilain museau, déclara une autre voix, rauque, originaire du sud de Londres, mais qui avait dû trop fumer en chemin.

George se rendit alors compte que la gargouille ne le regardait pas du tout. Elle s'était arrêtée à cause de ce qu'il y avait derrière lui.

— Bon, et si tu reculais gentiment vers nous, bonhomme. Ce serait plus sûr, tout bien considéré, déclara une troisième voix.

Bourdonnante avec un ton nasillard, caractéristique de l'Ouest et où tous les « s » ressemblent à des « z ».

George se retourna.

Derrière lui, il y avait quatre soldats de bronze de la

Première Guerre mondiale, des hommes de haute taille vêtus de longues capotes militaires à pans flottants. Trois étaient debout et le quatrième était agenouillé, le coude posé sur la cuisse. Ils portaient des képis à visière au lieu de casques métalliques, et tous visaient sans trembler la gargouille. Les mâchoires de l'un des hommes debout ne cessaient de bouger, comme s'il mâchait du tabac ou un chewing-gum.

Celui qui était agenouillé lâcha la gâchette de son arme et fit signe à George d'approcher en hochant lentement la tête, comme pour lui confirmer que tout allait bien se passer.

George obéit vite fait. Les soldats debout le laissèrent passer, gardant la tare en joue. George se retourna pour voir la suite des événements. Celui qui mâchait sans cesse avança et cracha un énorme mollard noir sur le pavé au pied de la gargouille, dont il éclaboussa les griffes. Ce devait être du tabac, estima George. Le soldat montra le ciel du bout de son fusil.

— Casse-toi, espèce de gros tas !

La gargouille ne bougea pas ; le soldat fit encore un pas et lui enfonça le fusil dans la poitrine. La gargouille tressaillit, siffla et recula brusquement, en battant des ailes pour s'envoler ; la capote du soldat se gonfla derrière lui, comme une cape, tandis que la créature montait dans le ciel. Elle disparut derrière les toits. La tension du groupe se relâcha, les armes s'abaissèrent, puis le soldat qui était à côté de George fit un signe de tête à celui qui mâchait.

— Ça va. Mais on sait jamais comment qu'ça va tourner, hein, Westie ?

George examina les soldats qui l'entouraient, l'air très intéressé.

— Tu dois être le gamin dont on nous a parlé, déclara celui qui s'appelait Westie. On a vu un pigeon qui nous a demandé d'avoir l'œil, un copain de l'Artilleur, qu'il a dit.

George hocha la tête. La Mâchoire observa les alentours.

— Il disait que t'étais avec une gamine, le môme ?

— Edie, répliqua George. On a été séparés.

Les soldats émirent un petit bruit réprobateur.

— Qui êtes-vous ? s'enquit George.

Le soldat le plus proche prit le temps d'allumer une cigarette.

— Fusilier Sud, répondit-il, son accent transformant « sud » en « surf ».

Du pouce, il désigna ses compagnons derrière lui sans les regarder.

— Voici mes collègues. Le caporal Nord est un gars de la Tyne, comme tu l'entends, et on comprend à peu près rien de ce qu'il raconte. Westie est un peu fouineur mais, quand on le connaît, ça va. Et le soldat Est dit pas grand-chose, mais c'est une perle, il se bat plutôt que de causer, alors t'inquiète pas pour lui. On n'est que des braves types de ferraille, y a pas mieux. On nous appelle la bande d'Euston.

Il désigna un obélisque avec quatre socles vides à la base.

— C'est là qu'on vit. On était des cheminots, tu vois, avant la guerre, alors ils nous ont mis devant la gare. C'est notre cantonnement. Chaque socle à un point cardinal, d'où nos noms. Viens, on se barre.

Il emmena George vers l'obélisque.

Celui-ci examina le ciel sombre dans lequel avait disparu la gargouille rouge.

— Vous pensez qu'elle est vraiment partie ?

Sud s'accroupit contre la pierre, le fusil sur les genoux, pour profiter de sa cigarette.

— Il va pas traîner dans le coin. Westie, il a peut-être l'air lent comme ça, mais il peut viser l'œil d'un écureuil en pleine course sans moufter. En tout cas, c'est ce qu'il raconte toujours, hein, Westie ?

Les autres soldats s'assirent eux aussi contre le monument, sauf Est, qui paraissait plus agité que les autres et qui resta debout à scruter le ciel en direction de St Pancras.

— Il reviendra pas s'il sait c'qu'est bon pour lui, opina Westie en allumant une cigarette au mégot de celle de Sud.

— L'Artilleur a des gros ennuis, expliqua George. J'ai besoin d'aide.

— On en est tous là, répliqua Sud. D'accord, fiston, si tu commençais par nous raconter ce qui se passe, plutôt.

George obéit, conscient de l'intérêt reflété par les trois visages tournés vers lui. Le plus brièvement possible, il résuma tout ce qui lui était arrivé depuis le début de ce cauchemar. Ils ne l'interrompirent pas, mais il remarqua les regards qu'ils échangeaient à certains moments de son récit. Et, quand il parvint à l'épisode où l'Artilleur, après avoir failli à sa parole, avait été pris par le Marcheur, même Est abandonna son poste de guet pour observer George. Il acheva son histoire, mais il eut l'impression d'avoir encore une fois perdu son temps, un temps dont pourtant il ne disposait pas.

— Voilà, conclut-il, j'ai voulu aider l'Artilleur et maintenant je me retrouve obligé d'affronter ces trois duels !

— Eh oui, va falloir t'y mettre. Tu peux pas y échapper. Si tu fuis, t'es mort, dit Sud. Ces veines sur ton bras, c'est la marque de ton épreuve. Elles sont toutes les trois différentes, comme les combats à mener. Et là, elles font que progresser, non ?

George contempla les veines qui enserraient son bras. Deux d'entre elles remontaient lentement, mais la rainure métallique encerclait méchamment son poignet. Comme si elle ne pouvait pas aller au-delà. Il hocha la tête.

— Bon, ben, ça risque de pas être jojo si tu laisses une de ces saloperies t'atteindre le cœur, déclara Westie.

— Comment ça ? demanda George, sachant qu'il allait détester l'explication.

— Ben, c'est probable que tu claques… ou pire, même, mon petit gars, répondit l'autre carrément, en le regardant à travers un nuage de tabac.

— Qu'est-ce qui peut être pire que crever ? s'enquit George, terrifié.

Silence. Sud et Westie échangèrent un regard.

— T'as rencontré le Marcheur, non ? finit par lâcher Sud en écarquillant les yeux, comme si toute explication supplémentaire était superflue.

— Alors, faut que t'affrontes les trois combats et, une par une, ces veines disparaîtront, dit Westie. C'est pour ça que tu peux pas te défiler. Sinon, tu seras le grand perdant à tous les coups vu que, les veines, elles fileront droit jusqu'à ton cœur… Tu comprends ?

Bien que déterminé à garder la tête claire, George était totalement affolé.

— Attendez, avec le chevalier. Je n'ai pas terminé le combat… Je veux dire… je suis déjà condamné ?

Il scruta le visage des soldats.

— Je vais crever ? ajouta-t-il.

Nord lui prit le bras et remonta sa manche pour examiner les marques. Il jeta un regard à Sud.

— Ben, soupira celui-ci, tout est affaire d'opinion : d'après moi, on peut pas dire que t'as esquivé le combat. Il semblerait que t'étais sur le point – mais alors c'était ric-rac – de le perdre. Et puis cette gargouille, celle que t'appelles le Tuyau, elle t'a chopé au vol, c'est ça ?

Nord et Westie hochèrent la tête.

— Oui, oui. Ça s'appelle pas s'enfuir, ça. C'était un truc *deus ex*… ché pas quoi…

Nord fit claquer ses doigts en essayant de trouver le mot qu'il avait sur le bout de la langue.

— … *machina*, compléta Sud.

Il se racla la gorge et regarda la montre qu'il avait sortie de sa poche.

— Tu t'es pas tiré, voilà ce que je dis. Le pire, c'est que la pluie s'est arrêtée…

— Je comprends pas.

— Peut-être que tu comprends pas, mon pote, mais je parie que le Dernier Chevalier, lui, il comprendra. Il va te suivre jusqu'à ce que le combat soit terminé. C'est ton destin, mon vieux. Ton premier duel est pas fini, il a seulement été interrompu. Remis à plus tard, en fait. Je dirais que t'en as déjà la moitié d'un de fait et qu'il en reste encore deux autres après. Regarde, cette veine métallique a commencé à bouger et puis elle s'est arrêtée. Si t'avais décidé de te tirer, elle aurait continué pour aller te déchirer le cœur et on serait pas là à perdre un temps précieux en discussion. Pour l'instant, elle s'enroule sur elle-même pour marquer le temps jusqu'à ce que tu retrouves le chevalier pour finir le duel commencé. Mais, pour l'instant, c'est pas ça le problème.

Il tapota sa montre.

— C'est ça le problème, reprit-il.

George examina le cadran. S'il avait eu la nausée tout à l'heure, là c'était bien pire.

— Vous êtes en train de dire que je suis pas dans les temps. L'Artilleur n'est plus dans les temps non plus. C'est bientôt la fin de cette journée…

— Oui, mon pote, exactement, répliqua Nord.

— Et s'il est pas là, si son socle est vide à minuit…

— … l'Artilleur sera liquidé, acheva Sud.

George sentit la nuit se refermer sur lui, tandis qu'une vague de désespoir confinant à la claustrophobie menaçait de le submerger.

— Mais je n'ai plus le temps, je ne pourrai jamais…

— Faudrait voir à causer moins et à écouter davantage, mon bonhomme, dit une voix nouvelle.

C'était Est.

— Qu'est-ce qu'il a dit ? ajouta-t-il en désignant Westie.

George repassa la conversation dans sa tête. Il entendit la voix avec son accent de l'Ouest dire « s'il est pas là, si son socle est vide à minuit… ». Mais il ne comprenait rien et ils étaient tous là à l'observer… Et puis, brusquement, tout s'éclaira.

— Si son socle est vide, ça veut dire…

— T'es malin, approuva Nord.

George se leva d'un bond. Le désespoir envahissant avait laissé la place à un sentiment d'urgence omniprésent.

— … que si quelqu'un prend sa place sur son socle, il ne mourra pas ?

Quatre visages de bronze hochèrent solennellement la tête.

— Alors, pourquoi ne pas… ? C'est facile… je m'en charge !

Sud secoua la tête.

— C'est pas si simple, fiston. S'agit pas seulement de se planter là-dessus – y a d'autres trucs dont il faut s'occuper, tu vois…

— Très bien, je ferai tout ce qu'il faut ! s'écria George, ivre de soulagement.

— Personne en doute. Mais… quand même, il faut que je te prévienne d'une chose…

Il s'interrompit brusquement pour regarder sa montre.

— Oh, nom de Dieu. Tant pis pour ça… C'est pas le problème.

— C'est quoi le problème ?

Le fusilier Sud tendit sa montre. George se mit aussitôt à faire d'affreux calculs dans sa tête.

— Le problème, c'est de savoir si tu cours vite.

George ne perdit pas de temps à répondre parce que, du temps, il n'en avait pas. Il se contenta de hocher la tête et démarra au quart de tour. Il n'oublia pas de s'arrêter avant de plonger dans la circulation – et il profita de la seconde de pause pour crier derrière lui, par-dessus son épaule : « Merci ! » Puis une brèche s'ouvrit dans le flot de voitures et il se précipita sur la chaussée, sauta par-dessus le terre-plein central et fila vers l'ouest, courant à plein régime.

Il courait tellement vite qu'il ne vit pas, sous la porte cochère, le SDF avec des yeux noirs de Corbeau lui emboîter le pas. Et il était bien trop concentré sur le fait de foncer vers Hyde Park Corner pour l'entendre déclarer :

— Petit créateur courant vers l'ouest dans Euston Road.

34

La maison des Égarés

Edie demeura immobile un long moment. Après cette crise de sanglots montée des profondeurs de la maison, tout était redevenu tranquille sans être silencieux. Dehors, la ville étouffée par la neige continuait à laisser sourdre le bruit d'un orgue de Barbarie, mais, à part cela, on n'entendait que les bruits produits par la maison elle-même : une porte battante dont les gonds auraient eu besoin d'être huilés, quelque part en bas ; un chuintement rapide suivi d'un coup brutal quand une main invisible ouvrit, ou ferma, un verrou imposant ; le craquement des lattes du parquet.

Puis le silence s'installa, un silence auquel Edie contribuait en ne bougeant pas.

Elle savait que le parquet poussiéreux gémirait sous ses pieds et que quelqu'un guettait patiemment un premier bruit révélateur.

Elle se tenait au milieu de la pièce, aussi loin des murs

que possible. Une personne normale n'y aurait pas prêté attention, mais Edie était une fulgurance pour qui ces murs bourdonnaient en permanence, exerçant un magnétisme terrible, l'attirant à eux pour qu'elle les libère des traumatismes enfouis dans la brique et le plâtre. Une tristesse aussi intense l'accablait quand elle passait devant les cimetières et les vieux hôpitaux qui, eux aussi, souhaitaient qu'on les soulage.

Elle se força à respirer calmement et tenta d'échapper à l'appel insistant de toute cette détresse stockée dans les murs en examinant systématiquement la pièce, à la recherche de quelque chose qui pourrait l'aider. Elle enfonça ses mains au fond de ses poches, au cas où il leur prendrait la fantaisie d'aller toucher quelque chose sans sa permission.

En fait, il n'y avait pas grand-chose à voir. La fenêtre à barreaux, les deux miroirs et une épaisse couche de poussière qui recouvrait le tout. Et voilà.

Ayant épuisé les ressources de la pièce, l'oreille aux aguets, Edie s'intéressa au sol.

Elle comprit alors que toute cette angoisse prisonnière des murs passait aussi par en dessous et l'entraînait comme un courant sombre et profond. Elle était contente d'avoir des chaussures. C'était la première fois qu'elle sentait une atmosphère aussi saturée de méchanceté et de tristesse potentielles ; comme un plat dont on peut anticiper le goût rien qu'à l'odeur infecte qu'il exhale en cuisant. Ça crépitait autour d'elle de façon invisible, pareil à de l'électricité statique.

Elle n'était jamais venue dans cette maison, mais elle s'y sentait comme chez elle.

Non que l'ambiance fût chaleureuse, rien à voir avec

les fragments effilochés de bonheur qu'elle avait connus au cours de son enfance ; pas plus que ça ne ressemblait à la vision idéalisée d'un « foyer » – un endroit sûr dans lequel tout ira toujours bien, tout sera toujours compris, tout sera toujours pardonné.

Ça ressemblait à l'autre, ce foyer dans lequel elle n'était jamais allée, celui qui – depuis qu'elle avait tué son beau-père – lui était secrètement destiné, ce foyer sombre où les secrets d'hier étaient exposés afin de justifier la souffrance d'aujourd'hui et les punitions de demain.

Une larme tomba par terre, mais la vue de cette goutte d'eau atterrissant dans la poussière l'arracha à la paralysie qui l'avait saisie et elle se souvint qu'il fallait respirer : elle aspira une grande goulée d'air, dont elle avait désespérément besoin. D'un revers de main rageur, elle s'essuya les yeux, bien décidée à ce que cette traîtresse de larme n'ait pas de sœur.

Puis elle se concentra de nouveau sur le sol ; dans l'épaisse couche de poussière dont il était recouvert, on distinguait des traces de pas, les siens et ceux des pieds nus de Petite Tragédie. Il y avait également des marques de pattes ; on aurait dit celles d'un chien, mais démesurées. Et puis une traînée tourbillonnante serpentait dans la pièce à partir de la porte. Ça ne couvrait qu'un tiers de la surface, comme si quelqu'un s'était mis en tête de balayer avant de renoncer devant l'épaisseur obstinée de la poussière.

Edie tenta d'organiser les éléments qu'elle avait sous les yeux. Soudain, son nez se mit à la chatouiller.

C'était évidemment à cause de la poussière qu'elle avait remuée à son arrivée en se disputant avec Petite

Tragédie. Ce n'était pas grave en soi ; mais ça risquait de mener tout droit à un éternuement. Ce qui n'était pas grave non plus. Un jour, Edie avait passé tout un après-midi d'été à fixer le soleil parce que ça la faisait éternuer et que, ce jour-là, éternuer était un vrai bonheur. Mais ce soir, éternuer n'allait pas du tout lui faire plaisir. Au contraire, ça allait la mettre très mal à l'aise, parce qu'elle éternuerait dans un silence plombé qui n'attendait que d'être rompu.

Ce soir, un seul éternuement pourrait lui être fatal.

Avant qu'elle n'ait eu le temps de l'étouffer, il explosa. Elle se pinça le nez le plus fort qu'elle put et enfouit sa tête sous la veste de George pour amortir le bruit – mais l'air, impatient de s'échapper, trouva directement le chemin de sa bouche et ce fut une détonation.

Elle se figea, penchée en avant, l'oreille tendue. Elle crut un moment s'en sortir comme ça, mais les lattes du parquet craquèrent. Ce craquement changea de rythme pour devenir le bruit inimitable de quelqu'un qui monte un escalier. Assorti d'un frottement, d'un bruissement auquel faisait écho un cliquetis régulier, signalant que la personne n'était pas seule.

Une lame de parquet craqua quand le groupe parvint sur le palier et les bruits se rapprochèrent. Un rai de lumière dorée vacilla sous la porte, comme si l'arrivant portait une lanterne, puis les pas et les frottements cessèrent brusquement.

Edie fit la grimace et, très lentement, glissa ses bras dans les manches de la veste de George. En tout état de cause, une couche supplémentaire ne serait pas de trop pour se protéger du danger ou du froid.

Elle entendit renifler.

Deux ombres noires brisèrent la rayure d'or ; un halètement avide passa sous la porte, comme si, dehors, on tentait d'aspirer la pièce à grandes bouffées affamées.

Edie eut l'œil attiré par la lueur d'alerte de son morceau de verre qui irradiait hors de sa poche. Elle referma les mains dessus, légèrement réconfortée par cette chaleur et par le contact familier des bords usés par la mer.

La porte s'ouvrit.

Une femme se tenait dans l'embrasure, une femme de grande taille vêtue d'une robe grise démodée qui la couvrait du cou jusqu'aux pieds et même au-delà, car ses jupes enflaient sur le sol où elles traînaient. Une large ceinture lui marquait nettement la taille, d'épais gants de protection taillés dans un daim grossier, comme en portent les soudeurs, cachaient ses mains et ses bras jusqu'aux coudes.

Edie ne distinguait pas son visage parce qu'elle tenait une bougie devant elle, mais elle devinait un front haut et des cheveux bruns tirés en arrière en un sévère chignon.

— Comment t'appelles-tu ? demanda la femme d'une voix désagréablement calme.

— Et vous ? répliqua Edie, méfiante par réflexe.

Il y eut un silence. La femme pencha la tête, comme pour s'adapter à ce qu'elle venait d'entendre. Lorsqu'elle reprit la parole, ce fut presque un murmure, aussi léger et noir qu'une plume du Corbeau, mais Edie perçut tout de même une note de surprise dans sa voix, pas si tranquille que ça.

— Tu es une jeune fille ?

— Euh, oui, répondit Edie en s'examinant. C'est quoi, votre problème ? Vous êtes aveugle ?

— Non, je ne suis pas aveugle, petite, répliqua la femme en abaissant la bougie. J'ai seulement choisi de ne pas voir.

Elle avait un visage maigre et presque sans âge dans sa sévérité, mais, le trait le plus marquant, c'étaient ses yeux au-dessus des pommettes saillantes.

Ils étaient cousus.

Ses paupières étaient fermées par quatre points réguliers faits avec du gros fil noir de cordonnier. Le pire, c'était de savoir avec certitude que cette femme s'était infligé cela elle-même.

— Pourquoi avoir fait une chose pareille ? ne put s'empêcher de demander Edie. Pourquoi avez-vous accepté de subir ça ?

La femme soupira, comme si la réponse était tellement évidente qu'elle ne méritait pas le gaspillage d'une énergie précieusement accumulée.

— Huit petits points ? Ce n'est rien, mon enfant, si on souhaite ne plus voir…

— Mais pourquoi ? insista Edie malgré elle, tant elle était indignée.

— Allons. Tu sais pourquoi. Tu sais ce qui se passe quand nous faisons ce que nous faisons. Tu sais que la force de la volonté ne suffit pas pour garder les yeux fermés. Tu sais qu'en dépit de tous nos efforts, nos yeux s'ouvrent toujours et, alors, voient ce que les pierres recèlent. Et tu sais que les tessons de passé retenus dans les pierres sont rarement heureux et presque toujours épouvantables.

Les entrailles d'Edie se vrillèrent de surprise en entendant ces paroles.

— Vous avez dit « nous »… Vous voulez dire que vous êtes une fulgurance ?

— Je l'étais. Et c'est mon destin de vivre dans cette maison. Tu sens ce qu'il y a dans cette maison ?

Edie hocha la tête, la bouche trop sèche pour parler. Puis elle se rendit compte que l'autre ne pouvait pas la voir mais, avant qu'elle n'ait eu le temps de réagir, la femme reprit la parole.

— Bien sûr que tu le sens. Tu devrais faire la même chose que moi, petite, te fermer les yeux, porter des gants épais et des grosses chaussures pour éviter d'effleurer les matériaux de cette maison, dont chaque contact provoque un martyre cent fois pire que ces quatre points sur mes paupières…

Son pied jaillit brutalement de sous ses jupes pour frapper le sol ; la poussière vola. Sa voix demeura d'un calme olympien.

— Suffit. Assez parlé. Tu dois me suivre.

— Je refuse. Pas question, répliqua Edie, persuadée que la prochaine étape serait encore pire.

En outre, elle ne voulait pas s'éloigner des miroirs qui lui rouvriraient peut-être la porte de son temps et de son univers.

— Tu dois m'obéir, petite. Interdit de dire non.

— Regardez-moi.

On entendit un grondement sourd. Edie crut d'abord que cela venait de l'aveugle. Mais c'était derrière elle. Le genre de grondement dont on ressent les vibrations jusque dans la plante des pieds. Le genre de grondement qu'on ignore à ses risques et périls.

— Je ne peux pas. Et je n'ai pas l'habitude qu'on me désobéisse, rétorqua l'Aveugle d'une voix aussi sombre et délicate qu'une armée de coléoptères s'acharnant sur un voile de soie noire.

Si Edie laissait la peur l'envahir, elle perdrait ses moyens et, là, elle serait fichue. Elle releva donc le menton et planta résolument ses talons dans le sol.

— Eh bien, c'est le moment de vous y habituer. Je…

Elle n'eut pas le temps d'en dire davantage ; le grondement recommença, les jupes de l'Aveugle se soulevèrent et deux mastiffs tachetés, hauts comme des petits poneys, pénétrèrent dans la pièce, oreilles aplaties, babines retroussées, leur double collier hérissé de pointes luisant dans le clair de lune, ramassés, prêts à bondir.

— Viens tout de suite. Plus tard, c'est toi qui me supplieras.

La voix de l'Aveugle était mate d'indifférence tandis que les chiens avançaient, les yeux fixés sur Edie. La bave qui coulait de leurs babines laissait une trace dans la poussière.

Edie ne bougea pas jusqu'à ce qu'elle sente leur souffle chaud sur ses mains. Elle ferma les poings et plia les bras, dans un effort inconscient mais vain pour les mettre à l'abri.

— Écoutez…, commença-t-elle.

Les chiens bondirent, leurs mâchoires claquèrent ; leurs aboiements bruyants et pleins de colère la frappèrent aussi brutalement que des coups. Elle se retrouva les yeux englués de bave lorsqu'elle tenta, par réflexe, de se protéger le visage de ses deux mains.

Et puis, poussée par son instinct de survie, elle céda aux aboiements enragés et aux crocs aiguisés ; les chiens la forcèrent à reculer, et sa main toucha le mur ; elle fit un bond au moment où le passé pénétra brutalement en elle.

Elle se raidit sous le choc, et la poussière tourbillonna en une miniexplosion provoquée par une détonation invisible. Voici ce que fut sa fulgurance, découpée en tranches grossières :

La pièce en été.

Le soleil passant à travers les vitres et formant des rais de lumière transversaux dans la poussière en suspension.

Une femme aux cheveux courts, vêtue d'une robe d'été bleu ciel avec un motif de marguerites, était accroupie au milieu de la pièce. Elle regardait autour d'elle d'un air effaré. Ses pieds, chaussés de claquettes blanches, paraissaient vulnérables.

Le temps sauta de tranche et la femme hurla brusquement « non ! » en direction de la porte, avec une intensité telle que les tendons de son cou se tendirent comme la mèche d'un fouet.

Nouveau saut et Edie vit les mains de la femme agripper son pendentif pour le protéger de celui qui se trouvait à la porte. Elle le tenait serré, dissimulant presque la lueur révélatrice qui sourdait de ses bords usés par la mer.

C'était un morceau de verre roulé par les vagues – une pierre de cœur.

Edie vit la femme aux cheveux courts s'immobiliser. Elle la vit contracter les mâchoires, à tel point que ses propres mâchoires en firent autant.

Deux énormes formes tachetées bondirent dans la pièce en aboyant furieusement, elle entendit un hurlement…

… puis le temps sauta encore une tranche et sur le parquet, là où se trouvait la femme, il ne restait plus que le morceau de verre et une claquette blanche à l'envers dans la poussière.

Edie retira vivement sa main du mur et la fulgurance cessa aussitôt.

L'Aveugle remuait les lèvres, comme si elle s'efforçait de combattre une nausée envahissante. Les chiens avaient reculé d'un demi-pas, guère davantage.

— Quoi que tu aies vu, ma petite, chuchota l'Aveugle, quoi que tu aies vu, ce sera bien pire quand ce sera ton tour.

Les chiens grondèrent.

Edie pensa à George. Elle pensa à l'Artilleur. Elle vit l'Artilleur sourire, et George aussi lui adressa un sourire. Si elle craquait, c'était eux autant qu'elle qu'elle trahissait.

Elle sentit le souffle des chiens sur ses mains. Chaud, humide et puant.

Il ne s'agissait pas de craquer. Elle allait vivre pour se battre un jour de plus.

— Bien, dit-elle. Bien.

Au fond de sa poche, elle referma la main sur sa pierre de cœur avant se diriger à pas lents vers l'Aveugle, dépassant les deux chiens. Ceux-ci lui emboîtèrent le pas, grondant toujours mais plus doucement.

— Si tu essaies de t'enfuir, si tu fais autre chose que ce que je dis, ils te mordront, murmura l'Aveugle avec la douceur d'une brise nocturne bruissant dans la haie d'un cimetière. Maintenant, viens ici.

Edie se planta devant elle, suivie des deux chiens. Elle fixa les paupières cousues.

— Contente, maintenant ? grinça-t-elle.

La femme ne bougea pas. Comme si ses yeux aveugles voyaient tout de même Edie. Elle ôta lentement un gant et, d'une main dont la douceur était inattendue, suivit les contours du visage d'Edie. Elle trouva les traces humides de ses larmes.

— Gaie, dit-elle en remettant son gant. Autrefois, j'étais gaie.

— Dites-moi ce que vous voulez, répondit Edie en ravalant son amertume.

— Je ne veux rien que tu puisses me donner. Je veux ma pierre d'alarme, déclara l'Aveugle. Il me l'a volée.

— Le Marcheur ?

— Qui d'autre s'empare de nos pierres de cœur ? soupira l'Aveugle. Suis-moi.

— Non, attendez, dit Edie, qui s'efforçait de donner un sens à ce qu'elle entendait. Pourquoi prend-il nos pierres de cœur ?

— Il veut le pouvoir qu'elles recèlent, le pouvoir qui les fait flamber, le pouvoir qui nous donne juste assez de force pour supporter les fulgurances dans le passé, expliqua-t-elle en laissant échapper un petit rire amer. C'est un si petit pouvoir mais, pour chacune de nous, c'est un trésor. Alors que, pour lui, nos pierres ne sont bonnes qu'à être rassemblées pour additionner leurs petits pouvoirs et en obtenir un seul gros.

Elle se dirigea vers la porte.

— Pourquoi a-t-il besoin de ce pouvoir ? demanda Edie, la bouche sèche.

Elle mesura la distance qui la séparait de la porte et se demanda si elle avait le temps de doubler l'Aveugle pour la mettre entre elle et les chiens.

La femme se retourna et s'arrêta un instant sur le seuil. Son sourire, privé de regard, était difficilement interprétable : était-il rempli de pitié ou simplement triste ?

— Demande-lui, répondit-elle. Il arrive...

35

Coureur des rues

Pour la première fois depuis bien longtemps, George avait l'impression d'avoir un but. Ça faisait une différence. La peur avait été un excellent moteur mais, jusque-là, sa cavalcade était alimentée par le côté « barre-toi » de l'alternative « bats-toi ou barre-toi ». Alors que, cette fois, il courait par désir de se battre. Sans doute la raison pour laquelle il était capable de mobiliser les forces qu'il avait encore en réserve.

Il cessa de s'inquiéter des tares prêtes à lui sauter dessus, non pas parce qu'il n'avait plus peur d'elles mais parce que s'inquiéter de choses qu'il ne pouvait maîtriser était une perte d'énergie inutile et, franchement, il n'en avait pas à gaspiller. Le moindre gramme servait à actionner ses jambes et ses bras. En cas d'attaque, il serait toujours temps d'aviser. L'objectif était d'atteindre le socle de l'Artilleur : pas question de se laisser distraire.

Il courait dans une sorte de transe. Il se rendait bien compte qu'il souffrait le martyre, qu'il avait déjà eu plusieurs points de côté, que son souffle rauque ressemblait davantage à un sanglot qu'à une respiration, mais ça lui était égal. Il courait, cramponné à son marteau.

En même temps, son esprit se clarifiait : il se débarrassait de tout ce qui dépassait sa compréhension, ne conservant que les choses importantes, celles qu'il pouvait régler. D'abord, il allait négocier une journée de plus pour l'Artilleur s'il courait suffisamment vite. Ensuite, il trouverait Edie, elle lui raconterait ce que le Black Friar lui avait dit et, ensemble, ils trouveraient le moyen de ramener l'Artilleur. Il n'y avait pas de place pour le doute, parce que rien ne devait le ralentir.

Il tourna dans une ruelle étroite, et là, hélas, il n'y avait pas assez de place pour lui et la voiture de sport basse qui s'engageait à l'autre bout.

Le bolide klaxonna en faisant des appels de phares, mais George continua au même rythme. Heureusement, le conducteur allait lentement pour ne pas érafler ses précieux rétroviseurs, si bien qu'il eut le temps de freiner sans déraper ni heurter George. La voiture s'arrêta, obstruant le passage.

Sans ralentir, George sauta sur l'élégant capot de la voiture, monta sur le toit, redescendit sur le coffre et bondit dans la ruelle avant même que le conducteur n'ait compris ce qui se passait.

Évidemment, quand il se rendit compte qu'un gamin avait piétiné sa voiture, il devint hystérique. George entendit derrière lui un torrent d'injures, suivi d'une série de coups de klaxon agressifs ; l'homme voulut passer la marche arrière et n'y parvint qu'après avoir fait couiner à répétition sa coûteuse boîte de vitesses. Enfin, dans un rugissement de pot d'échappement, il essaya de rattraper George en marche arrière.

Celui-ci prit le temps de jeter un coup d'œil derrière lui. Dans son énervement, le conducteur accrocha un de ses rétroviseurs de luxe, qui explosa contre une gouttière. George reprit sa course, ne s'interrompant que pour balancer une poubelle au milieu de la chaussée, histoire de décourager toute poursuite ; ivre de rage, le conducteur se pencha à la portière et l'abreuva d'insultes.

Il sortit de la ruelle et se repéra : les arbres du parc se dressaient au bout de la rue.

Le parc le fit penser de nouveau à Edie, à la première fois où ils s'étaient rencontrés dans le parking souterrain. Elle s'était montrée provocante et agressive, elle l'avait frappé quand il avait voulu se montrer gentil avec elle. Mais, finalement, elle s'était révélée une alliée courageuse et pleine de ressources face à cette adversité qu'ils avaient dû combattre ensemble. Il se demanda soudain s'il n'allait pas la retrouver sur le socle de l'Artilleur. Bien sûr, le Friar avait dû lui raconter exactement la même chose que la bande d'Euston lui avait racontée à lui. À l'idée de la revoir, il sentit son énergie redoubler et il courut vers Park Lane avec des forces renouvelées. Il se faufila entre les voitures dans la circulation tardive et pénétra dans le parc.

Il était beaucoup plus facile de courir sur l'herbe, sous les arbres éclairés par les réverbères.

Il aperçut une horloge sur un des bâtiments de Park Lane ; en passant sous le grand hôtel moderne, il avait le cœur prêt à exploser, mais c'était parce qu'il allait atteindre le socle avant minuit.

« Attends-moi, Edie, j'y suis presque ! » pensa-t-il.

36

La Pierre et les créateurs

L'Aveugle guida Edie dans l'escalier et lui fit descendre deux étages aussi tranquillement que si elle voyait clair.

Dans la maison, il n'y avait ni tapis, ni tableaux, ni meubles – aucune décoration. La poussière unifiait tout dans un néant gris. Edie entendait les grands chiens derrière elle et serrait la pierre de cœur au fond de sa poche. La femme s'arrêta devant une porte et prit l'impressionnant trousseau fixé à sa ceinture. Elle ôta encore une fois son gant pour tâter les différentes clés, cherchant au toucher celle dont elle avait besoin. Elle la trouva, et Edie remarqua qu'elle remettait son gant avant de la faire tourner dans la serrure.

— Il y a une chaise, dit-elle doucement. Tu vas t'asseoir dessus et attendre. Si tu bouges, les chiens te mordront.

L'Aveugle se tenait en biais, comme si elle avait peur

de pénétrer dans la pièce. Edie entendit gronder derrière elle et franchit la porte.

Il y avait bien une chaise à l'intérieur. Une chaise solide, dont les pieds étaient munis de petites roues métalliques.

La pièce était éclairée par un seul bougeoir, posé sur une table qui en occupait le centre. Cet endroit avait dû servir de bibliothèque mais, à présent, on n'y voyait plus le moindre livre. Pas de meubles non plus, en dehors de cette table qui ressemblait à un établi et des étagères qui couvraient les murs. Cependant, la pièce n'était pas vide. À la place des reliures de cuir qui avaient dû jadis occuper les rayonnages, on voyait des paquets de formes irrégulières, empilés depuis le parquet nu jusqu'au plafond, dont les lattes et le plâtre s'incurvaient dangereusement. Le bureau et le sol alentour étaient jonchés de papiers.

Edie s'avança vers la chaise et s'assit en frissonnant.

Elle remarqua que les fenêtres étaient à losanges sertis de plomb. Apparemment, il n'y avait aucun moyen de les ouvrir, donc pas question de sauter dans une tentative désespérée de recouvrer la liberté. Les deux chiens entrèrent sur ses talons et s'assirent à ses pieds, les yeux rivés sur elle.

L'Aveugle recula dans le vestibule et prit place sur une chaise à haut dossier contre le mur, face à la porte.

Pendant un long moment, on n'entendit que la respiration des chiens et les battements du cœur d'Edie. Elle remua sur son siège, et ce petit craquement suffit à faire gronder les chiens.

Edie regarda de l'autre côté de la porte la silhouette raide au regard aveugle.

— Qu'étiez-vous ? demanda-t-elle.

— Qu'étais-je quand ? répliqua l'Aveugle d'une voix chuchotante.

— Avant que tout cela ne se produise. Qu'étiez-vous ?

Seul le silence lui répondit. Alors qu'Edie se résignait déjà à ne pas avoir de réponse, l'Aveugle se mit à parler.

— J'étais professeur.

— Ça m'étonne pas.

— Comment ça ?

— Je n'ai jamais beaucoup aimé les profs, répliqua Edie. On dirait qu'ils racontent jamais les trucs qu'on a besoin de savoir.

— Et qu'as-tu donc besoin de savoir, mon enfant ? murmura l'Aveugle. Que peut donc souhaiter savoir quelqu'un de si jeune et de si inconscient, alors que toute connaissance obscurcit le monde plus qu'elle ne l'éclaire ?

— N'importe quoi ! s'exclama Edie. Savoir des trucs, les bons trucs, c'est utile. En fait, tout est utile, même les mauvais trucs, parce que comment on peut établir un plan ou se protéger si on ne possède pas toutes les infos ?

— Même ainsi, tu ne pourras pas te protéger, mon enfant.

— Ouais, bon, désolée d'être encore là, mais je n'ai pas dit mon dernier mot.

L'Aveugle laissa un fantôme de sourire errer sur son visage.

— Ça viendra. Tout le monde finit par renoncer.

Les paquets sur les étagères exerçaient sur Edie une attirance supérieure au magnétisme que dégageaient les murs. Elle examina l'étrange assortiment de formes posées côte à côte.

— Qu'est-ce qu'il y a sur ces étagères ?

— Des pierres.

— Pourquoi ?

Elle voulait que l'Aveugle continue à parler. Le silence lui vidait trop la tête, laissant au bourdonnement néfaste de la maison et de son contenu tout loisir de déverser sa terreur sur elle.

— Parce qu'il en fait collection. Comme il fait collection de nos pierres de cœur. À la recherche de la puissance dissimulée dans une pierre d'une tout autre sorte. Plus sombre et plus résistante.

— Qu'est-ce que… ? commença Edie.

Elle s'interrompit pour mieux formuler sa question.

— Pourquoi tout tourne-t-il toujours autour des pierres ? reprit-elle.

— Parce que c'est comme ça, répliqua sèchement l'Aveugle.

Qui n'ajouta rien.

Edie attendit et, quand il fut évident qu'il n'y aurait rien de plus, elle poussa un grognement dégoûté.

— Le prof typique.

L'Aveugle releva la tête, piquée par le ton d'Edie.

— Quoi ?

— C'est ce que je disais. Ils disent jamais rien d'utile. On leur pose une question difficile et on a droit à « tu n'as pas besoin de savoir ça » ou « ce ne sera pas à l'examen » ou « c'est comme ça ». Vous deviez vraiment être un prof pourri.

L'Aveugle se raidit si brusquement sur son siège qu'on aurait pu entendre ses vertèbres craquer.

— J'étais un bon professeur, murmura-t-elle d'une voix douce comme la poussière. J'étais un très bon professeur.

Edie la dévisagea. Sauf erreur de sa part, une larme unique laissait une trace rose sur la peau grise de poussière, au bord de la paupière cousue.

— Alors, pourquoi ne pas m'expliquer pourquoi tout tourne autour des pierres ? insista Edie.

— Ça ne t'aiderait pas, répliqua l'Aveugle.

— Vous, ça vous aiderait peut-être, dit Edie gentiment.

— Rien ne peut m'aider, mon enfant, répondit-elle en riant de façon presque inaudible. Je suis une égarée, embourbée dans les ténèbres au point de ne pouvoir faire demi-tour.

— Alors, ne faites pas demi-tour, dit Edie. Restez où vous êtes. Mais pourquoi ne pas redevenir un bon prof ? Pourquoi ne pas m'expliquer pourquoi tout tourne autour des pierres ?

Un des chiens regarda l'Aveugle, qui réfléchissait en remuant les lèvres. D'une main, elle lissa d'imaginaires mèches rebelles dans son chignon serré. Soudain, elle se mit à parler.

— Il y a longtemps, avant les débuts de l'histoire, avant que les choses aient un nom, les Ténèbres arpentaient la terre. Elles se nourrissaient de la peur et, là où elles passaient, elles répandaient la terreur, la haine et l'ignorance.

Elle s'arrêta pour prêter l'oreille, la tête penchée vers ce qu'elle croyait avoir entendu à l'entrée de la maison. Au bout d'un moment, elle se détendit et continua.

— La Lumière arpentait également la terre, répandant la Vie. Et elle ne supportait pas de voir ses enfants vivre là où terreur et haine engendraient souffrance et violence. Donc la Lumière lutta contre les Ténèbres et, après une bataille sans merci, la Lumière fut vainqueur et relégua les Ténèbres au plus profond du cœur de l'Univers, emprisonnant le Mal dans la pierre pour qu'il ne puisse plus jamais arpenter la terre. Le temps passa et l'humanité, qui est fils et fille de la Vie, se multiplia sur la terre, les hommes bâtirent, vécurent, aimèrent, rirent…

L'Aveugle s'interrompit, saisie par ses propres mots, comme si elle venait juste de se souvenir qu'ailleurs, loin de la maison des Égarés, il existait des choses comme l'amour et le rire. Edie attendit qu'elle reprenne son récit.

— Il y avait des bâtisseurs, mais il y avait aussi des créateurs. Au début, les créateurs – les artistes et les sculpteurs – travaillaient le bois et l'argile, mais leurs descendants se prirent à rêver : ils voulaient créer des choses qui ne pourriraient pas, capables de résister au temps. Ils se mirent à sculpter la pierre et tentèrent de travailler le métal chauffé au rouge. Mais sculpter la pierre et le métal était beaucoup plus difficile que travailler le bois et l'argile. Or, ils savaient que rien ne s'obtient sans larmes ni sacrifice. Ils en vinrent à penser qu'il fallait offrir un sacrifice à cette pierre qu'ils souhaitaient tailler afin qu'elle se laisse plus aisément travailler.

Elle tourna son visage aux paupières cousues vers Edie, comme si elle hésitait à continuer.

— Même si bien des siècles s'étaient écoulés depuis que la Vie avait emprisonné le Mal dans la pierre, le pouvoir que celle-ci recelait n'était pas tombé dans l'oubli. Et ces femmes – car c'étaient des femmes, la mémoire s'est transmise de mère en fille –, ces femmes percevaient la puissance et les souvenirs qui vivaient enfermés dans la pierre…

— Des femmes comme nous, intervint Edie.

— Des femmes comme nous.

— Des fulgurances.

— Des fulgurances.

Edie avait envie de hurler. Elle aurait voulu lui demander comment, dans cette épouvantable demeure, elle pouvait obéir aux ordres maléfiques du Marcheur avec autant de calme et de sérénité alors qu'Edie et elle étaient, ou avaient été, identiques. Elle serra les mâchoires et retint son cri. Elle voulait connaître la fin de l'histoire.

L'Aveugle s'éclaircit la gorge.

— Mais le temps leur avait fait oublier à quel point la puissance de la Pierre était noire. Et, lorsque les créateurs vinrent voir les fulgurances, les femmes leur parlèrent de cette puissance, leur confirmèrent qu'il s'agissait de quelque chose de vivant ; les créateurs en furent heureux, parce qu'ils savaient comment apaiser ce qui était vivant ; il fallait un sacrifice, il fallait faire couler le sang. Ils tirèrent au sort, et ce fut le fils du chef des créateurs qui perdit. On l'emmena jusqu'à une pierre choisie par les fulgurances. Mais ils étaient des enfants de la Vie, ils ne tuaient personne ; ils allaient se contenter d'entailler l'auriculaire de la victime avec un couteau de silex, une blessure infime mais suffisante pour passer un pacte avec la pierre. L'enfant verserait quelques larmes, mais après on le fêterait dans la joie en le couvrant de fleurs ; on le gaverait de mets délicats et du miel le plus doux pour compenser cette brève seconde de douleur…

Les mains de l'Aveugle voletèrent jusqu'à ses paupières cousues. Edie comprit qu'elle ressentait la douleur de son propre sacrifice.

— Et ça a marché ? s'enquit-elle.

— Tu le sais très bien. Selon les termes du pacte, la pierre ne devait pas résister aux créateurs ; ceux-ci utiliseraient leur pouvoir pour la travailler – pour créer, pas pour abîmer. Mais la lame de silex les a trahis. Peut-être parce que c'était un poignard de pierre et que le mal était inscrit en lui. En tout cas il a ripé dans la main du père, et l'estafilade du petit doigt est devenue une entaille du poignet et, avant qu'ils n'aient pu refermer la blessure, l'enfant était mort ; même si c'était un accident, son sang avait coulé sur la pierre et le pacte entre Créateur et Pierre était alors scellé…

— Il a tué son propre fils ? l'interrompit Edie.

L'Aveugle hocha la tête.

— Il a tué son propre fils. Par erreur, trompé par la Pierre. La tristesse et le malheur se sont abattus sur la maison du Créateur, et puis le temps a passé. Les créateurs ont créé, la Pierre n'a pas résisté, et leurs créations étaient puissantes. Ils ont sculpté des idoles, des dieux, des diables et des gargouilles pour leurs temples et leurs églises, et ceux-là, même si les créateurs l'ignoraient, furent les premiers serviteurs de la Pierre. Ils étaient conçus pour faire peur et impressionner les fidèles. On les a appelés des « tares » parce que, là où tombait leur ombre, la peur étreignait les enfants de la Lumière comme une tare…

— Mais il y a eu aussi les répliques, intervint Edie.

— Oui, des répliques de ce qui était vivant, avec une tout autre intention : représenter ce que les gens aimaient et admiraient, ou pour le simple plaisir de reproduire ce que les créateurs trouvaient beau et agréable.

— Et c'est la raison pour laquelle les répliques ne sont pas les serviteurs de la Pierre ?

— Oui, mon enfant. On les a appelées répliques parce qu'elles étaient conçues à l'image d'hommes réels. Elles avaient en elles cet esprit qui n'est pas l'esclave des Ténèbres, qui ne craint pas la Pierre.

— Et c'est la raison pour laquelle les tares, les serviteurs de la Pierre, les détestent ? Parce qu'elles sont libres ?

— C'est plus compliqué encore. C'est parce que les répliques sont la revanche des créateurs sur la Pierre qui a pris la vie de cet enfant innocent. Ils ont trouvé le moyen de supprimer un fragment des Ténèbres en le remplaçant par un éclat de Lumière dans chaque réplique qu'ils créent. Et…

Elle s'interrompit. Les chiens dressèrent l'oreille. Une lame de parquet craqua dans le vestibule et une voix qu'Edie avait espéré ne plus jamais entendre, une voix d'homme grêle et hautaine, acheva l'histoire.

— … et ainsi, le combat entre la Lumière et les Ténèbres, entre la Peur et la Joie, continue. Et la Pierre et les Ténèbres qui sont enfermées attendent toujours que les créateurs se fatiguent afin de pouvoir revenir régner en maîtres sur la terre.

Le Marcheur apparut dans l'embrasure de la porte, avec un sourire sinistre.

— Et tu sais quoi ? La Peur dupe toujours la Joie, et

les Ténèbres sont bien plus dignes de confiance que la Lumière…

Il tapota le chambranle du bout de la longue lame brillante de son poignard alourdi de pierres précieuses.

Un gémissement s'éleva dans le silence. Edie craignit d'abord que ce ne fût elle. Mais non. C'était l'Aveugle. Pliée en deux, elle sanglotait discrètement.

Elle tendit une main suppliante sans relever la tête. Elle avait ôté son gant. Edie distingua ces mots prononcés entre deux sanglots.

— Je vous en prie…

Le Marcheur sortit de son grand manteau un morceau de verre roulé par la mer, attaché à une chaîne. Il en irradiait une lueur orange vif, projetant des ombres déformées sur les murs. Le Marcheur le lui posa dans la main.

Celle-ci se referma avec avidité sur le bout de verre, et l'Aveugle frissonna en poussant un soupir de soulagement.

Edie avait vécu seule dans la rue. Elle connaissait ce frisson. C'était celui des drogués. Elle comprit comment le Marcheur gardait l'Aveugle en vie, l'affamant juste assez pour la contraindre à lui obéir. Il se servait de sa pierre de cœur comme d'une drogue pour l'avoir à sa merci.

La main d'Edie se referma sur sa propre pierre, cachée au fond de sa poche.

Le Marcheur la dévisagea comme s'il lisait dans ses pensées. Ses lèvres se retroussèrent sur un rictus.

— Tu t'imagines ne jamais devenir comme elle.

Edie conserva un visage impassible.

Il arracha le morceau de verre de la main de l'Aveugle

et le récupéra. Celle-ci poussa un cri. Malgré elle, Edie voulut se lever.

Les chiens réagirent aussitôt ; ils se mirent à aboyer en grognant, et elle se rassit.

Le Marcheur claqua des doigts. Les chiens se turent, l'œil rivé sur lui.

— Reste tranquille. Ne bouge pas. Je n'ai aucune mauvaise intention. Je ne veux pas te faire de mal. Je ne veux même pas te prendre ta pierre d'alarme. De toi, je ne veux rien du tout si ce n'est un peu d'aide. Je souhaite que tu me fasses profiter de tes dons.

— Comment ? demanda Edie.

— Je veux que tu testes certaines pierres. Il suffit que tu les touches pour me dire ce qu'elles recèlent. Fais cela et tu seras libre, indemne et en sécurité.

— Quel genre de pierres ? voulut savoir Edie.

Elle parlait lentement, parce qu'elle ne croyait pas un mot de ce qu'il disait : il n'avait pas l'intention de la laisser partir.

— Ah ! dit-il en souriant. Voilà où le bât blesse. Voilà pourquoi mieux vaut que tu conserves ta pierre de cœur sur toi. Tu vas avoir besoin de toutes tes forces.

— Quel genre de pierres ? répéta-t-elle.

Sa voix dérailla, coincée dans sa gorge trop sèche.

Le sourire du Marcheur s'élargit.

— Des pierres sombres. Vraiment très sombres…

37

Le remplaçant

Filant vers le sud, George passa derrière la statue d'Achille. Il eut le temps de remarquer le géant nu, une épée dans une main et un bouclier pointé vers les nuées dans l'autre, prêt à prévenir toute attaque venue d'en haut. Il leva les yeux au cas où le ciel aurait recelé quelque menace imminente, mais la chance, apparemment, continuait à lui sourire. Il traversa à toute vitesse le passage à niveau de South Carriage Drive, franchit la triple arche le long d'Apsley House et eut le temps de reprendre son souffle en attendant que le feu passe au rouge pour traverser l'ultime rue avant d'aborder l'îlot central de Hyde Park Corner.

Il pouvait s'offrir ce luxe parce que, juste devant lui, il voyait le gigantesque canon de campagne braqué vers le ciel et deux des quatre soldats de bronze. Le socle de l'Artilleur lui était caché, mais pas celui du soldat allongé sur une civière ni celui qui était face à la pelouse, un brigadier avec deux immenses étuis à obus lui battant les cuisses.

Le feu passa au rouge. Il courut. Les gravillons jaillissaient sous ses pieds tandis qu'il fonçait vers l'énorme monument. Il monta sur le parvis et fila du côté de l'Artilleur, persuadé d'y voir Edie.

Mais il n'y avait personne.

À la place de l'Artilleur, il n'y avait que le socle de bronze et un mur rugueux, entaillé par les intempéries, sur lequel on pouvait lire RUSSIA – PALESTINE – CENTRAL ASIA.

George s'arrêta net et se plia en deux, comme si on l'avait frappé. Il s'arc-bouta, les mains à plat sur les genoux. La vérité, c'était que, maintenant qu'il était arrivé et que sa course était terminée, il sentait la fatigue reprendre ses droits. D'autant qu'il était déçu, même s'il se disait que ça n'avait pas d'importance. Il trouverait Edie plus tard. Pour l'instant, il fallait prendre la place de l'Artilleur. À en croire la dernière horloge croisée sur Park Lane, il avait cinq bonnes minutes d'avance.

En baissant les yeux, il aperçut le casque de bronze posé sur la poitrine de la statue à ses pieds. Le sculpteur avait représenté un corps couché sur le dos, le visage recouvert d'un manteau. Ses pieds chaussés de brodequins dépassaient, et le manteau avait été jeté avec une désinvolture telle qu'on apercevait un fragment de visage et quelques mèches de cheveux, mais pas suffisamment pour distinguer des traits. Il manquait des clous aux semelles des godillots, qui montraient des signes d'usure. Il remarqua qu'un lacet cassé avait été rafistolé en hâte avec un nœud grossier. Ce détail intime rendait l'anonymat de ce soldat inconnu encore plus poignant.

Ayant récupéré assez d'oxygène pour faire fonctionner ses poumons, George regarda le Brigadier avec ses étuis à obus.

— Excusez-moi, dit-il, ne sachant comment engager la conversation avec une statue qui ignorait sans doute que George le voyait. Excusez-moi, répéta-t-il. Je vous vois. Je sais tout sur les tares et les répliques. Je suis un ami de l'Artilleur.

Le soldat ne bougea pas d'un millimètre. George décida de ne pas perdre de temps. Après tout, il savait ce qu'il avait à faire.

— D'accord. Je vais faire le tour pour prendre la place de l'Artilleur. Sur son socle. C'est ce que la bande d'Euston m'a conseillé.

Toujours aucune réaction. George haussa les épaules. Il passa devant des bas-reliefs sculptés dans le calcaire blanc représentant la guerre des tranchées – des hommes vêtus de vieux gilets en peau de mouton et coiffés de casques métalliques, des armes et des obus, des corps blessés sur un fond d'arbres fracassés et de tranchées pulvérisées. Il vit un soldat aux prises avec un attelage terrifié et puis il se retrouva sur le socle de l'Artilleur, adossé au mur froid. De l'autre côté de la rue, un SDF poussait ses maigres biens dans un vieux chariot à provisions écossais. Il fixait le monument d'un regard éteint. Il avait des yeux noirs sans la moindre trace de blanc.

La circulation était bien trop bruyante pour que George l'entende – si toutefois il l'avait remarqué, ce qui n'était pas le cas.

— Un petit créateur. Hyde Park Corner. Sur le Mémorial de la Guerre.

George, inconscient du regard du Tallyman de l'autre côté de la rue, ne savait pas très bien quoi faire. Comme il était presque minuit, il s'appuya contre le mur et écarta les bras, conformément au premier souvenir qu'il avait de l'Artilleur. Quelque chose roula sous son pied. Il se pencha pour ramasser l'objet. C'était une cravache. L'Artilleur l'avait manifestement laissée là quand il avait pris George sous son aile, au début de cette épopée dont il était maintenant persuadé qu'elle allait durer éternellement.

Il posa le marteau et prit la cravache, qu'il soupesa dans sa main. Aussitôt, la mèche de bronze rigide enroulée autour du manche s'assouplit. Comme si l'objet sculpté devenait réel. Sans descendre du socle, il la fit claquer. Avoir entre les mains quelque chose qui appartenait à l'Artilleur, cela lui donnait un sentiment de sécurité. Il allait réussir. D'ailleurs, est-ce que ce serait difficile ? Il suffisait de rester là jusqu'à ce que minuit soit passé, et il aurait offert une journée de plus à l'Artilleur.

— Non mais qu'est-ce que tu fais là, au juste ?

La voix était lasse, distinguée et légèrement agacée ; elle venait de la gauche. George regarda dans cette direction et vit la statue de l'Officier, à l'autre bout du monument, qui le regardait comme si sa seule présence était une insulte. Il était coiffé d'un casque métallique et portait en bandoulière une paire de jumelles dans leur étui. À part ça, il tenait une lourde capote négligemment pliée sur ses bras croisés.

— Euh… Je suis là…, commença George d'un ton hésitant.

Énervé, l'Officier fit claquer sa langue contre ses dents. Sa petite moustache bien taillée se tordit alors qu'il examinait George.

— Tu es un gamin, observa-t-il.

— Je m'appelle George.

— Oui, soupira l'Officier en ouvrant le couvercle de sa montre, qu'il referma d'un coup sec. Oui, j'ai bien peur que ce ne soit toi. C'est à cause de toi si l'Artilleur-Chauffeur est parti vagabonder plutôt que de rester à sa place. Tu sais où je l'ai retrouvé hier soir ? À moitié fondu par ce satané dragon de Temple Bar, le nez dans une mare pas loin d'ici, dans St James's Park. J'ai un moment eu l'idée de l'abandonner là, mais tu sais…

Il fit de nouveau claquer sa langue contre ses dents.

— C'est pour ça que je suis là ! s'écria George. Précisément. Le Marcheur l'a fait prisonnier. Il ne pourra pas être là à la fin du jour. Alors, je vais prendre sa place. Comme ça, on aura une journée supplémentaire pour aller à son secours !

— Fadaises ! explosa l'Officier.

— Ce ne sont pas des fadaises, rétorqua George sans se démonter. Je vais le faire.

L'Officier fit basculer son casque en avant pour se gratter la nuque, sidéré.

— Tu veux t'installer là, à sa place ?

— Oui.

Il sentit alors quelque chose bouger sournoisement à la hauteur de son poignet. Il eut l'impression que sa peau explosait, que son bras était déchiré par d'intenses brûlures. Il se plia en deux, le soutenant de sa main libre. La cravache roula à terre.

La froideur de l'Officier se craquela, il lâcha sa capote et se précipita vers George.

— Qu'est-ce qui t'arrive, mon garçon ?

— Mon bras, répondit George, les dents serrées.

L'Officier vérifia sa montre, fit claquer sa langue tant il était inquiet et s'agenouilla à côté de lui.

— Vite, mon garçon. Montre-moi.

George tendit le bras. L'Officier le saisit avec une douceur étonnante et le retourna. Un autre petit bruit s'échappa de ses lèvres quand il vit la marque du Créateur et les trois rainures qui partaient du poignet.

— Enlève ta veste. Il faut agir.

Il aida George à s'extraire des deux épaisseurs qu'il portait, puis il retroussa la manche de sa chemise pour examiner le bras du poignet jusqu'à l'épaule.

— Tu n'es pas bien gras, une fois débarrassé de toutes ces couches, dit-il à mi-voix en retournant le bras de George.

Encore un claquement de langue, plus bruyant cette fois.

— N'empêche, tu as du cran, pas de doute là-dessus. Tu as la marque de la Voie Ardue.

George regardait son bras, épouvanté. Une des veines – la marbrée – avait brusquement dépassé son coude et s'enroulait autour de son biceps, si bien que la pointe invasive de cette cannelure était maintenant dangereusement proche de son aisselle. Les deux autres se maintenaient encore au-dessous du coude.

— La plus longue, ça vient juste d'arriver, non ? demanda l'Officier.

George hocha la tête en se mordant la lèvre. Il ne se sentait pas capable de parler distinctement.

L'Officier tapota la cannelure incrustée. Le bruit du bronze sur le marbre provoqua une nausée chez George. Comme si quelqu'un lui tapotait les os en direct. L'Officier redescendit la manche de sa chemise, cachant de nouveau son bras. Il reprit la parole d'un ton plein d'efficacité, toute trace d'irritation ayant disparu.

— Bien. Couvre-toi et remets ta veste le plus vite possible. Tu as raison, pas de question, dresse-toi sur ce socle.

George enfila les deux vestes et se battit avec les boutons, heureux de ne plus voir son bras déformé par les veines de pierre et de métal mêlées.

— Qu'est-ce… ? demanda-t-il.

— Qu'est-ce quoi ? répliqua l'Officier qui scrutait la rue.

— Qu'est-ce qui vous a fait changer d'avis ? termina George.

L'Officier le regarda dans les yeux. Puis il se pencha pour ramasser la cravache et la donna à George.

— Sinon, cette veine continuera à grimper le long de ton bras et, quand elle atteindra ton cœur, je suis au regret de t'annoncer que tu seras mort.

Il eut un sourire encourageant.

— *Nihil desperandum.* Tout n'est pas perdu. Tu prends la place de l'Artilleur, comme tu en avais l'intention, tu te dresses jusqu'à ce que tu sois descendu et tout devrait aller comme sur des roulettes.

George comprit soudain le sens de ces paroles et sa bouche devint sèche.

— C'est un des combats, un des duels que je dois

affronter ? Mais comment le fait de m'installer là à minuit…

Le soulagement l'envahit d'un seul coup.

— Non, c'est génial ! Vraiment, super ! M'installer là, c'est tout ? C'est facile… non ?

— Pas tant que ça. C'est un peu plus compliqué que tu ne l'imagines, fiston.

Il asséna une bonne claque sur l'épaule de George et le poussa doucement sur le socle de l'Artilleur. George n'aimait guère son sourire. C'était celui que vous font les parents quand ils vous poussent dans le cabinet du dentiste pour vous faire martyriser.

— Comment ça ? demanda-t-il. Je vous en prie, dites-moi ce qui se passe quand on se dresse ?

L'Officier montra d'un geste les bas-reliefs qui ornaient le pourtour du monument.

— Tout ce qu'on voit là, j'en ai bien peur. Carnages, meurtres, terreur, bouillie sanglante d'hommes et de chevaux. Toutes les nuits, on revit ça. C'est notre identité, et cela nous rappelle la raison de notre présence ici. Conformément à la volonté du sculpteur.

Il s'éclaircit la gorge, comme s'il avait encore beaucoup à dire sur le sculpteur et ses volontés mais qu'il était retenu par sa bonne éducation.

George tenta de se rattraper à des fétus de paille.

— Mais ça ne peut pas être aussi épouvantable – après tout, on sait qu'on va survivre, non ? Puisque vous y avez droit toutes les nuits…

— Ça ne fonctionne pas comme ça, jeune homme, répondit l'Officier en secouant la tête. Pas du tout, même. Nous ne revivons pas cela en tant que statues. Nous revivons cela en tant qu'hommes, ces hommes que nous représentons. Nous revivons cela dans le réel, en ignorant donc que cela se reproduit toutes les nuits. Aucun de nous ne le sait. Même pas lui, le pauvre bougre…

Il désigna le soldat mort avec son visage couvert, de l'autre côté du monument.

— Qui est-ce ?

— Ça dépend. C'est fonction de qui demande, répondit l'Officier en regardant sa montre. Il est celui qu'on veut qu'il soit. Le Soldat Inconnu. Voilà pourquoi son visage est caché. Ainsi, ceux qui ont perdu un proche bien-aimé peuvent imaginer que c'est le leur. Bonne idée, d'après moi. Jagger, l'homme qui nous a créés, en connaissait un rayon côté deuil. Mais attention, c'était également un soldat. Maintenant, toi aussi tu vas en être un si toutefois tu es prêt à affronter cette situation…

Sa dernière phrase laissait à George la possibilité de se dérober.

— Je suis prêt !

Il le faisait pour un faisceau de raisons, mais en définitive, tout se résumait à une seule : s'il renonçait, il ne pourrait plus vivre avec lui-même. L'Officier hocha la tête.

— Brave petit gars. Sois fort. Bande tes muscles et tout ça…

Il asséna une ultime claque sur l'épaule de George.

— Fais-le pour toi. Fais-le pour l'Artilleur. Fais-le pour qui tu veux, mais fais-le. Ne descends pas de ce satané socle. La tentation sera forte. Si jamais tu crois encore en quelque chose, c'est le moment de prier.

— Prier ? dit George d'une voix tremblante, en se cramponnant au manche de la cravache. Pourquoi ?

L'Officier vérifia encore une fois sa montre et regagna son propre socle ; il ramassa sa capote au passage et la lissa sur son bras. Puis il jeta un dernier regard à George avant de disparaître derrière l'angle du monument.

— Parce que, dans l'heure qui vient, fiston, tu vas te retrouver plongé jusqu'au cou dans l'enfer.

38

Un heureux dénouement

— Ça n'existe pas, les dénouements heureux, déclara le Marcheur. Mais j'imagine que tu le sais déjà.

Il déposa un paquet enveloppé dans une écharpe sur la table, puis il se retourna pour adresser à Edie un sourire sinistre. Les muscles tendus, elle était prête à s'enfuir ou à se battre, mais maintenant, avec la porte fermée à clé et les chiens qui attendaient dehors, ses chances de succès étaient compromises quelle que soit l'option choisie.

— C'est vrai ? demanda-t-elle en maîtrisant le tremblement de sa voix.

— C'est un fait… En fait, c'est la vie même, répondit-il. Je t'en prie, ne tente surtout rien de violent ou d'idiot.

Il enfonça la pointe de son poignard dans le plateau du bureau et s'avança vers elle. Elle fixa la poignée ouvragée et la longue lame qui reflétaient la flamme de la bougie. Elle se souvenait qu'il l'avait déjà en sa possession lorsqu'elle avait eu cette fulgurance au bord de la Tamise gelée, quand elle l'avait vu pourchasser la fille qu'il avait finalement noyée dans un trou de glace. La fille qui avait le même visage qu'elle. À coup sûr, ce n'était pas là un heureux dénouement.

— Parfait, alors, cracha-t-elle. Ça signifie que, pour vous non plus, il n'y aura pas d'heureux dénouement.

Elle sentit son souffle quand il se pencha pour lui attacher la main à l'accoudoir du siège.

— Oh, toutes les règles ont une exception, répliqua-t-il en riant. Et, dans mon cas, être condamné à marcher pour l'éternité m'offre l'immense avantage de ne pas avoir de fin prévisible. Je suis désolé, mais je ne vais pas pouvoir te faire plaisir en exauçant ton gentil vœu.

Attrapant son poignet gauche, il lui arracha la main de sa poche. Elle lâcha sa pierre de cœur juste à temps et il la ligota avec l'efficacité de quelqu'un pour qui c'est une pratique courante.

— Parvenue à cette étape, reprit-il, tu pourrais décider qu'un bon coup de pied serait un ultime geste héroïque.

Il tendit la main derrière lui et récupéra son poignard, dont il planta la lame dans l'accoudoir.

— Mais ce ne serait pas très héroïque et, moi, je peux toujours faire entrer les chiens. Ils sont nettement moins compréhensifs que moi.

Edie laissa son pied se détendre. La moindre parole du Marcheur contenait une menace. Même sa façon d'exulter était menaçante. Même son sourire. Tout était conçu pour lui faire peur. Brusquement, elle comprit pourquoi.

Il fallait l'empêcher de réfléchir. La peur a cet effet-là : on se retrouve comme un cerf pris dans les phares d'une voiture ; dans l'éblouissement, on perd sa première ligne de défense, la capacité de réfléchir. Donc, plutôt que de répliquer du tac au tac, elle préféra se taire.

Elle décida de faire l'inventaire de la pièce à la lumière du chandelier : les étagères, les pierres posées dessus, le bureau, les fenêtres plombées et impossibles à ouvrir, les piles de papiers par terre, autour du bureau. Elle repoussa ainsi la peur au fond de son esprit, là où elle avait déjà relégué le sentiment qu'elle était en train de devenir folle lorsqu'elle avait découvert que George avait disparu en un clin d'œil. Il serait toujours temps de déballer la peur et la folie ultérieurement. Pour l'instant, elle avait tout intérêt à concentrer son énergie sur la probabilité de cet « ultérieurement ».

Une seule chose comptait désormais : tout tenter pour ne pas mourir dans cette pièce poussiéreuse.

Le Marcheur s'affairait autour du paquet qu'il avait apporté du British Museum.

— Vous voulez que je touche certaines de ces pierres, dit-elle en désignant les étagères d'un geste du menton.

— T'es une maligne, toi, répliqua-t-il d'un ton sarcastique en tournant la chaise à roulettes face au bureau.

— Je suis une fulgurance, répondit-elle. C'est bien cela que nous faisons, non ?

— En effet, dit-il en souriant.

Il repoussa des papiers qui traînaient sur le bureau pour avoir la place de déballer son paquet. Edie l'observa étaler avec soin son contenu. Quand il sortit les épais disques de cire, ils ressemblaient tellement à des fromages qu'elle eut l'impression, l'espace d'une troublante seconde, qu'il installait un pique-nique. Puis elle vit les mystérieux symboles magiques dont ils étaient couverts et se rendit compte qu'il s'agissait de tout à fait autre chose.

— Tu voudras bien me pardonner ma bonne humeur, reprit-il sans lever la tête. Mais ce sont de vieux amis et j'ai attendu longtemps pour les revoir. C'est grâce à toi et au jeune homme que nous est donnée l'occasion de ces joyeuses retrouvailles.

Il posa soigneusement le mince disque d'or sur le plus petit des disques de cire, en s'échinant à faire correspondre leurs marques respectives. Puis il plaça la boule de cristal au centre. Edie s'attendait à la voir rouler, mais on entendit un « snik » presque inaudible, comme si un aimant avait joué, et non seulement la boule demeura au centre mais elle se mit à pivoter lentement sur elle-même.

Le Marcheur poussa un soupir de satisfaction et tourna son attention vers le Miroir Noir, pris entre les deux disques de cire. Il enfila des gants, puis souleva celui du haut, qu'il posa sur le bureau près d'Edie. Il saisit ensuite le miroir, en le tenant avec précaution par la poignée, et le mit sur celui qui se trouvait à quelques centimètres des mains nues d'Edie.

La surface noire aspira sa main avec une telle force que celle-ci bougea sans qu'elle le lui eût ordonné. Elle fit un effort tel pour la faire reculer qu'elle en grinça des dents.

— C'est costaud, dit le Marcheur en hochant la tête Touche-le.

Elle secoua la tête, terrifiée par l'attraction qu'exerçait cette surface noire et brillante.

Le Marcheur la rapprocha encore. La pierre noire

tira la main d'Edie sur le bois rugueux. Elle eut beau planter ses ongles, impossible de résister.

Elle n'avait aucune idée de ce qu'était cette pierre, mais elle n'avait jamais connu pareille violence. Incapable d'imaginer les abîmes de terreur ou de souffrance dans lesquels elle allait plonger dès que sa main aurait franchi la distance qui la séparait de la surface luisante, elle s'attendait au pire.

Dans un ultime effort, elle rejeta en arrière tout le poids de son corps et ses pieds dérapèrent, éparpillant une pile de papiers poussiéreux. Mais ce fut inutile. Le Miroir Noir exerça une attraction décuplée ; passant par-dessus l'accoudoir, la main d'Edie vint taper, paume à plat, la pierre noire, comme une étoile de mer blanche sur une assiette d'encre.

Le choc se répercuta dans tout son corps et la pièce entière en vibra, envoyant des ondes silencieuses à travers les couches de poussière. La chandelle fut soufflée et tout fut plongé dans des ténèbres aussi noires que le miroir. Le Marcheur gratta une allumette et ralluma en toussant dans l'air saturé de poussière, tout comme Edie.

Elle constata alors une chose extraordinaire.

Elle ne vivait aucune fulgurance.

En tout cas pas telle qu'elle en avait déjà connu.

Le passé ne la pénétrait pas par tranches acérées de souffrance accumulée.

Normalement, la fulgurance était pour elle un déchirement qui ne laissait aucune place à la réflexion tant que ce n'était pas terminé. Là, la douleur était différée. Elle était capable de remarquer certaines choses – par exemple, qu'elle ne souffrait pas.

Ce perfide instant de soulagement étonné dura aussi

longtemps que l'allumette dans la main du Marcheur. Elle comprit alors que c'était pire.

Elle ne sentait pas le passé dans la pierre.

Elle ne sentait rien.

Absolument rien.

La pierre n'avait enregistré aucune souffrance. Quelle qu'ait été son utilisation, quoi qu'elle ait pu voir, cela n'avait fait que la traverser pour tomber dans le néant, un néant qu'Edie touchait de la main. Et toucher ce néant était tout bonnement terrifiant. Comme si elle touchait précisément le contraire de ce qui faisait le monde autour d'elle : autour d'elle, tout était quelque chose ; alors que, ce qu'elle sentait dans la paume de sa main et qui aspirait ses doigts écartés, c'était du néant.

Si elle avait eu à choisir entre ça et l'individu le plus ignoble et le plus terrifiant du monde, sans hésiter une seconde elle aurait opté pour le monstre plutôt que pour ce qui se révélait au contact du Miroir Noir. Le vide abyssal résumait tout à une question très simple – humain ou inhumain ?

Ce qu'elle sentait sous ses doigts, c'était l'essence même du Mal à l'échelle du cosmos, une dimension incommensurable qu'elle se refusait même à appréhender.

— Tu as bien senti, confirma le Marcheur.

— C'est diabolique, chuchota-t-elle.

— C'est seulement différent, corrigea-t-il en souriant. Le monde est rempli de gens qui stigmatisent ce qu'ils sont trop bêtes pour comprendre à l'aide de mots comme diabolique ou sacrilège. C'est une troisième voie, un chemin vers la puissance que seuls les plus courageux et les plus intelligents peuvent emprunter. Un chemin qui me mènera à la liberté et au pouvoir absolus…

Elle poussa soudain un petit cri étranglé.

— Tu les sens ? demanda-t-il.

Elle sentait quelque chose, effectivement. C'était atroce. Par définition, l'absence ou le néant, c'est le vide. Or, Edie prenait lentement conscience que, dans ce trou noir béant au bout de son bras, des ombres indistinctes se mouvaient dans l'obscurité. Elle tenta de distinguer ce que c'était, mais chaque fois son regard glissait dessus et elles disparaissaient.

— Tu vois les présences ? l'interrogea-t-il d'un ton pressant.

— Non, souffla-t-elle. Mais elles sont là…

— Absolument, répliqua-t-il, enchanté. Ne t'inquiète pas. Pas encore. Pour qu'elles pénètrent ici, il faudrait qu'une porte soit ouverte. Un autre miroir serait indispensable pour créer les reflets d'où elles pourraient sortir. Jadis, j'ai possédé les deux miroirs, mais un idiot de fouineur m'en a volé un avant que je n'aie compris comment les utiliser en toute sécurité et comment maintenir les présences dans des limites raisonnables une fois qu'elles ont émergé du néant. Il croyait que j'allais provoquer la fin du monde ou je ne sais quelle bêtise du même genre.

Ce souvenir lui arracha un ricanement de mépris. Il récupéra son poignard fiché dans l'accoudoir et l'examina avant de le ranger dans le fourreau accroché à sa ceinture.

— Je l'ai rattrapé, reprit-il, et je l'ai étripé dans un champ à l'extérieur de la ville. Je n'ai jamais retrouvé le miroir jumeau, et pourtant j'ai fouillé cette métropole de la cave au grenier.

Il sourit soudain. À bien des égards, son sourire était pire que son rictus.

— Et maintenant, ajouta-t-il, j'ai une fulgurance et une Main de fer à ma disposition en même temps. Alors je vais enfin pouvoir franchir l'obstacle qui m'a arrêté pendant trois siècles et ouvrir les portes des miroirs d'un seul coup d'un seul, sans crainte…

Sur ces mots, il arracha le disque d'or de sous la boule de cristal avec une rapidité telle que celle-ci continua à tourner furieusement sur elle-même juste au-dessus du disque protecteur. Dans le même mouvement, il le glissa sous la main d'Edie, l'isolant du Miroir Noir. Cela rompit le contact entre elle et le néant ; elle sentit une douleur intense, comme si on venait de lui trancher un membre, puis sa main fut libre et elle la récupéra en sanglotant.

Elle se replia sur sa douleur tandis que sa main se tordait sur l'accoudoir comme un poisson à l'agonie.

— Voilà, dit-il. Ce n'était pas si dramatique, non ?

Mais ce contact avec la matière répugnante du miroir avait été tellement épouvantable qu'il la laissait bouleversée jusqu'au tréfonds de son être. Elle n'avait fait qu'effleurer l'au-delà de la vie, dont les humains ne devaient pas avoir connaissance et qu'ils devaient encore moins toucher. La douleur n'avait pas été insupportable, pourtant, si elle avait eu la main libre, elle aurait tué le Marcheur d'un coup de poignard parce qu'il l'avait poussée dans ses ultimes retranchements.

— C'était pire, lâcha-t-elle dans un souffle. Ça n'avait rien à voir avec la fulgurance. Rien à voir avec le contact normal d'une pierre.

— Bien sûr. D'autant que ce miroir n'est pas vraiment une pierre. Les scientifiques, ces nouveaux magiciens de ton époque, prétendent qu'il ne s'agit pas d'une pierre. C'est de l'obsidienne, qui ressemble à de la pierre mais qui est une sorte de verre, du verre volcanique.

— C'est du verre. Comme…

— Comme ta précieuse pierre de cœur, oui. Ne t'inquiète pas, dit-il avec un sourire glacé. Garde-la pour le moment. Tu vas avoir besoin de toutes tes forces.

Il agita le bras en direction des pierres emballées sur les étagères.

— Je vais te demander de toucher tous ces morceaux de pierre noire. J'ai passé beaucoup de temps à les rassembler, comme tu t'en doutes, dans l'espoir qu'un jour j'aurais la chance de trouver un maître créateur et une fulgurance capables de me dire lequel, parmi tous ces échantillons bruts, est le plus proche, au niveau du toucher, du Miroir Noir.

Tout s'éclaira dans la tête d'Edie.

— Vous pensez que George peut vous fabriquer un nouveau miroir ?

— Je sais qu'il en est capable.

— Ce n'est pas un tailleur de pierre. C'est seulement un jeune garçon.

— Ce n'est pas un talent qui s'apprend. Il sentira la forme de ce qu'il doit créer dans l'obsidienne que tu vas choisir, et il saura comment la faire surgir. L'apprentissage est superflu. Il a ça dans le sang.

Elle secoua la tête.

— Non. Il ne fera pas ça pour vous, même s'il possède ce talent dont vous le créditez. Il refusera.

— Il le fera pour toi, répliqua le Marcheur avec simplicité. Il le fera pour te sauver.

Elle savait qu'il avait raison, même si ça lui mettait le moral à zéro.

Il libéra le bras droit d'Edie sans douceur et montra les étagères.

— Je vais déballer ces pierres. Toi, tu vas les tâter. Tu me diras celle qui ressemble le plus à l'obsidienne du miroir. Un peu de fulgurance pour mon compte...

Il la regarda. Elle s'efforça de repousser sa peur pour réfléchir correctement.

— D'accord, acquiesça-t-elle.

Une bonne façon de gagner du temps. Et maintenant elle avait une main libre, même si l'autre était toujours ligotée à la lourde chaise.

— Je t'ai laissé une main pour que tu puisses atteindre les trois niveaux d'étagères. Si tu oses tenter quelque chose, j'ordonne à l'Aveugle de lâcher les chiens sur toi. Compris ?

Sous la porte, elle entendait le souffle rauque des deux mastiffs ; elle hocha la tête, l'air faussement vaincue. Il se mit à déballer les paquets, révélant des pierres noires de toutes formes et de toutes tailles.

— Certaines sont de l'obsidienne, d'autres du silex. J'ignorais la différence quand j'ai démarré cette collection. Ne t'occupe pas des silex. Concentre-toi sur le verre noir.

Le mot « silex » la fit aussitôt réagir. Elle tira sur la lanière qui la clouait aux accoudoirs en forme de planche à découper. Elle avait beau ne mesurer qu'un centimètre de large, il était exclu de la rompre. Il lui faudrait attendre le bon moment pour passer à l'action.

— Au travail, dit-il.

Elle effleura le morceau de pierre le plus proche. Il

avait à peu près la taille d'un annuaire téléphonique grossièrement taillé.

Elle sursauta lorsque les souvenirs dont la pierre était saturée passèrent en elle.

Une femme rousse vêtue d'un manteau vert, assise dans le siège qu'occupait Edie, pleurait.

Elle tenait une pierre de cœur incandescente épinglée à son revers comme une broche.

Elle avait une coiffure imposante, comme une épouse d'astronaute dans les actualités des années 1960.

Son mascara épais coulait.

Elle poussa un cri lorsque le Marcheur lui arracha la pierre de cœur des mains.

Edie se tordit en sentant l'irrémédiable vague d'angoisse qui submergeait cette femme d'un certain âge.

Elle entendit le Marcheur dire :

— Essaie encore une fois et je te rendrai ta bricole…

La vision du passé disparut, c'était de nouveau elle qui était attachée au siège. Elle tenta de comprendre ce qu'elle venait de voir.

— Vous avez déjà demandé à d'autres fulgurances de tester ces pierres.

Il acquiesça.

— Ne te soucie pas de leurs traces. Leur douleur n'est… qu'un incident mineur. Trouve-moi la pierre dans laquelle il y a la possibilité d'ouvrir une porte. Teste-les toutes.

Il tapota négligemment le fourreau de son poignard.

— Essaie un peu de me rouler en choisissant le mauvais numéro et j'étripe le gamin sous tes yeux, comme ça tu pourras voir son sang se répandre dans les interstices de ces lames de parquet.

— Mais pourquoi avez-vous besoin de mes services si d'autres ont déjà testé ces pierres ? demanda-t-elle dans une ultime tentative pour reculer l'inévitable.

— Parce que, dans ce miroir, la nature du néant change au fil du temps. Ce qu'il y a au-delà de ce seuil est instable. Comme si ça dérivait depuis la séparation d'avec le second miroir. Quand les deux étaient ensemble, ils se stabilisaient mutuellement. La pierre brute qui aurait formé la paire avec le miroir il y a dix ans ne serait plus adaptée aujourd'hui. C'est la raison pour laquelle avoir une fulgurance et un maître créateur sous la main au même moment est une si bonne opportunité.

Elle fit lentement volte-face en hochant la tête et tâta la pierre d'à côté. Puis la suivante.

Ce fut l'heure la plus longue de son existence. La plupart des pierres recelaient les traces lourdes d'angoisse d'au moins une fulgurance, parfois davantage. Tirant le siège à roulettes derrière elle, tâtant une pierre après l'autre, elle perdit le compte de la souffrance et des visages dans l'accumulation de ce désespoir. Cette douleur, loin de l'engourdir, s'abattait sur elle avec ses multiples facettes qui finissaient par se brouiller. La respiration lui manquait, comme si elle était en train de se noyer dans une mer de larmes toujours renouvelées.

Elle finit par être dans un tel état de stupeur horrifiée qu'elle était persuadée que c'était parti pour l'éternité. Seule l'existence de la pierre de cœur, au fond de sa poche, lui permettait de continuer, parce que c'était là que reposait son dernier espoir, son projet désespéré d'évasion. Un projet qu'elle ne pourrait mener à bien que si chacun occupait la place prévue. Le déferlement ininterrompu de ces vagues de désespoir était tellement violent qu'elle pleura de soulagement en trouvant enfin la pierre vide.

Il n'eut pas besoin de lui poser la question. Il leva la tête des documents qu'il était en train de consulter à la lueur du chandelier et sourit.

— Bien.

Il vint aussitôt récupérer la pierre sur l'étagère. Il repartit vers le bureau et la main d'Edie se referma sur le morceau d'obsidienne voisin. Il posa avec beaucoup de soin la bonne pierre à côté du Miroir Noir. Elle prit une profonde inspiration et ferma les yeux.

Elle souleva la lourde plaque et la jeta sur celle qui était posée juste en dessous.

Il y eut un craquement violent et des éclats de pierre volèrent devant son nez.

Quelque chose lui frappa l'oreille, mais elle ne s'en soucia pas et ouvrit les yeux.

Oui, l'obsidienne avait éclaté et l'étagère était couverte de fragments noirs.

— Qu'est-ce que tu fabriques ? hurla le Marcheur.

Ce bruit alerta les chiens, qui se mirent à aboyer comme des fous de l'autre côté de la porte. Edie ne perdit pas un dixième de seconde. Elle saurait bien assez tôt si son plan était bon. De sa main libre, elle tâta les débris et s'empara d'un tesson aiguisé comme une lame de rasoir. Elle le fit tourner dans sa main pour que le côté coupant tranche la lanière qui retenait son poignet.

L'obsidienne, plus aiguisée que le plus aiguisé des scalpels avec sa lame d'une épaisseur microscopique, siffla dans l'air avant de s'abattre sur la sangle, qu'elle trancha net.

Dans le mouvement, Edie se leva du lourd siège de

bois, qu'elle fit pivoter sur ses roues pour le mettre entre elle et le Marcheur.

Il fonçait déjà sur elle, mais le fauteuil le coupa en plein élan. Il se prit les pieds dedans et le fit basculer. Edie bondit de côté pour éviter d'être écrasée sous le poids lorsque les deux tombèrent brutalement.

La bougie sur la table se renversa sous le choc mais sans s'éteindre. Elle roula jusqu'aux papiers éparpillés qu'Edie avait dérangés.

Le Marcheur réussit à dégager une de ses mains et saisit Edie par le bas de sa veste. Son visage, habituellement ricanant, était cramoisi de colère et de douleur.

— Tu me paieras ça, petite garce ! cria-t-il d'une voix de tonnerre en l'attirant à lui.

— Vous aussi, répliqua calmement Edie. Et je ne suis pas petite.

Et, de toute la force de sa colère froide, elle lacéra le visage du Marcheur d'un coup de lame d'obsidienne.

Elle n'attendit pas de voir pourquoi il hurlait aussi fort ; il la lâcha et ses mains volèrent jusqu'à ses yeux. Elle enjamba d'un bond le corps recroquevillé, traversa la pièce en courant, saisit un gros morceau de pierre sur l'étagère la plus proche, si gros qu'elle eut du mal à le soulever et, rassemblant ses dernières forces, le jeta contre les carreaux sertis de plomb de la fenêtre. Les rafales de neige s'engouffrèrent à l'intérieur et elle sauta dans le vide sans une seconde d'hésitation.

Elle était persuadée qu'elle allait se rompre le cou, mais tout valait mieux que cette pièce, ce néant qui cherchait à l'aspirer derrière le Miroir Noir.

39

Le carillon de minuit

George serra la cravache dans sa main et s'arc-bouta contre les blocs de pierre de Portland derrière lui. Il avait mille questions à poser à l'Officier, mais, avant d'avoir le temps d'en choisir une, il entendit une cloche sonner, un bruit grave et familier porté par l'air nocturne.

C'était Big Ben qui signalait la fin d'une journée et le début d'une autre du haut de sa tour. Bien qu'il soit habitué à entendre ce carillon sonner les heures à la radio avant les informations, à l'écouter en direct dans l'obscurité, il eut le sentiment que c'était la première fois.

Un, deux, trois, quatre, les battements de cloche préparatoires et, après une pause lourde de sens, les coups majestueux du grand tocsin qui comptait les heures. George pensa alors à une chose que son père disait souvent quand ils rentraient chez eux après une petite virée. L'air triste, il passait la main dans les cheveux de George et, quelle que fût l'heure réelle, déclarait : « Heureusement qu'on a fait ça, pas vrai ? On a eu droit aux douze coups de minuit. »

Ce souvenir s'estompa quand il prit conscience d'une réalité s'imposant à lui sans ambages.

Chaque « bong » était annonciateur de changements. Qui ne le concernaient pas seulement lui, mais tout l'environnement. Tandis qu'une dure lumière d'hiver venait éclairer la ville sombre, son corps se raidit et devint plus pesant. Était-il en train de se transformer en statue ? Ses pieds énormes l'encombraient de plus en plus et ses vêtements s'alourdissaient. En outre, ils devenaient de moins en moins confortables. Ils l'irritaient, ils le démangeaient… Puis il oublia ses vêtements et la pesanteur qui s'abattait sur lui quand il se concentra sur ce qui arrivait au bâtiment de quatre étages en stuc blanc, de l'autre côté. À chaque coup de cloche, il s'effaçait un peu plus pour laisser place à un ciel clair qui se découpait à travers la dentelle d'un bouquet de bouleaux argentés. Les branches étaient nues, le vent était froid ; quand ses mains voulurent d'instinct fermer les boutons en plastique de son caban, elles rencontrèrent la raideur d'une toile goudronnée, des boutons en métal et des lanières en cuir ; il baissa les yeux juste à temps pour voir le bronze du socle disparaître, et il se retrouva au milieu d'un réseau dense de traces de roues boueuses mêlées de traces de sabots.

Les godillots qu'il avait aux pieds ne lui appartenaient pas. C'étaient les bottes de l'Artilleur, les jambières de l'Artilleur – en cuir d'un côté et la bande molletière enroulée serré de l'autre. Mais puisque, au lieu d'être en bronze, elles étaient réelles, ce n'étaient pas celles de l'Artilleur. Des bottes en cuir, des bandes molletières en coton, un pantalon militaire en laine bardé de sacs et d'étuis en cuir et tissu, aussi réels que les plis raides de l'épaisse toile enduite qu'il portait comme une cape. Il examina ses mains : si elles étaient bien de chair et de sang, ce n'étaient pas les siennes. C'étaient les mains d'un homme, ce qu'elles deviendraient peut-être un jour mais qu'elles n'étaient pas encore – des mains fortes, des mains larges, pas très propres et pleines de callosités.

Quelque part, au fin fond de sa cervelle, disparaissait la certitude qu'il était un garçon de treize ans perché sur un terre-plein dans le centre de Londres, comme avait disparu le socle de bronze ; avant que cette idée ne tombe dans les abîmes de l'oubli, il eut encore le temps de remarquer un certain nombre de changements.

Ses doigts vinrent tâter son visage et, même sans miroir, il savait qu'il n'était plus George : son menton était hérissé de poils durs, son nez était plus long et les reliefs de ses traits plus accentués ; quand il se massa les pommettes et le crâne, sa peau lui parut épaisse et caoutchouteuse. En fait, son corps tout entier était plus dense et plus pataud. Comme si son centre de gravité s'était déplacé vers le bas et comme si la pesanteur avait doublé. Il avait perdu toute légèreté et ce n'était pas dû à la fatigue – c'était une recomposition de ses muscles, un épaississement de ses os. Il se sentait plus fort et plus massif, mais il savait, avec autant de tristesse que d'étonnement, qu'il avait irrémédiablement perdu quelque chose dans cette croissance soudaine. Quelque chose dont il avait toujours ignoré la présence ; déjà lui manquait l'aisance et la légèreté de son corps. Désormais, plus question de courir à perdre haleine depuis St Pancras jusqu'à Hyde Park, par exemple. Il avait brutalement pris quinze ans et il se sentait collé à la terre. Il n'était pas devenu gros, il était devenu costaud, comme cet arbrisseau flexible qui se transforme en tronc solide qu'on ne peut plus ployer.

Il avait pris de l'âge et il était alourdi du poids des années.

Il sentait également des démangeaisons insistantes, et il se rendit compte qu'il se grattait inconsciemment. Il leva les yeux vers le ciel d'hiver dégagé qu'il apercevait entre les branches de bouleau et s'émerveilla de cette lumière.

— Je croyais qu'il était minuit, déclara une voix grave.

Cette voix, elle était sortie de sa propre bouche. Tous les bruits de ce nouvel univers surgirent en même temps : il perçut des explosions et, au loin, le faible vrombissement d'un moteur ; plus près, il y eut le cliquetis d'un harnais, des bruits de roues, des hommes qui avançaient, du métal frottant contre du métal, quelqu'un qui toussait à cracher ses poumons tout près et puis la voix de l'Officier, juste à côté de lui.

— Vous croyiez qu'il était minuit, l'Artilleur ?

Il cessa de contempler le découpage délicat des branches de bouleau contre le pâle ciel d'hiver et vit alors dans quel monde il était tombé ; comme on l'en avait prévenu, il était plongé jusqu'aux yeux dans l'enfer.

Le corps d'un cheval pendait à un arbre, tête en bas, gelé, immobile, les pattes dressées vers le ciel dans une imitation obscène des branches dont il avait pris la place. Alentour, les autres arbres paraissaient avoir été tailladés, lacérés par quelque géant dément, leurs troncs cassés, brisés, détruits sortaient de la terre détrempée selon des angles fous. La terre elle-même était labourée de sillons insensés et de trous d'obus ravageurs, jonchée de fils de fer barbelé et de rebuts de la guerre.

L'Officier était devant lui, il portait toujours sa capote et lui aussi était maintenant de chair et de sang.

— Ce n'est rien, mon lieutenant. Excusez-moi, je rêvais tout debout.

Les mots sortaient de sa bouche comme s'il était plus ou moins en pilotage automatique. Consciemment, il n'aurait jamais eu l'idée d'appeler cet homme « mon lieutenant ».

— Eh bien, réveillez-vous et mettez-moi les canassons à l'abri avant que ce fichu avion guetteur n'amène les Fritz nous pilonner.

George examina l'horizon et vit la silhouette d'un petit avion à double empennage avancer lentement à contre-jour. C'était son moteur qu'il avait entendu.

— Mon lieutenant, s'entendit-il dire en levant la main jusqu'au bord de son casque pour un salut sommaire.

Encore une fois, il avait agi sans réfléchir, mais sa conscience était comme un passager qui aurait perdu le contrôle de son corps-vaisseau. Sans être deux entités séparées, corps et conscience ne formaient plus un tout. Une impression confirmée lorsqu'il tendit le bras derrière lui pour caresser les naseaux d'un cheval dont il ignorait la présence.

— Allez, viens, dit-il. On va se trouver une meilleure planque.

Il prit les rênes de deux chevaux bais. Derrière lui, il y avait deux canons. Des groupes d'artilleurs s'activaient pour les mettre en position juste derrière une petite crête. Certains portaient des capotes et des cache-nez, d'autres des gilets en peau de mouton à longs poils, mais tous avaient un casque métallique et le regard plein d'une farouche détermination, comme s'il s'agissait de gagner une course contre la montre.

L'adrénaline pulsait dans le corps de George. Une appréhension monstrueuse lui broyait les entrailles, comme si une catastrophe était sur le point de se produire. S'il en croyait les visages fermés autour de lui, tout le monde était dans le même état d'esprit. On aurait dit que quelqu'un pinçait la corde d'un violon sur une note interminable, si aiguë qu'elle était à peine audible, mais suffisamment pour être insupportable. Il avait la bouche sèche et il aurait tué quelqu'un pour une tasse de thé. Ce qui était étrange, car George – le George habituel – n'aimait guère le thé.

L'Officier donnait des ordres à deux artilleurs-guetteurs. L'un portait en bandoulière un périscope de tranchée. Ils hochèrent la tête et, pliés en deux, escaladèrent la petite crête. Ils transportaient une bobine de câble téléphonique qu'ils déroulaient au fur et à mesure. Puis l'un des deux trébucha, tomba et ne bougea plus. L'autre récupéra la bobine et continua sa course jusqu'à disparaître de l'autre côté.

L'Officier poussa un juron et braqua ses jumelles sur l'homme tombé à terre.

George sentit les chevaux tirer sur les rênes et se retrouva à courir loin des canons, vers une combe au fond de laquelle deux murs de ferme restaient encore debout. Il planqua les animaux sous une arche basse et ne fut pas surpris d'en trouver là déjà deux autres, entravés, la tête enfouie dans une musette dont ils mâchaient le contenu avec satisfaction. À part l'absence de toit, les murs de cette ruine formaient un bon abri. Haut dans le ciel, George entendit le grondement du moteur se rapprocher.

Un autre soldat, accroupi près d'un mur, tentait d'activer le feu sous une grosse bouilloire noircie. Il avait posé son casque à côté de lui et il était vêtu d'un de ces gilets en peau de mouton à longs poils.

— Le thé sera bientôt prêt. Dis-leur de pas se biler…, dit-il.

George s'aperçut qu'il entravait les chevaux comme s'il avait fait ça toute sa vie, mais la part de lui-même qui demeurait aux aguets dans un coin de sa tête examinait les épaules et la chevelure du soldat accroupi devant le petit feu. Il avait une cigarette coincée dans un coin de la bouche et George entendait les petits bruits de succion qu'il faisait en fumant sans se servir de ses mains, les yeux fixés sur quelque chose.

Peut-être pour éviter de réfléchir à la raison pour laquelle le soldat qui portait la bobine de câble téléphonique ne s'était pas relevé après avoir trébuché, George se concentra sur l'arrière de la tête de l'homme.

Il avait des cheveux sombres, de la même couleur que ceux de George, coupés court sur la nuque et sur les côtés. Lorsqu'il passa la main dans les mèches plus longues et indisciplinées du dessus, la familiarité du geste atteignit George en pleine poitrine. Il aurait voulu figer ce moment pour l'éternité.

Saisissant le mégot coincé entre ses lèvres, l'homme le jeta dans le feu ; il se redressa, s'étira et se retourna.

Le cœur de George cessa de battre.

N'importe quel cœur s'arrêterait en voyant l'impossible se matérialiser devant lui.

N'importe qui oublierait de respirer.

N'importe quelle gorge se serrerait si fort qu'il n'y aurait plus de place que pour un tout petit mot.

Un tout petit mot.

— Papa ?

Les yeux qu'il connaissait si bien, qu'il savait ne jamais revoir, le dévisageaient de nouveau, un sourcil un peu plus haut que l'autre, dans une expression qu'il s'était entraîné à copier pendant des heures devant le miroir de la salle de bains après la mort de son père. Les portes de son cœur s'ouvrirent à la volée, la lumière pénétra à flots et il courut vers lui.

— C'est qui que t'appelles « papa », mon pote ? dit le soldat en riant. Je parie que je suis plus jeune que toi…

George pila net en se rendant compte que, même si le soldat souriait avec bonne humeur, il ne le reconnaissait absolument pas.

C'est alors que la première bombe explosa et que le sol se déroba sous ses pieds.

40

Le dernier rire de l'Artilleur

Dans son trou, l'Artilleur avait de l'eau jusqu'au cou. À présent qu'il avait déplacé le squelette de l'enfant et débloqué l'écoulement à la base du réservoir, il sentait pour de bon un petit courant autour de ses chevilles.

Il prit son souffle et plongea. Mais oui, l'eau passait sous une arche basse juste à la hauteur de ses genoux. Il saisit à pleines mains les barreaux rouillés qui la fermaient. Ils bougèrent. Il se redressa pour les ébranler à grands coups de pied. Il tapa encore et encore. Il pensait au visage ricanant du Marcheur et s'imaginait en train de le marteler. De quoi trouver la force de dépasser cette fatigue accablante, le temps de dégager un espace suffisant pour pouvoir se faufiler.

Puis il sortit avec beaucoup de précautions de son trou pour récupérer les pierres de cœur emballées dans sa cape. Il décida de craquer sa dernière allumette. Le squelette brilla de toute sa blancheur. Il avait disposé les fragments de robe le plus décemment possible et caché son visage. La longue chevelure le fit penser à Edie. Il se souvint à quel point elle était pâle et tremblante lorsqu'elle avait été séparée de sa pierre de cœur, à quel point la vie semblait s'être retirée de son corps, remplacée par une peur monstrueuse, dévastatrice. Puis l'allumette s'éteignit et il se dit qu'Edie aurait été terrifiée de se retrouver ainsi plongée dans les ténèbres sans sa pierre d'alarme pour la réconforter.

Il se mit donc à fouiller dans les morceaux de verre roulés par la mer et en choisit un au hasard ; puis il chercha le squelette à tâtons et finit par poser la main sur un morceau de tissu. Il le déchira et roula soigneusement la pierre dedans, afin que nulle lueur ne vienne trahir sa présence quand le Marcheur débarquerait. S'il avait creusé avec tant d'acharnement, c'était pour être sûr que, si le Marcheur revenait grâce à ses miroirs, l'absence de lumière l'empêcherait de ressortir par le même moyen. Si les miroirs ne renvoyaient nulle image, le Marcheur serait sans doute coincé pour l'éternité.

De nouveau, il tâta le squelette et posa le paquet bien serré là où il estimait qu'autrefois le petit cœur avait battu.

— Dors bien, toute petite, murmura-t-il. Il ne pourra plus te faire de mal.

Puis il saisit son balluchon et retourna dans son trou avec force éclaboussures. Il avait beau pouvoir se déplacer sous l'eau sans avoir besoin de respirer, il n'était pas très sûr d'y parvenir. Parce qu'il y avait une différence entre ce qu'il était – une statue de bronze – et ce qu'il représentait – un homme. Le côté homme insufflé par le sculpteur allait souffrir le supplice de la noyade, même si lui – en tant que statue – ne risquait pas de mourir. Mais comme, par ailleurs, il était sûr que minuit approchait, tout cela relèverait du détail puisqu'il allait mourir de toute façon, pour une autre raison.

Il fallait quand même tenter le coup, puisque l'objectif était d'arracher définitivement des griffes du Marcheur ces pierres de cœur auxquelles il semblait attacher tant de valeur.

— Rira bien qui rira le dernier, marmonna-t-il dans l'obscurité. Rira bien qui rira le putain de dernier…

Puis il attrapa son casque d'une main, le balluchon de pierres de cœur de l'autre, prit une profonde inspiration, plongea et chercha à tâtons l'étroite conduite d'eau.

Il gardait les yeux ouverts, mais il aurait aussi bien pu les fermer. Les fragments du barreau qu'il avait descellé crissaient sur les gravillons ; il s'enfonça davantage dans le passage étroit, les petits cailloux disparurent pour laisser place à une couche de vase gluante reposant sur quelque chose qui cédait sous le poids de son corps.

Il sentait la brûlure acide du manque d'oxygène lui écorcher les poumons, lui resserrer la gorge et le gosier. Il avait les yeux exorbités et sa bouche se contractait toute seule, le réflexe de la respiration luttant contre la force de sa volonté.

Il avançait à l'aveugle en grinçant des dents, sans cesser de se battre contre sa cage thoracique. Il savait, dans la partie de son esprit qui n'était pas obscurcie par cet abominable manque d'oxygène, qu'il allait mourir. Mais cacher le précieux trésor du Marcheur justifiait tous ses efforts qui, sinon, auraient été vains. Quand sa volonté céda et qu'il eut la bouche pleine d'eau, il se cramponna à cet objectif.

Il se tortilla alors sur lui-même dans l'étroit boyau et s'arrangea pour que son corps malmené se trouve face au ciel invisible pour ne pas mourir le nez dans la poussière. Puisque c'était là son ultime volonté, il souhaitait se tourner vers un endroit où peut-être existaient des fins plus heureuses que cette mort solitaire à minuit sonnant.

41

Le lacet cassé

La terre éclata sous l'impact de la bombe. George fut projeté à terre, les chevaux se mirent à ruer en tirant sur leurs entraves et le soldat qui avait la tête de son père se leva d'un bond sans cesser de jurer, les yeux fixés sur le ciel. Il saisit le fusil Lewis posé contre le muret et, les yeux plissés pour mieux viser, il s'agenouilla, tirant presque à la verticale.

George, cramponné aux brides des chevaux, se mit à leur caresser la tête d'un geste automatique tout en leur parlant. Ses paroles rassurantes furent noyées dans le vacarme assourdissant des rafales tirées par le tambour circulaire de l'arme automatique.

Un biplan jaune et noir tournait dans le ciel, si bas que George distinguait clairement le guetteur assis derrière le pilote. Le visage mangé par les lunettes, il se penchait pour lancer une bombe.

Le minuscule projectile fonça droit sur lui, tandis que

le monde ralentissait à lui flanquer la nausée ; pourtant, il n'avait pas le temps de s'enfuir. Ce corps qui n'était pas le sien manquait d'élan. Ses mouvements lui étaient dictés par l'instinct de l'Artilleur : en tout cas, il s'aperçut qu'il tournait le dos au tir nourri pour protéger la tête des chevaux de ses bras écartés.

La deuxième bombe tomba quelque part à l'extérieur de la ruine. La poussière jaillit des lézardes entre les briques, mais George et les chevaux étaient indemnes. L'arme automatique s'était brusquement tue. George jeta un coup d'œil derrière lui et constata, soulagé, que le soldat était entier et qu'il tentait simplement de recharger.

— Saloperie de guetteur ! jura-t-il. On est bons pour une sacrée raclée, maintenant.

Furieux d'avoir raté sa cible, il secoua la tête en regardant l'avion qui disparaissait déjà à l'horizon.

— Je comprends pas pourquoi ils me font gâcher des munitions sur cet engin. Je pourrais pas toucher une putain de grange même s'ils m'enfermaient dedans avec l'arme bourrée jusqu'à la gueule…

Il débloqua son arme en adressant un sourire triste à George. Celui-ci vit qu'il avait raison. Il était beaucoup plus jeune que lui. C'était bien le visage de son père, mais celui des photos d'avant les souvenirs de George, d'avant même sa naissance, d'avant l'époque où il était bébé.

Le soldat se pencha pour ramasser quelque chose qui était tombé quand il avait couru prendre son arme. C'était un livre mince, avec une reliure de cuir éraflée, pouvant se glisser dans une poche ; plusieurs photos en noir et blanc s'en étaient échappées et s'étaient éparpillées sur le sol. George ramassa les plus proches avant que les chevaux ne les labourent de leurs sabots. Sur l'une, on voyait une fille aux yeux brillants coiffée d'un grand chapeau ; elle souriait hardiment, montrant ses dents, ses épaules et son cou devant un aspidistra en pot. Sur une autre, la même fille, assise sur une chaise longue devant un décor de roses en treillis, tenait sur les genoux un paquet soigneusement enveloppé qu'elle penchait en avant de façon maladroite afin que l'objectif puisse saisir le regard indigné du bébé qu'elle présentait au monde.

— Tu vois le cheval dans l'arbre ? s'enquit le soldat.

George hocha la tête, incapable de prononcer un mot.

— C'est vraiment une honte, ça ! J'en ai vu des choses, ici, mais des animaux ! Je comprends pas. C'est pas leur guerre, quand même !

George secoua la tête et s'aperçut que le soldat tendait la main pour récupérer ses photographies.

— Désolé, marmonna-t-il.

Le soldat les examina en souriant d'un air triste.

— Ma femme.

— Très jolie, parvint à articuler George.

L'autre se rengorgea.

— Elle n'a pas le choix. Elle est comédienne.

— Je comprends.

George prononçait le minimum de mots, tant il avait peur de trahir son émotion s'il se laissait aller à dire une phrase entière.

— En fait, elle sait chanter et danser. Elle ne ressemble à personne.

L'homme qui, absurdement, avait le visage de son père se perdit dans ses pensées. George perçut une sensibilité et une vulnérabilité auxquelles il n'avait pas été habitué.

— J'ai des copains qui la trouvent un peu trop volage, mais ils la connaissent pas. C'est juste... qu'elle aime qu'on s'occupe d'elle. Y a pas de mal à ça.

George comprit qu'il cherchait à être rassuré ; c'était gênant de voir ces traits qui pour lui avaient toujours été signe de réconfort afficher un tel manque d'assurance.

— Non, répondit-il d'un air pénétré.

Le soldat regardait maintenant la photo avec le bébé. Il passa son pouce sur le petit visage grimaçant. Puis il examina le ciel.

— Le môme arrangera peut-être ça. Il va un peu la calmer.

— Peut-être pas.

Les mots lui avaient échappé avant qu'il n'ait eu le temps de les retenir. Une réponse sèche et pleine d'amertume.

— Ouais... Sinon, tant pis. Au moins, il restera le petit...

Il agita la photo du bébé, puis il les rangea toutes entre les pages de son livre.

George hocha de nouveau la tête et croisa le regard de son père.

— T'as des gosses, mon vieux ?

La question prit George au dépourvu.

— Bien sûr que non...

— Ça fait drôle. On se laisse surprendre. Comme par ça.

Il brandit le petit livre maintes fois feuilleté avant de le remettre dans sa poche, puis il revint s'accroupir devant la bouilloire qui crachait déjà. Il continua à parler sans se retourner.

— C'est comme un livre, tu vois, tu es le héros de ta propre histoire et puis ta femme produit ce petit atome et, même s'il est minuscule, tout change et tu te rends compte que t'as rien compris, tu n'es plus du tout le héros de l'histoire. Et ce que tu voyais comme le centre de ta scène personnelle n'est au centre de rien du tout, ce n'est qu'un espace en bordure d'un paysage beaucoup plus vaste qui a toujours été là mais que tu n'avais pas vu…

L'émerveillement lui fit baisser la voix et, pendant un moment, George n'entendit plus que le cliquetis des quarts métalliques, de la bouilloire et des gamelles ; puis le soldat se retourna avec un visage souriant, conjurant si manifestement sa peur que George en eut le cœur serré.

— Mais c'est bien, c'est très bien. Ça facilite les choses. Bien sûr, ça les empire aussi, avec tous ces soucis qu'on se fait, mais si on se fait dégommer par une saloperie d'obus, au moins on laisse quelque chose derrière soi, non ?

Il tendit un quart fumant à George. Celui-ci but une gorgée et un gémissement lui échappa lorsque le liquide lui brûla la langue. Sans y prendre garde, l'autre continua à parler.

— Je l'ai jamais vu, le petit bonhomme, je l'ai jamais pris dans mes bras. Mais, si je devais y rester et jamais revenir à Blighty, elle lui parlerait de moi, non ? Il saurait que je… tu vois… que je… tellement…

La terre se fracassa avec une telle violence qu'ils en

perdirent l'équilibre ; George se retrouva brutalement sourd.

À deux mains, il tâta son corps et s'affola en le trouvant humide de haut en bas. Persuadé d'être blessé, il attendit la douleur, mais il ne se passa rien. Il récupéra peu à peu son ouïe et vit le visage de son père penché au-dessus de lui, cherchant à tâtons son casque.

— On a gâché du bon thé, mon pote.

En souriant, il lui tendit la main. George la saisit et se laissa remettre debout. Aucune sinistre tache rouge ne maculait son buste ni ses jambes, rien que du thé renversé dans sa chute.

Un autre impact fit trembler le sol, cette fois plus loin, de l'autre côté de la ruine. Le soldat fit la grimace. Une expression si terriblement familière que George ne put s'empêcher de penser qu'il avait son père en face de lui. C'était au-delà du rationnel, une certitude charnelle, une identification intime.

— Un tir groupé. Les Fritz nous loupent pas. Ça va cartonner avant de se calmer, c'est moi qui te le dis !

Dans l'action, le regard du soldat avait perdu toute incertitude, toute vulnérabilité. L'air aussi déterminé, il ressemblait beaucoup plus au père dont George se souvenait. Puis son corps prit le dessus et il se retrouva soldat ; il n'était plus ce gamin coincé dans un rêve sur le point de virer au cauchemar, il s'occupa de ses chevaux et tenta de les calmer tandis qu'une nouvelle série d'explosions se faisait entendre.

— C'est nos copains qui ripostent. On va voir si on réussit à les toucher avant qu'ils nous pilonnent ! cria son père, qui plongea alors que quelque chose lui frôlait la tête. Ça s'appelle des duels d'artillerie – un duel, comme autrefois quand les gens chic réglaient leurs conflits. Mais je vais te dire une bonne chose, mon gars, il y a rien d'élégant là-dedans, c'est tuer ou se faire tuer, et c'est sauve qui peut pour le gars qui peut pas tirer dans le tas.

BOUM. Un obus arracha ce qui restait de chaume en haut du mur ; d'instinct, ils plongèrent sous une avalanche de paille sèche et de poussière de plâtre.

— Et joyeux Noël, le Fritz ! s'exclama son père en souriant, l'œil teigneux.

Les chevaux, terrifiés, tiraient sur leurs entraves ; il y eut un craquement brutal, quelque chose s'enfonça dans la terre, quelque chose frôla la tête de George, quelque chose d'autre ricocha avec violence sur sa jambière de cuir. Il dut se cramponner à la selle d'un des chevaux pour ne pas perdre l'équilibre ; l'animal se mit à hennir, il tremblait, il se débattait pour se libérer. George remarqua alors le débris encore fumant fiché dans sa patte.

La vue du sang, le tonnerre assourdissant du tir de barrage, comprendre qu'il s'en était fallu d'un cheveu, tout cela le secoua et, quelque part, il se souvint qu'il pouvait mettre fin à cette situation en descendant simplement d'un socle situé dans une ville loin, très loin. Retrouver instantanément son univers habituel… la tentation était forte.

Il sentit le cheval trembler jusqu'au bout de ses naseaux, doux comme du duvet au creux de sa main. Il s'accroupit sans réfléchir et fouilla dans un des sacs qu'il portait à la ceinture à la recherche d'une compresse et d'une bande.

— Eh, file-moi un coup de main ! cria-t-il soudain. Tiens-lui la tête !

Le soldat qui avait la tête de son père obéit en tentant de calmer l'animal ; George, sans la moindre hésitation, se pencha pour arracher le fragment métallique chauffé au rouge qui sortait de la jambe du cheval. Se brûlant les doigts, il tira dessus pour l'extraire du muscle tremblant et, quand le sang jaillit, il appliqua la compresse pour l'arrêter. De l'autre main, il déroula la bande pour en entourer la patte blessée. Puis il en déchira l'extrémité avec ses dents et réussit à faire un nœud solide.

Il inspira l'odeur revigorante du feu de bois à côté. Il n'avait jamais rien senti d'aussi agréable.

La patte du cheval tremblait, mais George fut soulagé de voir que le sang ne traversait pas la gaze.

— Bravo ! commenta le soldat qui sourit tristement sans lâcher la tête de l'animal.

George se releva et prit le cheval par le cou, en le caressant pour le calmer.

Soudain, le tonnerre s'apaisa et ils se retrouvèrent là, aux côtés du cheval, attendant la suite des événements. Jamais George n'avait vu une couleur aussi riche, aussi profonde que celle des yeux de cet animal. Son regard fut ensuite attiré par une tache rouge : une coccinelle avançait tranquillement le long d'une bride en cuir, se dirigeant vers la main de son père. Au-delà il y avait le ciel, et il se rendit compte qu'il n'était pas blanc comme il l'imaginait mais d'un bleu délicat avec un exquis reflet vert. Comme si ce moment de silence mettait tout en relief alors même que la mort pouvait s'abattre n'importe quand.

Il comprit, grâce à cette conscience aiguisée, qu'il vivait là un moment extraordinairement précieux et qu'il devait en profiter avant qu'il ne soit pulvérisé par la prochaine salve d'obus. Il avait quelque chose à dire à ce soldat qui, à la fois, était et n'était pas son père, une occasion unique dans son existence, une chance qu'il ne devait pas laisser échapper.

Il se tourna vers lui, la bouche ouverte, mais le cheval masquait le visage de l'autre et il ne voyait que ses boucles en désordre et le haut de son crâne ; il bougea pour croiser son regard. Il y eut une autre explosion, pas trop près, mais suffisamment pour qu'ils plongent tous les deux en avant. Les obus se mirent à pleuvoir, le monde s'ouvrit en deux et l'enfer leur dégringola dessus : ils se cramponnaient au cou des chevaux, tandis que des éclats d'obus mêlés de terre et de pierres les frôlaient au passage.

Le silence avait disparu, un vacarme incessant martelait la terre ; sous leurs pieds, ils la sentaient rouler en grosses vagues comme un bateau pris dans une tempête.

George ne vit pas grand-chose du tir nourri dans lequel ils étaient pris. Il baissait la tête à chaque explosion et, quand il rouvrait les yeux, l'air était saturé de poussière. Le visage enfoui dans le cou des chevaux, il les caressait sans cesser de répéter :

— Du calme, du calme.

Le bombardement ne se contentait pas de faire trembler la terre jusque dans ses fondements. George avait perdu tous ses repères. Il sursautait à chaque explosion, persuadé que la suivante l'écartèlerait ; chaque fois cette simple anticipation lui faisait regretter d'être encore entier.

Les jambes coupées par ce calvaire interminable, il demeurait sourd au lointain souvenir d'un socle et au fait qu'il lui suffirait d'un pas en avant pour se libérer de cet enfer.

Seul le bras de l'autre soldat, en retenant le sien par-dessus le cou du cheval blessé, le maintenait debout. Il grinça des dents et entendit soudain la voix de son père.

— Tout va bien, mon beau, tout va bien.

Même si ces paroles apaisantes s'adressaient au cheval, il ne lâchait pas le bras de George. Le cœur de celui-ci reprit son rythme en dépit de cette cacophonie de fin du monde ; son esprit se raffermit, ses jambes tremblantes lui obéirent. Mais, lorsqu'il baissa les yeux pour vérifier qu'elles n'allaient pas se dérober, un détail lui sauta aux yeux et lui glaça le sang.

Son père avait les mêmes godillots que lui. La seule différence, c'est qu'un lacet s'était cassé et qu'il l'avait réparé en urgence en nouant les deux bouts.

George devina ce qui allait se passer alors même qu'il se cramponnait à la manche de son père en criant :

— Non ! Papa ! Écoute, je t'en prie, je ne…

Le soldat rejeta la tête en arrière et leurs regards se croisèrent par-dessus le cou du cheval. Il souriait.

— C'est bien…

Le mur s'écroula comme si un géant venait de l'abattre d'un monstrueux coup de pied. Les chevaux ruèrent, affolés. La main qui retenait celle de George par-dessus le cou du cheval blessé devint molle et, brusquement, ce fut à lui de soutenir le poids de l'homme de l'autre côté. Puis une langue de feu vint lécher les deux chevaux, qui roulèrent à terre.

George refusa de lâcher prise, même lorsqu'ils se retrouvèrent brusquement noyés dans un nuage de poussière et de fumée. Les sabots des chevaux affolés battaient l'air, ils poussaient des hennissements stridents ; de sa main libre, George dénoua les entraves. Les chevaux s'enfuirent ; il chargea le corps inanimé de son père sur ses épaules et sortit en vacillant de la ruine en flammes.

Il appela à l'aide, mais personne ne répondit. Il escalada la colline : le poids sur ses épaules s'alourdissait à chaque pas, il s'entendait sangloter. Soudain, le vent balaya la fumée, les tirs cessèrent et le paysage se dégagea. Saisi d'horreur, il tomba à genoux.

Les deux canons étaient détruits. L'un pointait démentiellement vers le ciel, l'autre avait simplement disparu. À sa place, il y avait un cratère autour duquel les servants étaient dispersés comme les pétales d'une fleur. Des corps avaient été projetés contre les barbelés, certains ne bougeaient plus. Quelque chose tentait de ramper hors d'un trou d'obus. Le cheval empalé avait disparu, lui aussi, comme d'ailleurs la plupart des bouleaux.

Son appel au secours se transforma en question et il s'entendit répéter convulsivement le mot « pourquoi ? ». Il agrippait de plus en plus fort le bras du soldat mort tout en sentant le poids l'entraîner petit à petit vers le sol.

Quelque chose tomba bruyamment à ses pieds ; c'était une civière. Il leva la tête : l'Officier et le Bombardier le regardaient avec une tristesse infinie.

— Pose-le, l'Artilleur, dit l'Officier.

Il secoua la tête et tenta de tendre les jambes en dépit du poids qui lui écrasait le dos.

— Tu ne vas pas le porter éternellement. Pose-le.

George secoua de nouveau la tête tout en resserrant sa prise sur le bras inerte.

— C'est mon père, articula-t-il soudain.

Les doigts d'une de ses mains s'entrecroisèrent avec ceux du mort et il serra de toutes ses forces ; mais il n'y eut pas le moindre tressaillement en réponse. Puis cette main parut grossir dans la sienne, ses doigts glissèrent, il entendit une sirène de police au loin, le grondement de la circulation londonienne, tandis que le ciel s'assombrissait. Ses genoux cédèrent, il tomba du socle et se sentit soulevé par deux bras de bronze. Il resta ainsi, les yeux fixés sur les godillots de l'Officier. Le jour continua à baisser, les ténèbres s'installèrent et il se laissa submerger.

42

La fin de l'Artilleur

L'Artilleur, couché dans l'eau noire, attendait la mort. Sa partie humaine était figée par l'angoisse étouffante de la noyade, la claustrophobie envahissante provoquée par l'étroitesse du tuyau, l'impossibilité dramatique de respirer une ultime fois et l'injustice hallucinante de tout cela.

Sa partie statue savait que la fin du jour était imminente, que la mort de la réplique qu'il avait été était inéluctable. Tous les jours de son existence, il était remonté sur son socle à minuit et, comme toute habitude, ce rythme était chevillé dans son horloge biologique.

Il allait cesser de marcher, de parler, pour devenir un morceau de ferraille inanimée. L'aube le verrait démantelé et reconstitué sur son socle, définitivement immobile. Il s'était souvent demandé si une réplique morte était morte à l'intérieur ou simplement incapable de bouger ou de s'exprimer. Il espérait bien que c'était la mort qui l'attendait. Sinon, ce serait comme être enterré vivant, sans aucun moyen de communiquer.

La mort, ce serait le néant. C'était ce qu'il espérait. Un grand blanc, un arrêt complet, un équilibre où l'absence de vie et d'espoir serait contrebalancée par l'absence de douleur et de désespoir, une équation ultime où rien ne serait égal à rien, où cesserait tout calcul.

Il réussit à serrer suffisamment ses bras pour que ses mains reposent calmement sur sa poitrine ; il ferma les yeux et se tint prêt, attendant l'oubli.

Le problème, c'est qu'il n'était pas prêt à l'intérieur et, tandis que les secondes s'égrenaient, il ne pouvait s'empêcher de penser que l'oubli était une sortie facile. Qu'il soit mort ou vivant, George et Edie étaient toujours en danger, et ça c'était grave. Il fit la grimace en comprenant qu'il n'allait pas tomber gentiment dans un sommeil définitif mais bien plutôt s'angoisser à l'idée de les avoir trahis en disparaissant trop tôt.

Ses yeux se rouvrirent.

— Bien, se dit-il. Oublie cette histoire de mort. C'est le moment de se battre.

Il planta donc ses talons dans le sol et recommença à s'avancer dans le tuyau. Il ne put s'empêcher de sourire, car c'était un geste doublement inutile. Personne ne saurait jamais qu'il l'avait effectué et il serait bientôt mort. Il faisait cela uniquement pour lui, pour vivre ses derniers moments à l'image de celui qu'il était.

C'était un bon plan. Dur, courageux et, dans la meilleure tradition des bons plans, destiné à échouer.

Car il ne mourut pas en se bagarrant.

Il ne mourut pas dans l'apothéose de sa personnalité.

Il ne mourut pas du tout.

Coincé dans le boyau étroit à pousser le sac de pierres de cœur devant lui, il comprit qu'il avait dépassé la fin de la journée : minuit avait sonné et pourtant, de façon inattendue, il n'était pas mort.

Il ignorait que c'était grâce à George, qui avait pris sa place. Et non seulement il n'était pas mort, mais il se sentait plus fort à chaque mètre parcouru.

Et, pour être étroite, elle l'était, cette canalisation. Plus les débris sur le sol s'épaississaient, plus le diamètre rétrécissait. Le nez de l'Artilleur raclait maintenant le plafond.

Le tuyau se termina brutalement en cul-de-sac.

Plus il récupérait de forces et de vigueur, plus il souffrait de cette situation extrême. Tant qu'il se dirigeait vers une mort qu'il croyait inévitable, sa faiblesse l'avait empêché de succomber à la claustrophobie. Maintenant qu'il était plus résistant, se retrouver prisonnier d'un tuyau sans issue enterré sous des tonnes de terre lui était insupportable. La pression qui montait dans sa tête et dans son corps lui donnait envie de crier et de ruer, mais on ne crie pas sous l'eau et il n'y avait guère la place pour ruer. Pas question de s'avouer qu'à force d'avancer, il s'était coincé dans un cercueil de sa composition. Il voulait réfléchir le plus lucidement possible. S'il s'était engagé dans ce boyau, c'est parce qu'il avait senti un léger courant. S'il y avait un courant, alors ce n'était pas sans issue. Il tendit donc les mains en avant pour tâter le haut de la voûte. Rien, sauf de la pierre. Il déplaça son balluchon et tâta les murs. Et là, il sentit quelque chose – un vide. Ce n'était pas bouché, c'était un angle. Il se tortilla pour enfoncer son bras dedans et fut stupéfait de ne rencontrer que de l'eau, sans la moindre paroi.

La canalisation dans laquelle il se trouvait devait être un affluent d'une rivière souterraine plus importante. En cela, il ne se trompait pas. Le réservoir souterrain était en fait un ancien embranchement de la Tyburn, capté justement pour alimenter une citerne. L'eau qu'il sentait couler entre ses doigts, c'était la rivière elle-même.

Il poussa son balluchon de pierres de cœur devant lui et bascula sur le côté. L'angle était difficile à franchir, cependant, ses forces revenaient et puis, quand on a droit à une deuxième chance, on la saisit à pleines mains. Agrippant violemment l'angle de pierre à moitié écroulé, il se laissa glisser dans le tunnel plus large.

Le courant l'entraîna. Il aurait pu se laisser porter et voir où cela le menait. Mais quelque chose le poussa à résister. Il attrapa son paquet, affermit sa prise et commença à avancer à contre-courant. C'était une drôle d'idée, mais quiconque l'aurait vu sourire dans ce tunnel obscur aurait compris qu'il avait l'esprit de contradiction et qu'en outre il était obstiné, acharné et fier de l'être.

Puisqu'il n'allait pas mourir, alors il allait vivre et vivre à sa manière – pas question de tomber dans la facilité et de se laisser porter par quelque courant que ce soit.

43

Une mort pas tranquille à Ghastly Grim

Edie tomba de la hauteur d'un seul étage, et sa chute fut amortie à la fois par la neige épaisse et par un poulailler.

Du moins, elle imagina que c'était un poulailler parce que des gloussements affolés retentirent quand elle s'écrasa dessus avant de rouler dans la ruelle.

Ça continua à piailler de plus belle tandis que, sans se soucier du fait qu'elle était sonnée et qu'elle avait l'épaule démise, elle se mettait à courir sous la neige qui tombait toujours. Quelque part au loin, un orgue de Barbarie était en train de jouer, la cloche d'une église carillonnait joyeusement tandis qu'elle piétinait la neige, la veste de George flottant derrière elle. Elle voulait mettre le plus de distance possible entre elle et la maison des Égarés.

La rue était à peine éclairée par quelques lampes à huile et elle cavalait d'une flaque de lumière à l'autre, vérifiant chaque fois qu'elle n'était pas suivie. Les avant-toits affaissés des maisons s'inclinaient et les étages surplombaient la rue étroite, comme prêts à bondir.

Elle savait qu'il n'y avait que ses traces dans la neige vierge. Elle ne serait pas difficile à repérer. Elle déboucha dans une rue plus large, dont la surface était labourée par le passage des charrettes et des voitures ; elle se mit à courir au milieu de la chaussée dans l'espoir que les marques de ses semelles se perdent dans la confusion générale.

Cependant c'était dangereux de courir au milieu de la rue, parce qu'elle était trop visible. Elle était sûre d'être observée mais, chaque fois qu'elle faisait volte-face, il n'y avait personne derrière elle, seulement les ténèbres pointillées de flocons. Cette impression devint insupportable, si bien qu'à la première occasion elle traversa d'un bond la bande de neige vierge et s'enfonça dans une ruelle étroite ; ainsi, elle espérait ne laisser aucun indice de l'endroit où elle avait quitté la chaussée.

En se retournant, elle constata avec satisfaction qu'elle avait réussi. Elle courut au fond de la ruelle, restant dans l'ombre, tourna à angle droit – et dut s'arrêter brutalement.

La rue était barrée par une église, à côté de laquelle il y avait un petit cimetière. Le haut mur qui l'entourait était surmonté de pointes acérées qui dépassaient comme des épines de la couche de neige douce. Il y avait une entrée en arche, également surmontée de piques, et une grille en fer noir entrouverte.

En temps normal, Edie ne s'approchait guère des églises, mais deux raisons la poussèrent à traverser la rue. La première, c'était le fouillis de traces de pas et de roues qui y menaient ; les siennes passeraient inaperçues. La seconde, c'est qu'elle entendait derrière elle des chiens aboyer à tout-va et que le bruit se rapprochait. Il fallait franchir cette grille, la refermer et attendre que ses poursuivants soient passés. Ces aboiements étaient évidemment ceux des mastiffs de la maison des Égarés.

Elle s'aperçut que l'entrée était décorée de crânes de pierre. Il y en avait deux de chaque côté, enfoncés jusqu'à l'arcade sourcilière dans la neige, empalés sur les pointes féroces ; et il y en avait trois au centre, posés sur des ossements. Celui du milieu portait une couronne de lauriers comme les Romains de l'Antiquité, ce qui lui donnait l'air encore plus menaçant, celui d'un empereur de la Mort.

Il était trop tard pour reculer : les aboiements se faisaient pressants, et il n'y avait pas d'autre cachette. Elle franchit la grille et la referma. Malheureusement, il n'y avait aucun moyen de la verrouiller. Cramponnée à la lame d'obsidienne, elle prêta l'oreille, prête à se battre.

On n'entendait plus les chiens. Elle espéra que c'était parce qu'ils avaient tourné au mauvais endroit. Elle s'accroupit dans l'ombre du mur et examina le cimetière. Il était assez encombré, bordé sur deux côtés par des façades d'immeubles aveugles et, sur le troisième, par le clocher carré et le mur de l'église. C'était un incroyable fouillis de pierres tombales encapuchonnées de neige, comme si les corps en dessous étaient enterrés profond. Il n'y avait pas la place d'un cercueil entier entre chaque pierre.

Aucun immeuble n'était éclairé mais, dans l'église, une lueur vacillait. Une porte étroite s'ouvrait au pied du clocher. Sans réfléchir, elle se glissa entre les rangées de pierres.

— Quelle nuit animée !

Edie s'immobilisa.

— En effet, majesté, une nuit animée.

Ces voix avaient quelque chose de caverneux. Les mots résonnaient sèchement sur un fond de claquements d'os.

— Un qui sort, l'autre qui entre.

— Pas de répit pour les méchants, majesté.

— Pour les bons non plus. Pas avec les hommes de la résurrection qui circulent dans la nuit.

Elle comprit avec un frisson d'angoisse que c'étaient les crânes qui discutaient de l'autre côté de l'arche. Évidemment, elle ne voyait pas ceux de l'extérieur, mais les deux du sommet du mur se détachaient sur le ciel sombre. Et elle savait qui étaient les « hommes de la résurrection ». En cours, elle était toujours attentive, même quand elle n'en avait pas l'air. Les hommes de la résurrection exhumaient les morts pour les vendre aux chirurgiens qui les disséquaient.

Elle se rendit compte que les traces boueuses dans la neige correspondaient à celles qu'auraient pu faire des gens qui, après avoir creusé la terre, auraient emporté quelque chose sur une brouette. Ce qui expliquait pourquoi le sol de ce cimetière avait été autant baratté en pleine nuit.

Un des crânes pivota sur sa pique pour la regarder.

— Elle écoute, majesté.

— Impossible. À moins…

— Exactement.

— Posez-lui la question…

— Es-tu une fulgurance, petite ? demanda le crâne qu'elle ne voyait pas.

Elle hocha la tête.

— Elle dit oui, majesté.

— Je ne l'ai pas entendue.

— Elle a hoché la tête. Elle se cache.

— Dis-lui qu'il y a beaucoup de choses cachées dans le cimetière de Ghastly Grim, mais qu'aucune n'est vivante. Dis-lui de partir.

— Tu dois partir, répéta le crâne.

— Je vous en prie, taisez-vous, supplia-t-elle.

À force de guetter l'aboiement des chiens ou un bruit de pas derrière le bavardage des crânes, elle avait les oreilles douloureuses.

— Qu'est-ce qu'elle dit ?

— Elle conteste, majesté.

— Elle ne peut pas me contester.

— Tu ne peux pas contester Sa majesté.

— Je ne conteste pas, je demande.

C'était vraiment le cimetière désert le plus bruyant qu'elle ait jamais vu. Elle recula jusqu'à la porte étroite et tenta de l'ouvrir. Fermée à clé.

— Elle essaie d'entrer dans l'église.

— Vous voulez bien vous taire, souffla-t-elle de nouveau en faisant le tour d'une tombe fraîchement ouverte.

Elle s'accroupit derrière une pierre tombale et remarqua le nom qui y était gravé : *Aemilia Bowles.*

— Je vous en prie, cessez de parler, reprit-elle.

— Non. Nous avons toujours le dernier mot.

Elle commençait vraiment à regretter d'être venue chercher refuge dans ce cimetière si peu tranquille.

— D'accord, répliqua-t-elle. Vous l'avez. Mais chut !

— Elle dit qu'on l'a, majesté.

— Dites-lui qu'on n'a pas besoin de sa permission. Nous l'avons de droit, car nous sommes la Mort !

Edie était exaspérée.

— Vous n'êtes pas la Mort, déclara-t-elle. Vous êtes une bande de crânes de pierre bavards incapables de la boucler !

— Elle dit…

— LA FERME. Vous n'êtes pas la Mort…

Silence. Une autre voix intervint calmement.

— Non. Mais moi, oui.

C'était le Marcheur. Et les deux chiens piaffaient en silence de l'autre côté de la grille.

C'est seulement à ce moment-là qu'elle pensa à regarder sa main, celle qui tenait la pierre de cœur. Elle la gardait tellement serrée qu'elle n'avait pas vu la lueur d'alarme qui s'en échappait.

Une épaisse silhouette noire bondit au sommet du mur. Si les chiens soufflaient, cette chose respirait par petits cris avides et affamés. Ses ailes claquaient d'excitation sur la masse tassée de son corps prisonnier de sa propre torture.

C'était l'Icare.

Toute énergie l'abandonna et elle s'effondra derrière la pierre tombale ; puisque le Marcheur l'avait récupérée, il allait avoir George, l'Artilleur était sans doute mort et tout était fichu.

Elle avait beau savoir que c'était terminé, elle mobilisa quand même ses dernières forces pour gratter la neige et la boue au pied de la pierre derrière laquelle elle se cachait : elle y enfonça sa pierre de cœur le plus profondément possible.

Puis elle se releva, remit la terre en place d'un coup de pied et l'aplatit en espérant que nul ne voyait ses jambes.

Le Marcheur franchit alors la grille, un couteau dans une main, l'autre protégeant un de ses yeux.

Elle baissa la tête et ferma les siens.

44

Comment s'échapper d'une rivière

Tandis que l'Artilleur avançait à contre-courant, la vie reprenait possession de son corps. Non seulement ses forces revenaient, mais ses mains étaient de nouveau des mains et non des objets encombrants au bout de ses bras. En outre, il avait la tête beaucoup plus claire, comme enfin débarrassée de plusieurs épaisseurs de tissu.

Il se demanda si cette amélioration miraculeuse allait jusqu'à annuler les maléfices du Marcheur : était-il à présent capable de se frayer un chemin vers le haut ? Bandant ses muscles, il voulut tâter le plafond. Mais l'ordre se retrouva coincé quelque part entre sa tête et ses bras, qui demeurèrent là où ils étaient sans se lever, contrairement à ce qu'il leur demandait.

Évitant de s'appesantir sur sa déception, il continua sa progression.

Ce tuyau sombre et rempli d'eau semblait devoir durer éternellement, et l'absence de tout repère visuel rendait la situation encore plus pénible. Parfois, il était pris d'hallucinations : il lui semblait qu'il ne pesait plus rien et qu'il rampait au plafond ; à d'autres moments, il aurait juré que le tuyau bougeait alors que lui restait immobile.

Se concentrer sur ce que ses mains rencontraient au contact des parois constituait un excellent dérivatif. Se succédaient de la brique, des grands blocs de pierre incurvés, une canalisation en béton… À un endroit, il eut l'impression que c'était de l'argile dans laquelle ses doigts tracèrent un sillon. Dans l'obscurité, il imagina le nuage invisible que sa main devait laisser dans l'eau claire.

Il longeait déjà depuis un bon moment une paroi de briques et se demandait s'il ne pourrait pas mesurer le chemin parcouru en les comptant, lorsqu'il sentit une nouvelle texture.

Aucune trace de joints en ciment ; il pensa d'emblée qu'il s'agissait de béton, mais changea rapidement d'avis. C'était du métal.

Il tambourina dessus et la vibration qu'il obtint confirma cette impression. Il lui fallut quelques instants pour comprendre les implications de ce qu'il venait de remarquer : si cette canalisation métallique avait été enfouie dans l'argile londonienne, les vibrations auraient forcément été amorties. Il n'y en aurait même sans doute pas eu du tout.

Cela signifiait que, de l'autre côté, il y avait de l'air et non de l'argile. Son premier réflexe fut de sonder le plafond, mais ses mains refusèrent de lui obéir. Exaspéré, il tapa des pieds.

Ce qui déclencha une vibration plus importante. Il recommença, plus fort.

— Il a pas interdit de creuser vers le bas, non ? dit-il à haute voix en souriant.

À plat dos, il martela le sol avec les talons ferrés de ses godillots. La vibration du mur passait en continu dans ses doigts tendus. Soudain, tout se stabilisa et un choc violent résonna dans le tuyau ; sans savoir ce que cela signifiait, il asséna un dernier coup en y mettant toutes ses forces. Il sentit une légère résistance, ses pieds glissèrent en avant, il traversa le fond du tuyau et se mit à dégringoler…

La Tyburn est une rivière souterraine qui finit par resurgir. L'Artilleur se trouvait justement à cet endroit-là, quand elle traverse Regent's Canal dans un aqueduc déguisé en passerelle, près du zoo de Londres. C'était de cet aqueduc qu'il tombait, créant sa propre cascade.

Il eut un moment d'allégresse en sentant l'air frais, puis de surprise quand il tomba dans le canal.

Il s'arracha au fond boueux et aspira l'air de la nuit. Il regarda le pont dont il venait de tomber et la Tyburn, dont les eaux libérées coulaient à flots. Comprenant ce qui s'était passé, il sourit. Puis il lança le balluchon contenant les pierres de cœur sur le chemin de halage et se hissa sur la berge. Il remit son casque, ramassa son paquet, enjamba une barrière pour pénétrer dans Regent's Park et se mit à courir en direction du sud-est.

Il savait que l'heure fatidique était dépassée et qu'il aurait dû être mort. S'il ne l'était pas, cela signifiait que quelqu'un avait pris sa place. Il devait filer à Hyde Park Corner voir de qui il s'agissait.

Il souriait.

Parce que, évidemment, il savait au fond de son cœur qui serait là ; une fois avec George, il aurait de bonnes chances de trouver Edie avant que le Marcheur ne s'empare d'elle.

Les morceaux de verre qui s'entrechoquaient dans sa course étaient des preuves suffisantes : une fois que le Marcheur tenait une fulgurance, elle était condamnée.

45

Entre les griffes du Marcheur

L'Icare se tenait au milieu de la bibliothèque poussiéreuse, ses ailes raccourcies effleurant le toit tandis qu'il se penchait sur Edie ; des cris brefs et pleins de colère s'échappaient de la coque dure qui cachait son torse et sa tête.

Edie détourna le visage.

— Si sa présence t'inquiète, sache que tu en es responsable, lui dit le Marcheur. Si tu n'avais pas brisé la fenêtre, il n'aurait jamais pu entrer.

Edie examina les traits du Marcheur. Il n'y avait nulle trace de sang à l'endroit où elle l'avait tailladé, mais une balafre blanche dont l'état de cicatrisation inconcevable lui barrait le visage. Partant de sous un œil, elle entamait l'arête du nez pour se terminer dans l'autre œil. Celui-là était mort, on n'y voyait que du blanc vaguement rosé, plus d'iris ni de pupille.

— Si tu ne voulais pas le mettre en colère, il fallait éviter de tuer son frère.

— Je n'ai pas tué son frère, répliqua Edie.

— Le Minotaure était son frère. Pas un vrai frère, mais un frère dans le sens où ils avaient été créés par le même sculpteur. Finalement, ils avaient beaucoup de points communs.

Inutile de regarder de plus près pour savoir que c'était vrai. L'Icare avait la même puissance dans le corps et dans les jambes, la même énergie noire et concentrée, prête à jaillir.

Le Marcheur se leva.

Edie entendit l'Aveugle sangloter avec désespoir dans une autre partie de la maison. Le Marcheur remarqua qu'elle tendait l'oreille. Il sourit en claquant des doigts. Le Corbeau entra par la fenêtre et vint se poser sur son épaule.

— Tu te demandes pourquoi elle pleure à fendre l'âme.

Edie ne répondit rien. Du bout des doigts, le Marcheur suivit le tracé de sa cicatrice.

— Tu te demandes comment je vais te punir. Après ce que tu m'as fait.

Il avait raison, mais pas question de le reconnaître. Le calme qu'il affichait depuis qu'il l'avait trouvée dans le cimetière la déconcertait. Il s'était montré presque poli lorsque l'Icare l'avait attrapée et qu'ils l'avaient emmenée.

Il sourit sans la moindre trace de gaieté et se mit à écrire quelque chose sur une feuille de papier.

— Je suis condamné à arpenter la ville jusqu'à ce que la Pierre me délivre, déclara-t-il sur le ton de la conversation, d'une voix presque chaleureuse. Donc, je ne peux pas mourir. Je cicatrise, comme tu le vois, de façon exceptionnelle. Mais, en quatre cents ans, personne ne m'a fait ce que tu m'as fait…

Il releva la tête, fixa sur elle son œil valide et désigna son globe oculaire aveugle.

— Maintenant, reprit-il, à cause de toi je dois arpenter le monde en étant borgne. Assurément, c'est une blessure et une offense qui exige une punition exemplaire. Je ne vais pas me refuser le plaisir de prévoir les différentes étapes de ta mort en te tuant brutalement maintenant, sur un coup de colère. Car, en dépit de ce qu'affirment les idiots, la vengeance n'est pas un plat qui se mange froid : c'est un plat qui se mijote après une préparation minutieuse et qui se déguste à la température du sang.

Il arrêta d'écrire. Edie s'aperçut que plus il cherchait à lui faire peur, plus elle était en colère. Et plus elle était en colère, plus elle se sentait forte. Malheureusement, il était également vrai que plus il tentait de l'effrayer, plus elle était terrifiée.

S'efforçant de repousser cette peur qui lui paralysait le cerveau, elle l'observa : il plia le papier, et sortit deux miroirs ronds et articulés de sa poche. Il les sépara, en prit un dans chaque main et recommença le même geste, révélant une deuxième paire cachée dans la première. Il ajusta un minuscule biseau qui courait sur le bord d'un des miroirs.

— Ça les ramènera directement là où je serai, marmonna-t-il pour lui-même. Nous allons nous rencontrer dans un espace découvert, continua-t-il en voyant qu'elle l'écoutait. Comme ça, s'il amène des renforts, je les verrai et toi tu en subiras les conséquences…

Il s'approcha de la table. Avant de placer soigneusement le Miroir Noir entre les deux disques de cire, il avait noué une lanière de cuir à sa poignée. Il la passa autour de son cou, si bien que les disques lourds pendaient sur sa poitrine comme un gigantesque médaillon qu'il rangea à l'intérieur de son sweatshirt. Il boutonna son manteau par-dessus.

Il sortit son poignard avant de revenir vers Edie. Dans ce mouvement, il révéla un manteau et un bonnet de femme posés sur le bureau derrière lui. Ces vêtements, elle les avait déjà vus. Ce bonnet lui barrait le visage lorsque le Marcheur l'avait noyée. Quand la Tamise était prise par les glaces. Durant la Fête de l'Hiver.

Malgré elle, elle se recroquevilla sur la chaise. Il agita son poignard, imaginant que c'était cela qui la faisait trembler.

— Allez. Crie autant que tu veux. Ça fera plaisir à l'Icare. Mais j'ai encore besoin de toi avant qu'on ne parte.

46

Le défi

— Le voilà, dit la voix de l'Officier.

George s'arracha lentement à la mare sombre des rêves tristes, comme s'il était en plomb. Il avait du mal à quitter le territoire de l'inconscience, et ouvrir les yeux représentait un effort surhumain.

Lorsqu'il y parvint, il vit deux paires de godillots en bronze juste sous son nez. Il était allongé sous un lourd pardessus aussi chaud et souple que de la laine, bien qu'il soit taillé dans le même bronze que les chaussures.

Une des paires appartenait à l'Officier. L'autre était plus rustique et évoquait davantage les gros travaux : des brodequins à lacets complétés par des leggins dépareillés, l'un fait de bandes molletières, l'autre renforcé par un protège-tibia.

George connaissait ces chaussures.

Il réussit à se redresser.

L'Artilleur lui souriait.

— Hé ! dit-il.

— Hé ! répondit George.

— Ça va ?

— Pas vraiment, déclara-t-il après avoir réfléchi.

— Pas si mal, grommela l'Artilleur en s'accroupissant pour être à sa hauteur. Il y aurait vraiment quelque chose d'anormal chez toi si tu te sentais en pleine forme après ce que tu viens de faire.

Brusquement, George sentit qu'il devait se libérer s'il ne voulait pas être étouffé par ce qu'il avait vécu.

— J'ai vu mon père.

— Oui, acquiesça l'Artilleur. Ça m'étonne pas.

D'un geste, il montra par-dessus son épaule le corps étendu du côté nord du monument.

— C'est lui, non ? Le Soldat Inconnu. C'est pour ça qu'on l'a représenté le visage couvert, pour qu'il devienne le disparu de chacun. D'accord. Toi, tu en as fait ton père…

George hocha la tête avec un petit sourire malheureux. Il ne voulait pas que quiconque sache qu'il y avait quelque part en lui un puits de tristesse dans lequel il s'était noyé. Il n'osa pas parler, de peur de se trahir.

— Ça a dû être dur, dit l'Artilleur.

Il posa sa main sur l'épaule de George en détournant les yeux.

George inspira profondément à plusieurs reprises pour essayer de se calmer.

— Te retiens pas, fiston. Personne ici ne va te juger, tu sais.

— Absolument pas, confirma l'Officier, qui se donnait du mal pour regarder n'importe où sauf en direction de George. À vrai dire, j'ai la plus grande admiration pour toi.

Il toussa d'un air gêné et baissa un peu la voix.

— Et, pour être franc, j'ai chialé comme un bébé pendant la totalité de mon premier bombardement...

Peut-être parce qu'ils lui en donnaient la permission, peut-être parce qu'ils étaient si compréhensifs, en tout cas les larmes de George reculèrent. Il ravala ses sanglots et s'aperçut que la douleur était supportable.

— Ça va..., annonça-t-il.

L'Artilleur se retourna pour l'observer, le sourcil levé.

— ... même si ça ne va pas très bien, acheva George.

— Regarde ton bras, lui conseilla l'Officier.

George avait oublié la veine de marbre qui se frayait un chemin vers son aisselle et son cœur. Il arracha sa chemise.

La veine tout entière avait disparu, ne laissant derrière elle qu'une petite marque rouge, comme une écorchure en train de cicatriser.

— C'est parti ! s'exclama-t-il.

— Un duel est un duel, voilà ce que je dirais, déclara l'Officier en souriant. Que le combat ait lieu au pistolet, à la rapière ou à l'artillerie lourde comme ce canon...

Il montra d'un geste l'énorme canon de pierre qui surmontait le monument.

— Et on peut dire que tu as tenu le choc, dis donc. D'après moi, t'en as déjà un de fait, t'en reste plus que deux.

George sourit et sentit les deux autres veines toujours vrillées autour de son poignet, celle en pierre grumeleuse et l'autre en cuivre poli.

— Je suis d'accord, approuva l'Artilleur en souriant. Et au fait : merci, ajouta-t-il en le prenant par l'épaule.

Il lui tendit sa grande main. George la saisit. L'Artilleur la serra avec fermeté.

— Tu m'as sauvé la mise, c'est sûr. Et, si tu me permets de le dire, j'estime que ton père aurait été fier de toi.

— Oui, dit George.

Brusquement, cela lui semblait évident ; comme si cette vérité avait toujours existé mais qu'elle lui avait échappé parce qu'il regardait dans l'autre sens, plongé dans son océan de tristesse. Peut-être était-ce exactement ce que le soldat qui avait la tête de son père lui avait expliqué : on s'imaginait être au centre d'une scène pour finalement s'apercevoir, rien qu'en se retournant, qu'on était au bord de quelque chose de bien plus vaste. Il se rendait compte qu'il était allégé du poids d'une grande souffrance pour la seule raison qu'il avait cessé de se focaliser dessus.

— Oui. Je considère qu'il l'aurait été. Je considère qu'il l'était.

Les larmes qu'il n'avait pas versées, on aurait dit qu'elles étaient tombées à l'intérieur de lui, le laissant nettoyé, tout propre. Et la tête claire.

Il se releva en souplesse.

— Edie, dit-il d'un ton décidé. Il faut qu'on la trouve.

— Évidemment, répondit l'Artilleur. Le Marcheur est à ses trousses, et aux tiennes.

Il rapporta à George ce que le Marcheur lui avait dit du Miroir Noir. Ensuite, George lui raconta toutes ses aventures. Au moment où il se lançait dans l'histoire de la bande d'Euston, l'Officier tapa sur l'épaule de l'Artilleur en montrant la forme sombre qui arrivait sur eux, venant de l'est.

Dégainant leur arme, les deux soldats visèrent le Corbeau. George ramassa son marteau.

— Il a quelque chose dans le bec, remarqua l'Officier.

L'oiseau atterrit tranquillement sur la pierre blanche et déposa les deux miroirs par terre. Puis il recula. Mieux valait éviter les mouvements brusques avec deux revolvers braqués sur lui, et en outre sa dignité l'empêchait de se préoccuper de ce qui risquait de lui arriver.

— Il y a une lettre, remarqua l'Officier.

— La dernière paire de miroirs de ce genre que j'ai vue, c'était dans les mains du Marcheur, déclara l'Artilleur.

George se précipita pour récupérer la lettre. Ce n'était qu'un message.

Rejoignez moi. Sous la grande bannière de la Fête de l'Hiver. Posez le pied sur les miroirs et ils vous amèneront. Venez tout de suite, ou la fille mourra.

L'Artilleur et l'Officier avaient lu par-dessus son épaule.

— Il pourrait bluffer.

— Il ment comme nous on respire, dit l'Officier.

— Non, affirma George. Il ne ment pas.

Il saisit avec délicatesse le lien qui avait attaché la lettre aux miroirs. Il n'était pas tout à fait noir. Sombre, presque couleur aubergine.

— C'est un de ses cheveux.

L'Artilleur jura entre ses dents. Puis il pointa son arme sur le Corbeau.

L'oiseau n'en fut pas surpris. Il savait ce qui allait se passer. D'après son expérience, les messagers porteurs de mauvaises nouvelles se faisaient toujours tuer.

En revanche, ce n'est pas une balle en pleine poitrine qui l'expédia une fois de plus en enfer mais une lance, jetée avec beaucoup de force et de précision. Étonnant.

Ébahis, George, l'Artilleur et l'Officier contemplèrent cette explosion brutale de plumes noires puis regardèrent de l'autre côté de la pelouse, là d'où venait le javelot.

Un char était arrêté là et une Reine à l'air indomptable se dirigeait à grands pas vers eux, sans doute pour récupérer son arme.

— Eh bien, messieurs, que regardez-vous ainsi ? dit-elle. On dirait qu'on a une fille à sauver.

— Je crois que nous allons nous débrouiller, merci madame, répliqua l'Officier avec raideur.

— Non, nous n'y arriverons pas, intervint George. Nous avons besoin de toute l'aide qui se présente.

Il arracha la lance du tas de plumes noires qui s'éparpillaient déjà dans la nuit et la tendit à la Reine.

— Merci, mon ami. Maintenant, je propose que…

— Vous ne proposez rien du tout. Si vous voulez aider, vous écoutez parce qu'Edie m'a déjà raconté cela. Elle l'a fulguré et ça s'est mal terminé…

Les répliques le regardèrent, étonnées de l'autorité indubitable de sa voix. La Reine se gonfla d'indignation.

— Eh bien, je ne…

— Mais si, l'interrompit l'Artilleur. Si vous voulez

venir en aide à la petite, écoutez. Le gamin sait de quoi il parle.

Alors la Reine se mordit la lèvre et resta tranquille pendant que George leur expliquait rapidement comment Edie avait fulguré la Fête de l'Hiver ; comment elle s'était vue poursuivie par le Marcheur et noyée dans un trou d'eau. Il leur raconta le moindre détail dont il se souvenait.

— J'ignore si c'est vraiment elle qu'il a noyée au fond de ce trou et, en plus, je ne sais pas si on peut modifier le passé. En tout cas, c'est ce qu'elle a vu, et moi je vais piétiner ces miroirs et tenter le tout pour le tout afin d'empêcher que ça n'arrive.

Il y eut quelques instants de silence.

— Un peu d'aide ne serait pas de refus ; mais, de toute façon, j'y vais.

Il se pencha pour ramasser le marteau, qui était toujours là où il l'avait posé. C'était un poids réconfortant.

Les répliques échangèrent des regards. La Reine claqua des doigts en direction de ses filles.

— Les filles, déclara-t-elle. Venez tenir les miroirs. Il va falloir manœuvrer en douceur si on veut faire passer le char en un seul morceau.

47

La Fête de l'Hiver

On ne peut pas modifier le passé. Même s'il ne s'est pas encore produit.

Telle était la pensée qui tourbillonnait dans la tête d'Edie tandis que le Marcheur l'emmenait de la maison des Égarés vers la Tamise gelée. Elle ne remarquait rien de ce qui l'entourait, à l'exception de la neige devant elle et de ses poignets ligotés. Latéralement, sa vision était limitée par les bords du bonnet que le Marcheur lui avait noué sous le menton. Ses mains liées étaient cachées sous un manchon, un rouleau de coton matelassé avec de la fourrure de lapin qui pendait sur le devant de ce qu'elle supposait être le manteau de l'Aveugle.

Elle savait déjà à quoi ressemblerait la Fête de l'Hiver, quand ils sortirent enfin du lacis de rues étouffées par la neige qui menaient au bord du fleuve. Elle avait déjà vu tout cela lorsqu'elle avait fulguré sa propre mort.

On ne peut pas modifier le passé. Même s'il ne s'est pas encore produit.

Cette idée ne cessait de la tarauder. Si elle pouvait s'enfuir, elle n'aurait pas à se voir coincée dans ce trou d'eau. Mais, si elle était incapable de changer le cours des événements, à quoi bon chercher à s'enfuir ? Mais, si elle ne cherchait pas à s'enfuir, comment pourrait-elle empêcher cet événement de se produire ?

Edie était une battante. Si son esprit commençait à partir en vrille, c'était parce qu'elle n'avait plus sa pierre de cœur avec elle. Le Marcheur non plus ne l'avait pas. Un bon début. Sans doute pas suffisant pour demeurer en vie, mais assez encourageant pour l'amener à s'acharner.

— Courage, ma petite. C'est un spectacle rare…

Pour atteindre le fleuve gelé, le Marcheur lui fit franchir une planche qui enjambait un étroit canal. Si elle ne l'avait pas déjà fulguré, le spectacle qui s'offrait à elle l'aurait à coup sûr étonnée. Mais, puisqu'elle avait déjà eu l'occasion de contempler le décor de son propre meurtre, son intérêt était émoussé. Il n'en restait pas moins que c'était magnifique.

Sous la silhouette imposante du Blackfriars Bridge, la Tamise était gelée et couverte de neige dans toute sa largeur. Des centaines de lanternes et de torches chassaient la nuit, illuminant l'artère branlante faite de tentes et d'abris de fortune dressés au milieu du fleuve. On entendait de la musique, des rires et les bruits d'une foule qui s'amusait, tout cela mêlé aux odeurs de viande rôtie et de feu de bois. Les aubergistes et les cuisiniers de Londres avaient débarqué sur la glace et vendaient leurs marchandises sur des étals construits à la hâte, décorés de panneaux et d'affiches aux couleurs criardes. Et on ne vendait pas qu'à boire et à manger.

Il y avait des marchands de souvenirs et des peintres de portraits, des jongleurs et des acrobates, des jeux de foire et un gigantesque bateau-manège dans lequel s'entassaient des hommes et des femmes de tous âges qui criaient tant qu'ils pouvaient. Il y avait même une presse typographique qu'on remontait à la manivelle, à côté d'un homme avec un singe et un orgue de Barbarie. Une immense banderole peinte dominait les baraques. On pouvait lire « FÊTE DE L'HIVER : VENEZ TOUS ! » et, à voir la foule qui se pressait sur la glace, on avait bien l'impression que tous les Londoniens avaient répondu à cette invitation.

Là encore, si Edie n'avait pas déjà vu tout cela, elle aurait été fascinée par ce côté magique. Eu égard à la situation, elle était tout bonnement terrifiée – surtout par le singe et l'orgue de Barbarie. Elle se souvenait de tout, mais le singe et l'orgue appartenaient à un moment particulier de la fulgurance. Elle ne les avait remarqués que lorsque leur musique s'était retrouvée perdue dans le bruit des cornemuses qui précédaient une imposante parade, menée par un éléphant blanc qui avait capté l'attention de tout le monde.

À ce moment précis se déclencha le fracas des tambours à timbre accompagné du son aigu des cornemuses.

Le Marcheur poussa Edie devant lui, une main posée sur son épaule.

Il fallait qu'elle cesse de se laisser emporter par ses pensées. Si elle voulait réagir avant d'être coincée, avant d'avoir perdu toute possibilité de choix, elle devait réfléchir vite. Si ça ne marchait pas, au moins elle périrait les armes à la main.

L'éclat d'une lame lui attira soudain l'œil. Un cuisinier débitait en tranches un rôti de bœuf qui tournait sur une broche à l'entrée d'un stand, juste devant elle. Le temps de prendre l'argent de son client, il avait planté son couteau dans la planche à découper.

Cette lame effilée serait sa sortie de secours. En l'absence d'autre choix, elle allait s'en contenter.

Elle remonta maladroitement son manchon en le poussant contre son ventre et toussa pour dissimuler son geste. Le Marcheur continuait à la faire avancer sans remarquer qu'elle avait dégagé ses poignets, les exposant à l'air froid de la nuit, alors qu'une lame lui faisait signe à quelques pas.

Elle retint son souffle et, dès que le couteau fut à sa portée, elle se jeta en avant. Ses mains s'élevèrent de chaque côté de la lame, et retombèrent dans le sang qui maculait la planche à découper. Sans être aussi aiguisé que le rasoir d'obsidienne avec lequel elle avait balafré le Marcheur, le couteau de boucher était suffisamment coupant pour libérer ses poignets, comme elle l'avait prévu.

La corde fut tranchée net et, dès qu'elle sentit une certaine liberté de mouvement, elle arracha le couteau de la planche.

Le Marcheur voulut se jeter sur elle, mais elle plongea. Le bras de l'homme lui frôla la tête en arrachant à moitié son bonnet. Elle fit volte-face et enfonça son arme dans le mollet du Marcheur, juste derrière le genou.

Celui-ci poussa un hurlement de douleur et de rage

et se plia en deux, cramponné à sa jambe. Edie aperçut alors l'éclat intense de la pierre de cœur de l'Aveugle dans sa poche de poitrine. Sans réfléchir, elle avança la main, s'en empara et prit la poudre d'escampette, bousculant tout le monde, filant droit vers l'espace gelé et dégagé.

Elle n'avait pas oublié que, lorsqu'elle avait fulguré cette scène, elle avait vu le bonnet lui tomber sur les yeux alors qu'elle cherchait à s'enfuir ; ce détail lui avait été fatal parce que, aveuglée, elle s'était précipitée tout droit dans un trou d'eau où le Marcheur l'avait rattrapée. Son premier geste fut donc d'essayer de se débarrasser de cette saleté de bonnet.

Ses doigts s'acharnèrent sur les rubans sans que pour autant elle ralentisse l'allure. Ce qui était une bonne idée se révéla vite une erreur : car, dans son affolement, elle fit basculer le bonnet sur son visage en voulant l'arracher et se retrouva aveuglée.

On ne peut pas modifier le passé.

Même quand il ne s'est pas encore produit.

48

Désespéré

— Mais ça va jamais marcher ! s'exclama George.

De là où il était, effectivement, ça ne paraissait pas évident. Il faut dire qu'il était debout dans un engin plutôt inhabituel – un char mené par une reine des Grands-Bretons – à côté d'un Artilleur de la Première Guerre mondiale, filant au petit galop vers deux miroirs parallèles que tenaient les filles de la Reine.

— Je touche les miroirs au passage et on les traverse, affirma la Reine en abaissant sa lance.

Les miroirs paraissaient tellement minuscules ! Ils arrivèrent dessus, la Reine enfonça la pointe de son arme… et rata son coup.

— D'accord, dit George en regardant l'Artilleur et l'Officier. On n'a pas vraiment le temps de s'entraîner à viser !

La Reine fit un demi-tour si serré que le char vira sur une roue ; George et l'Artilleur durent se cramponner pour éviter d'être éjectés dans l'herbe. L'autre roue se posa brutalement à terre et la Reine fonça de nouveau vers les miroirs.

— Elle va mettre dans le mille, cette fois, prédit l'Artilleur.

Les miroirs s'approchèrent de nouveau, les filles ne tressaillirent pas lorsque les lames tourbillonnantes dont les roues étaient munies vrombirent à quelques centimètres de leurs genoux, la Reine brandit sa lance… et rata encore son coup.

— La troisième fois sera la bonne, dit-elle en raccourcissant les rênes pour faire tourner les chevaux sur les chapeaux de roue.

— On n'a pas le temps de s'amuser ! s'exclama George en bondissant du char.

Il entendit l'Artilleur l'appeler mais, sans se retourner, il courut vers les filles de la Reine.

Elles le regardaient, ébahies.

— Comment ça marche ? demanda-t-il en resserrant sa prise sur le marteau.

— Marchez dessus, répliqua celle de droite. Sur l'un ou l'autre. Le Marcheur les a réglés pour qu'ils vous amènent directement à lui.

George n'avait pas l'impression que ça pouvait fonctionner, mais il se souvint de la façon dont le Marcheur s'y était pris en emmenant l'Artilleur avec lui ; il pensa à Edie et, motivé, n'hésita plus à poser le pied sur un des miroirs.

Il le sentit céder sous son poids et tomba aussitôt à travers des couches de ténèbres hachées de lumière. Il fut saisi d'une nausée doublée d'un vertige galopant – puis cette chute s'interrompit brutalement et il se retrouva le nez sur une surface glacée, la bouche pleine de neige.

En relevant la tête, il aperçut devant lui le flanc noir d'une péniche prise dans les glaces. Derrière, à une centaine de mètres, la Fête de l'Hiver rayonnait de toutes ses lanternes ; un éléphant blanc menait la parade au beau milieu, circulant entre les stands.

L'atterrissage lui avait fait lâcher son marteau, et il fouilla la neige à sa recherche. Il venait juste de le trouver lorsqu'il entendit un claquement sec, et l'Artilleur surgit de nulle part. Il regarda George avec un petit sourire.

— Il va lui falloir l'éternité pour passer, expliqua-t-il.

— L'éternité, on verra ça demain, répliqua George en se mettant debout. L'éléphant est déjà là.

— George, dit l'Artilleur en le retenant par le bras. Je viens de penser à quelque chose. Comme j'ai rompu mon serment, le Marcheur a du pouvoir sur moi. Il s'en est servi. Je ne contrôle plus mes bras.

— Quoi ? dit George en scrutant la foule à la recherche d'Edie.

— Ça signifie que, s'il me voit, il peut me contraindre à faire quelque chose de mal, expliqua l'Artilleur d'un air honteux. J'aurais dû laisser l'Officier venir à ma place.

— Non, répliqua George d'un ton décidé. Quelqu'un devait rester à l'arrière pour surveiller notre retour au cas où le Marcheur serait à nos trousses. Quelqu'un doit se tenir prêt à le tuer.

— Oui mais…

— Pas de mais, l'interrompit George en se lançant dans un sprint.

Il avait repéré Edie.

— Arrangez-vous pour qu'il ne vous voie pas en premier, cria-t-il à l'Artilleur.

Sur la glace recouverte de neige, il se mit à cavaler vers Edie qui, elle, s'éloignait de la foule. Il l'appela le plus fort qu'il put pour tenter de l'intercepter.

— Edie ! Par ici !

Manifestement, elle ne l'entendait pas. Peut-être parce qu'elle était en train de se débattre avec un bonnet qu'on avait dû lui coller sur la tête de force.

L'Artilleur, lui aussi, se mit à courir. Il vit le Marcheur jaillir de la foule en clopinant. Il le vit crier quelque chose vers l'obscurité, de l'autre côté du fleuve. Il distingua ses paroles.

— Attrape la fille ! Icare ! Où est le Taureau ? Attrape cette satanée gamine !

L'Artilleur comprit avant George ce qui allait se passer. Il changea de trajectoire pour obliquer vers la berge, là où les mariniers de la Tamise avaient creusé un large chenal entre la rive et la glace pour continuer à faire payer aux gens la traversée sur des planches qu'ils avaient installées. Un père de famille corpulent ergotait sur le tarif tandis que sa fille enrubannée sautillait à côté d'un air surexcité. Elle avait une voix suffisamment aiguë pour couvrir le bruit des cornemuses et des tambours.

— Papa, papa, je t'en prie, paie le petit monsieur ! On est en train de tout rater ! L'éléphant…

Comme l'Artilleur, George entendit cette voix. Il se souvint d'Edie racontant qu'elle avait raté quelque chose à cause de l'éléphant ; les mains en porte-voix, il hurla à Edie qui ne l'avait pas encore vu :

— Edie… ne regarde pas l'éléphant !

Puis il trébucha sur un monticule de glace.

Mais Edie l'avait repéré. Au moment où elle allait lui répondre, le Marcheur l'attaqua par-derrière et ils tombèrent par terre. Déchaînée, Edie se mit à ruer, à frapper et à mordre, à l'image d'un animal luttant pour sa survie. Elle écrasa la pierre de cœur incandescente de l'Aveugle qu'elle serrait dans son poing sur l'œil valide du Marcheur. Il réussit à esquiver le coup, mais la lumière brûlante l'aveugla pendant un bon moment.

— Tu vas mourir, ma petite ! hurla-t-il.

Elle lui flanqua un coup de pied dans le menton, retomba en arrière en vacillant et lui échappa, tandis qu'il cherchait à la frapper à toute volée.

Il sortit le grand poignard de son manteau et se lança derrière elle.

Edie se battait avec le bonnet, qui était retombé sur son visage au cours de la bagarre.

Énervée par le combat, elle oublia de prendre garde au trou d'eau glacée d'un mètre de large qui s'ouvrait juste devant elle.

Son pied plongea dedans au lieu de se poser sur la glace et elle bascula ; elle prit de plein fouet le choc de l'eau glacée qui pénétrait dans sa bouche. Elle se débattit et ses doigts s'agrippèrent au rebord de glace pour tenter de se hisser hors du trou. Son visage refit surface, masqué par ses cheveux comme par un bouquet d'algues ; elle se souvint qu'elle avait déjà vu cette scène lorsqu'elle avait fulguré cette mort dans un Londres lointain.

— Edie, se cria-t-elle à elle-même en manière d'avertissement, le moine est OK ! Ne fais pas confiance à

Petite Tragédie ! Il n'est pas ce qu'il paraît être ! Dis-le à George ! Le Marcheur essaie d'ouvrir…

Une main qu'elle crut secourable se tendit vers elle et lui agrippa les cheveux. Mais c'était une main qui la repoussait sous l'eau ; il n'y eut plus que des bulles, des éclaboussures et de l'eau noire, puis elle réussit à remonter encore une fois, la bouche ouverte pour aspirer l'air et achever son ultime avertissement.

— … portes dans les miroirs… !

La main du Marcheur l'attrapa par le bonnet et lui enfonça la tête sous l'eau ; elle continua à crier alors que ses poumons se remplissaient. La dernière vision qu'elle eut du monde à travers ses mèches de cheveux trempés, avant de sombrer, ce fut le sourire du Marcheur, dont les traits étaient rougis par l'éclat des lanternes.

Dans cet ultime et terrible moment, tout comptait. Les années de sa vie s'épluchèrent une à une, elle devint de plus en plus jeune, toute la carapace qu'elle avait bâtie pour survivre s'effrita, la laissant impuissante, minuscule, enfantine. Tandis qu'elle filait vers la fin de son existence, elle était indignée d'avoir à mourir. Elle voulait tout recommencer à zéro. Elle voulait sa mère avant qu'elle n'ait changé, avant qu'elle soit devenue étrange, avant qu'elle soit devenue folle, avant qu'elle soit partie pour ne plus jamais revenir…

… et, plus que tout, elle voulait retrouver ce premier sanctuaire de l'enfance, le meilleur, cet ultime refuge – la chaude étreinte de sa mère lui assurant que tout irait bien, que ses chagrins d'aujourd'hui seraient envolés demain et que le soleil brillerait de nouveau.

Mais le désespoir lui tordit le cœur, car elle savait qu'il n'y aurait pas d'après ; ses yeux se noyèrent, l'obscurité glacée s'empara d'elle et elle se retrouva seule, plongée dans les ténèbres.

C'est ainsi qu'Edie mourut.

49

Ironhand, la Main de Fer

George percuta le Marcheur à toute vitesse, propulsé par une colère qui décuplait ses forces.

Il savait qu'il était trop tard. Edie était morte. Par sa faute.

George balança le lourd marteau, comme s'il pouvait bloquer la noirceur de ce cœur d'un seul coup d'un seul.

L'arme improvisée heurta quelque chose que le Marcheur portait sous son sweatshirt, quelque chose d'épais qui céda en craquant.

Le Marcheur en eut le souffle coupé mais, de la main gauche, il saisit George par l'oreille et les cheveux. Ils vacillèrent sur leurs pieds sans se quitter des yeux. Le Marcheur ricana, son œil valide lançant des éclairs.

— Tu veux te battre, gamin ?

— Non, grinça George. Je veux vous tuer.

En relevant ce défi, il sentit dans son bras une douleur déchirante filer vers l'aisselle. Sans avoir besoin de vérifier, il comprit que la veine de cuivre s'était réveillée et pointait vers son cœur.

Ce combat brutal dans la neige et la glace était donc son deuxième duel, à la vie à la mort.

Mais ça lui était égal.

Parce qu'il n'était absolument pas question de se dérober à sa promesse.

Le Marcheur était un homme mort.

— Tu perds ton temps, petit. Mais moi…

Pour George, le temps ralentit. Il vit l'éclair du couteau quand le Marcheur, prenant son élan, chercha à lui lacérer le ventre d'un coup mortel, définitif.

Instinctivement, la main de George réagit et, cette fois, elle ne faiblit pas. Elle se referma sur la lame aiguisée, la bloquant à un centimètre de son ventre.

L'œil du Marcheur s'écarquilla d'étonnement devant cette force inattendue. Et ce qu'il vit le fit reculer d'un pas. Le gamin avait un regard dur comme la pierre.

— Je ne crois pas, déclara George.

D'un geste brutal, il brisa la lame au ras de la poignée. Il leva alors le bras et, lorsque le Marcheur tenta de s'échapper, il lui saisit la main et lui enfonça la lame dans le cœur.

Le métal heurta quelque chose de dur, qui dévia sa trajectoire, mais le coup fut d'une violence telle que la lame traversa l'épaule du Marcheur. Si profondément que George ne parvint pas à la retirer.

Il y renonça et se rendit compte que sa main était intacte alors qu'il avait saisi la lame à pleine paume.

Le Marcheur regarda le métal qui dépassait de son épaule et se mit à hurler.

George examina le trou rempli d'eau noire. Edie avait

disparu depuis longtemps. Il se pencha pour ramasser le bout de verre incandescent qu'elle avait laissé tomber dans la lutte. Ce n'était pas le sien, il n'avait ni la même forme ni la même couleur, mais c'était une pierre de cœur et il la lança dans l'eau. Si Edie était seule et morte au fond de ces ténèbres, il pouvait au moins lui envoyer de la lumière.

Il se retourna vers le Marcheur, franchit l'espace qui les séparait et le frappa en pleine face. Les hurlements du Marcheur s'étranglèrent sous la force du coup.

Une série de cris brefs et nerveux retentirent au loin, annonçant l'approche de quelque chose d'indéterminé. Mais George refusa de se laisser distraire. Il allongea au Marcheur un nouveau direct qui le laissa sur le carreau. George recula d'un pas pour attraper son marteau.

On entendit alors un fracas de sabots ; le Marcheur cligna des yeux.

— Tu vas mourir, gamin, ricana-t-il, la bouche pleine de sang.

George tourna la tête et vit que le Taureau le chargeait.

— Peut-être, rétorqua-t-il. Mais vous serez mort avant.

Il leva son marteau.

— Je m'occuperai de votre Taureau ensuite.

— Il ne s'agit pas du Taureau, répondit en souriant le Marcheur.

L'Icare l'écrasa comme une enclume tombée du ciel.

50

Sous la glace

L'Artilleur atteignit l'étroit chenal entre la glace et la berge à la vitesse d'une grenade sous-marine.

Il avait vu Edie s'enfoncer et il avait compris que, pas plus que George, il n'arriverait à temps pour la sauver. Il fit donc la seule chose encore possible, il plongea sous la glace.

Des tonnes de bronze ne flottent pas très bien ; il se retrouva au fond du fleuve et s'orienta de son mieux dans les ténèbres pour se retrouver à l'aplomb du trou. Son côté humain supportait difficilement le manque d'oxygène, mais il était tellement obnubilé qu'il ne se donna même pas la peine de retenir son souffle – il but donc la tasse et ne s'en porta pas plus mal.

Il n'y voyait goutte et avançait à l'instinct. La glace recouverte de neige formait un toit parfait, bloquant toute lumière. Il se rendit compte que le trou serait difficilement repérable parce qu'il aurait du mal à différencier le ciel nocturne de l'obscurité environnante.

Il avançait à l'aveugle en battant des bras dans l'espoir que, à défaut de voir, il pourrait toucher le corps d'Edie par hasard. Mais il n'avait guère d'espoir.

La petite avait bel et bien disparu.

Une lueur orangée tomba du toit de glace. Levant la tête, il eut une brève vision : George contemplait le trou noir sans le voir, le visage éclairé par la pierre de cœur qu'il s'apprêtait à jeter dedans.

L'Artilleur tendit le bras pour récupérer la pierre au bout de sa chaîne et la tint devant lui, comme une lanterne dans la tempête. La lueur orange était si vive que l'eau boueuse du fleuve en paraissait moins opaque – c'est alors que l'Artilleur vit le corps. Un des pieds était coincé dans une roue de charrette cassée à moitié enterrée dans la vase, les cheveux ondoyaient dans le courant, indiquant la direction de la mer.

Il décoinça le pied, saisit la petite et chercha à remonter vers la berge. Sans cesser d'avancer, il contempla son visage blafard ; il lui passa la pierre de cœur autour du cou pour libérer ses deux mains et la tenir plus fermement. Il l'étreignait de toutes ses forces, comme s'il pouvait réintroduire de la vie dans ce corps éteint.

Bien sûr, on ne peut pas pleurer sous l'eau ; s'il avait les yeux irrités, c'était seulement parce que la Tamise n'aimait guère être ainsi remuée.

Il remonta péniblement la pente vers la lumière des torches et réussit à sortir de l'eau, le corps d'Edie inerte dans ses bras. Il s'apprêtait à pomper l'eau qu'elle avait dans les poumons, quand il entendit un raclement suivi d'un reniflement plein de colère : le taureau était là. Il reprit la petite dans ses bras et partit en courant.

Au moment où l'Icare, d'un coup d'aile, l'arrachait au Marcheur qui, à plat dos, fouillait avec acharnement dans ses vêtements pour sortir quelque chose de sous son sweat, George aperçut du coin de l'œil l'Artilleur qui émergeait du fleuve.

L'Icare s'adressa avec véhémence à George, qui, par réflexe, regarda le plastron cuirassé de la créature : quelque part, au milieu de cette structure alambiquée, une bouche l'invectivait.

L'Icare volait encore plus mal que le Tuyau. George décollait du sol par saccades. Il n'en était guère à plus de cinq mètres lorsqu'il vit surgir de nulle part un char lancé dans un galop effréné fonçant vers l'Artilleur, les pales tourbillonnantes de ses roues faisant jaillir des giclées de neige.

George n'avait pas lâché son marteau.

— Je te laisse une chance, proposa-t-il à ce qui se cachait derrière la coque en saillie. Pose-moi au sol.

L'Icare poussa un grognement et le secoua brutalement. En baissant les yeux, George s'aperçut que la créature l'agrippait avec des pieds humains dont les orteils le crochetaient comme des serres aiguisées.

— Très bien, dit-il.

Il asséna un grand coup de marteau sur la cuirasse. Puis il recommença, encore et encore ; l'Icare poussait des hurlements et multipliait les embardées. Il y eut soudain un craquement, le plastron céda et George se retrouva face au regard dément de la créature.

C'était un homme tout tordu, tassé pour tenir dans l'espace restreint de sa cuirasse. Ses bras et ses mains étaient repliés sur eux-mêmes, sa bouche et le bas de son visage étaient étouffés par une grosse toile – mais pas suffisamment pour masquer la folie hostile de son visage ricanant.

— Pose-moi, ordonna de nouveau George.

Les pieds le lacérèrent avec colère, les yeux brillèrent plus fort. Il secoua violemment la tête d'avant en arrière, disant indubitablement « non ».

— Alors, désolé, rétorqua George en abattant son marteau au beau milieu du front crispé.

Les yeux fous roulèrent dans leurs orbites et l'Icare tomba à pic, inconscient et – pour la première fois – silencieux.

George eut le temps de voir qu'ils allaient atterrir dans l'eau, juste là où elle se transformait en glace. Il se libéra des pieds inertes de l'Icare au moment où celui–ci s'enfonça dans les flots noirs. George, d'un coup de talon, remonta respirer à la surface ; il se retourna à temps pour comprendre que, poussé par le courant, il filait vers la glace, dont les limites mal définies étaient marquées par un amas de branches et de branchages emmêlés. Il eut l'atroce prémonition qu'il n'allait pas tarder à être aspiré sous cette couche épaisse. Il voulut se cramponner au bord, mais ses doigts glissèrent et il disparut.

Sur la berge, l'Artilleur avait vu le Taureau juste à temps. Saisissant le corps d'Edie, il s'était éloigné d'un bond au moment où les cornes menaçaient de l'empaler. Le monstre tenta de le piquer mais, entraîné par son élan, perdit l'équilibre et s'écrasa dans la neige tassée.

Entendant qu'on criait son nom, l'Artilleur fit volte-face : la Reine filait sur la glace, ses chevaux galopant comme le vent. Il y avait une autre silhouette dans le char ; comme il était tête nue, l'Artilleur ne reconnut pas d'emblée l'Officier.

Il courut vers le char, étreignant toujours le corps inerte. Un martèlement de sabots lui apprit que le Taureau s'était lancé à sa poursuite.

Les chevaux galopaient, le char fonçait, mais la distance entre le monstre et lui se réduisait.

— Attention aux roues ! cria l'Officier.

Puis il tendit le bras à l'extérieur en se penchant dangereusement, si bien que la Reine fut obligée d'en faire autant de l'autre côté pour empêcher le char de verser. Le temps se syncopa quand ils arrivèrent sur l'Artilleur ; celui-ci sentait déjà sur sa nuque le souffle du Taureau résolu à l'embrocher, mais il n'eut pas le temps de s'inquiéter parce qu'il devait se concentrer pour éviter les pales des roues à la hauteur de ses genoux ; lui aussi, il tendit le bras vers l'extérieur comme une voiture met son clignotant, bondit par-dessus les pales et saisit le bras tendu de l'Officier. Ils s'accrochèrent l'un à l'autre.

Porté par l'élan, il monta à bord du char, retenu par l'Officier, qui se cramponnait lui-même au bastingage.

Le Taureau n'eut pas le temps de freiner et les pales tourbillonnantes l'entamèrent comme un gigantesque ouvre-boîtes, dispersant dans leur sillage un nuage de copeaux de cuivre brillant. Le monstre piqua du nez, ses cornes s'enfoncèrent dans la glace, il s'arrêta brutalement dans un ultime sursaut puis resta là immobile, enroulé dans ses entrailles.

— Au moins, il ne tuera plus de femmes, remarqua la Reine en regardant en arrière.

L'Artilleur laissa tomber Edie sur le plancher et s'acharna à pomper l'eau hors de ses poumons. C'était comme travailler sur le pont d'un bateau en plein tangage.

— Aide-moi, dit-il.

L'Officier l'attrapa pour l'empêcher de tomber.

La Reine fit faire demi-tour au char.

— Accrochez-vous ! cria-t-elle.

L'Officier leva les yeux et vit qu'elle filait vers ses deux filles qui tenaient les miroirs dressés.

— George ! cria alors l'Artilleur en continuant à pomper inutilement les poumons de la morte.

— Toi, tiens-toi ! s'écria l'Officier.

Lorsque la Reine toucha du premier coup les miroirs du bout de sa lance, l'Officier lâcha l'Artilleur et sauta du char. Dans un claquement sec, le char disparut. L'Officier se remit debout.

— Restez ici, ordonna-t-il aux deux filles.

Il partit en courant, tournant le dos aux lumières de la Fête de l'Hiver, vers les confins de la glace et de l'eau.

51

Pierre de cœur

— Elle est morte, annonça l'Artilleur tandis que la Reine tirait sur les rênes et stoppait le char devant le Mémorial.

La Reine se mit à genoux à côté de lui, qui pompait du plat de la main.

— Alors, pourquoi continuez-vous à faire cela ? demanda-t-elle.

— Parce que je ne sais pas quoi faire d'autre, nom de dieu !

Elle releva la tête et vit de grosses larmes rouler sur ses joues.

Elle se pencha sur la bouche ouverte d'Edie, lui renversa la tête en arrière et lui pinça le nez. Puis elle prit une grande inspiration et souffla directement dans les poumons saturés d'eau. Elle recommença. Puis elle prêta l'oreille. Aucune réaction. Elle ne se découragea pas. Pendant un long moment, ils s'acharnèrent tous deux à faire revenir à la vie le petit corps inerte, refusant d'accepter la vérité.

L'Artilleur finit par regarder la Reine. Il ne pleurait plus, mais ses yeux secs n'étaient que désespoir.

— Pourquoi faites-vous cela ?

Elle s'essuya les yeux, et l'Artilleur perçut un écho de la jeune morte dans l'air têtu dont la mâchoire royale avançait.

— Parce que, moi non plus, je ne sais pas quoi faire d'autre. Si ce n'est continuer à me battre.

— Ça me paraît bien, répondit-il en pompant toujours. Elle aussi *était* comme ça ! ajouta-t-il.

De frustration et de chagrin, il frappa le sternum d'Edie. Celle-ci rejeta alors une grande quantité d'eau avant de se tordre dans un terrible accès de toux.

Elle cligna des yeux, les referma et perdit de nouveau conscience. L'Artilleur chercha son cœur : il battait faiblement. Il contempla la petite sans y croire. Puis il regarda la Reine. Il ne l'avait encore jamais vue sourire mais, là, elle avait un visage rayonnant.

— Elle aussi *est* comme ça, vous vouliez dire ! corrigea la Reine.

— Si vous n'étiez pas une bon dieu de Reine, je vous embrasserais, s'exclama-t-il, radieux.

— Si je n'étais pas une bon dieu de Reine, je me laisserais volontiers faire.

Puis son visage reprit son habituelle expression d'autorité.

— Elle n'est pas encore tirée d'affaire. Elle risque de mourir de froid. Il nous faudrait un feu.

— Nous n'en avons pas.

La Reine dégrafait déjà sa cape.

— Il faut lui trouver de quoi se couvrir. On doit absolument la réchauffer.

Il tâta le pouls d'Edie.

— On le sent à peine, remarqua-t-il.

— Eh bien, remuez-vous ! ordonna-t-elle en commençant à ôter les vêtements trempés d'Edie.

L'Artilleur courut au monument ; à côté du balluchon mouillé rempli de pierres de cœur qu'il avait remonté du réservoir souterrain, attendaient le casque et la capote de l'Officier. Il s'empara de la capote et constata que le balluchon fumait.

— Dépêchez-vous ! cria la Reine. Il faut absolument l'envelopper dans quelque chose de chaud. Elle est en train de nous filer entre les doigts !

— Attendez ! répondit-il en jetant la capote sur son épaule et en ouvrant le balluchon.

La lumière l'éblouit. Il jeta un regard autour de lui pour voir si une tare ou le Marcheur n'étaient pas sur leurs traces. Cette lumière avait quelque chose de particulier. Les pierres qu'il avait entassées là-dedans étaient toutes de couleurs différentes, mais à présent elles brillaient de la même teinte chaude, comme le cœur orange d'un brasier.

— L'Artilleur ! cria la Reine. On est en train de la perdre.

Elle leva la tête, étonnée, lorsque l'Artilleur déposa les pierres de cœur à côté d'elle.

— Des pierres de cœur, expliqua-t-il. Cette ordure de Marcheur les conservait comme trophées pour toutes les fulgurances qu'il avait supprimées.

Comme l'Artilleur, la Reine examina les alentours, flairant l'atmosphère.

— Non, dit-il en disposant les pierres autour d'Edie. Elles ne nous préviennent d'aucun danger. Je crois qu'elles sentent la présence de la petite. C'est l'étincelle de toutes ces filles anéanties qui s'enflamme une dernière fois. Leur façon de se moquer une dernière fois du Marcheur.

La Reine le regarda poser avec délicatesse une pierre sur le cœur d'Edie ; alors elle plongea les doigts dans le tas de pierres incandescentes et l'aida, avant d'envelopper le petit corps dans sa propre cape et dans la capote de l'Officier.

Si Edie fut sauvée, ce n'est pas seulement grâce à l'Artilleur et à la Reine qui avaient refusé sa mort. L'Artilleur l'avait bien compris : toutes ces filles égarées, ces filles esseulées, ces femmes bizarres qui pensaient être folles parce qu'elles ne comprenaient pas que la fulgurance était un don et non une malédiction, elles étaient toutes là pour entourer cette dernière enfant et lui offrir les étincelles de chaleur que leurs vies avaient emmagasinées dans les pierres afin qu'elle continue à vivre, à vivre pour elles.

Parce que la Reine connaissait l'histoire, elle se mit à pleurer en voyant les couleurs revenir sur les joues d'Edie, en voyant ses yeux s'ouvrir, ses paupières cligner.

La petite main s'agita dans la grande main de bronze qui la caressait doucement. Lorsque le regard d'Edie s'éclaircit, elle reconnut l'Artilleur et s'agrippa frénétiquement à lui. De nouveau, il fut témoin de ce miracle exceptionnel : voir ce visage illuminé par un sourire.

— Tout va bien, dit-il d'un ton bourru. Je t'ai récupérée. Tu étais bien trop résistante pour que le Marcheur te tue. Quant au fleuve, il n'y avait aucune chance pour qu'il réussisse à t'avoir. Tout va bien, tu es en sécurité.

Edie hocha la tête en toussant à fendre l'âme.

— Où est George ? souffla-t-elle.

52

Le broyeur de glace

Pas de George aux confins de la surface gelée. En revanche, l'Officier trouva le marteau, pris dans des branches. En tirant dessus, la main de George suivit, le poignet passé dans la lanière. Il tira alors sur la main, sortit le garçon grelottant de l'eau et le hissa sur la glace.

— Où, où est Edie ? bredouilla-t-il.

Il avait vu l'Artilleur arracher quelque chose au fleuve au moment où l'Icare l'emportait, et il espérait – avec une intensité plus mordante que le froid – que c'était elle.

— J'ai bien peur qu'elle ne soit morte, mon pote, déclara l'Officier. Ils l'ont déjà emmenée de l'autre côté des miroirs. Tu peux courir ?

— Oui, affirma-t-il.

Crispé sur son marteau, il tremblait de tous ses membres et claquait des dents. Il avait une mine épouvantable, mais paraissait prêt à tuer. Parce qu'il avait repéré la silhouette accroupie du Marcheur qui traçait des marques autour de lui dans la neige.

— Tant mieux, dit l'Officier en le prenant par l'épaule, parce que, la difficulté, ça va être d'amener par ici les demoiselles aux miroirs sans que l'autre nous voie.

George repoussa la main de l'Officier.

— Non, rétorqua-t-il en brandissant son marteau. Il n'y a aucune difficulté.

Et il avança d'un air déterminé vers le Marcheur.

Celui-ci ne remarqua rien. Il était dans une exaltation telle qu'il en oubliait de respirer. La raison en était cet objet cassé en deux posé dans la neige.

Lorsque George l'avait frappé en pleine poitrine, le coup avait épargné son cœur, protégé par les deux disques de cire entre lesquels le Miroir Noir était glissé. Si ces disques lui avaient évité tout contact avec le miroir, ils n'avaient pas réussi, en revanche, à protéger le miroir lui-même.

George avait cassé en deux le Miroir Noir.

Et, si le Marcheur était aussi exalté, c'est parce qu'il venait de comprendre qu'il avait devant lui la solution à son problème. Au cours de tous ces siècles où il avait cherché partout le second miroir perdu, il ne lui était jamais venu à l'idée de casser en deux celui qu'il possédait.

Il était donc en train de dessiner dans la neige un pentacle de protection.

George avançait au petit trot, l'Officier sur les talons. Il y eut un claquement sec et le char surgit derrière eux.

— Jeune homme ! appela la Reine. Par ici !

George continua à avancer vers le Marcheur.

— Je vais le liquider ! hurla-t-il.

— Non, George ! s'exclama-t-elle. La fille est vivante !

George s'arrêta net.

— Quoi ?

Le char pila près de lui.

— Sautez à côté de moi. Elle est très secouée, très mal en point, mais ça va s'arranger et elle vous réclame. Venez vite, nous devons nous dépêcher de sortir d'ici.

L'Officier attrapa George, le jeta dans le char et sauta derrière lui.

— À la maison, chauffeur, et faites chauffer le moteur ! dit-il en souriant.

George et la Reine observaient le Marcheur qui s'activait dans la neige. Ils échangèrent un regard.

— Quoi ? demanda l'Officier.

— D'un autre côté, pourquoi pas ? dit la Reine.

George sourit malgré ses dents qui s'entrechoquaient. D'un claquement de langue, la Reine lança les chevaux au galop.

— Oh, allez au diable ! dit l'Officier en sortant son arme. Il ne reste jamais mort longtemps, vous le savez bien…

— Tout est bon à prendre, répliqua la Reine avec un sourire mauvais. Tout est bon à prendre.

Le Marcheur était tellement absorbé dans sa tâche qu'il ne leva pas la tête avant la première balle.

Il vit des chevaux qui fonçaient sur lui au grand galop, avec la Reine prête à l'empaler au bout de sa lance, l'Officier qui lui tirait dessus et George, penché hors du char, qui brandissait son marteau au-dessus des pales tourbillonnantes.

— Bande d'idiots ! cria-t-il.

Ils allaient le renverser. Il ne pouvait plus s'enfuir.

Plutôt que de rester debout, il préféra s'accroupir, le nez dans la neige, pour vérifier que les deux surfaces noires du miroir étaient bien exactement l'une en face de l'autre.

Il comprit qu'il ne s'était pas trompé en voyant la neige fondre sous la chaleur brutale que dégageaient ces deux moitiés.

Sans perdre une seconde, il marmonna quelque chose d'inaudible et effleura le miroir.

Au moment où les lames déchiraient l'espace à l'endroit qu'il occupait un dixième de seconde auparavant, le miroir l'entraîna dans ses profondeurs.

La Reine penchée à l'arrière du char, enfonça la pointe de sa lance là où il aurait dû être. George se rendit compte qu'il avait disparu et qu'ils étaient en train de traverser au galop le pentagramme de protection, effaçant les traces dessinées dans la neige. Et, lorsque la Reine fit demi-tour sur les chapeaux de roue, ils virent encore autre chose.

Les deux moitiés de Miroir Noir avaient fait fondre la neige sous elles avant de disparaître. Mais quelque chose s'était échappé par la porte que le Marcheur avait su ouvrir.

Parce que ce quelque chose était fait de néant, il avait besoin de substance pour survivre dans ce monde ; le premier objet qu'il croisa, ce fut le broyeur de glace que le char avait à moitié renversé en traversant le pentagramme.

La Reine se pencha pour récupérer sa lance. Puis ils repartirent vers les filles de la Reine et la sécurité qui leur faisait signe au fond des miroirs d'argent qu'elles tenaient.

George se retourna et vit les cristaux gelés tourbillonner dans l'air pour prendre une forme qui, brutalement, grandit et se lança à leur poursuite.

— Plus vite ! cria-t-il. Plus vite !

Le broyeur grandit encore. Il allait les rattraper, il avançait si vite… La Reine tordit les rênes, le cheval de tête heurta le miroir, il y eut un claquement sec et ils dégringolèrent dans des ténèbres sans fond. Quelque chose volait devant eux, quelque chose de très froid, de totalement inconnu, comme un souffle glacé venu d'un autre monde…

53

La Pierre fissurée

La Pierre de Londres se trouvait à l'abri derrière sa grille, dans sa niche habituelle, sur Cannon Street.

Personne ne la remarquait, personne ne s'arrêtait. Personne n'était sensible à la puissance noire qui s'échappait en vrombissant dans la ville, reliant les rues, les bâtiments et les créatures de pierre qui composaient le paysage.

Mais quelque chose, en revanche, s'y intéressait. Ce quelque chose la remarqua d'emblée et se dirigea vers elle à la vitesse de l'éclair.

La Pierre ne fit aucun mouvement mais, d'un seul coup, elle se couvrit d'une couche de givre blanc si froid qu'elle en fut fissurée.

Ce n'était qu'une petite lézarde.

Mais c'était suffisant.

54

Dernier arrêt : nulle part

Puis le char rebondit sur l'herbe et la Reine arrêta ses chevaux. Elle se retourna pour vérifier que ses filles réapparaissaient derrière eux. Elles échangèrent un signe de tête et un sourire féroce.

— Vous avez senti ? demanda l'Officier.

— Senti quoi ? s'enquit l'Artilleur.

Il était installé à côté d'Edie, une Edie au visage rougi, l'air réchauffé emmitouflée dans la cape de la Reine et la capote de l'Officier.

— Quelque chose nous a suivis, déclara George en sautant du char pour courir vers Edie.

Elle lui sourit, mais d'un geste, l'empêcha d'approcher.

— Attention aux pierres !

Toutes les pierres d'alerte étaient disposées par terre et plus aucune ne brillait. Sauf une petite bleue qu'Edie tenait serrée dans ses mains, un bleu exactement identique à celui du bonnet que portait un certain canard dans une histoire qu'on lui lisait quand elle était petite. Une toute petite pierre d'alerte bleue montée en boucle d'oreille.

George s'avança vers elle avec précaution et, ne sachant que faire, lui asséna une claque sur l'épaule. Elle lui tapa sur la jambe. Retrouvailles qui parurent leur convenir à tous les deux.

Au loin, il entendit sonner le carillon si réconfortant de Big Ben.

— Donnez cette couverture à ce garçon, ordonna la Reine en montrant le drap sous lequel était caché le corps du Soldat Inconnu.

— Mais…, intervint l'Artilleur.

— Pas de mais, répliqua la Reine. Ce jeune homme est en train d'attraper la mort.

George posa son marteau et entreprit de déboutonner sa veste trempée avec des doigts aussi adroits que des saucisses gelées.

— Joli marteau, commenta Edie d'un ton légèrement moqueur.

— Jolie boucle d'oreille, riposta-t-il avec autant de désinvolture.

— Oui. Elle est à ma mère.

— Qu'est-ce qu'elle faisait avec le reste… Oh ! dit l'Artilleur.

— Elle est devenue folle, expliqua Edie. C'est ce qu'on disait. C'était pour ça qu'ils l'avaient emmenée…

Elle examina le bijou.

— Vous avez sans doute compris pourquoi elle était folle…

— C'était également une fulgurance, compléta George.

— Oui. Sauf que personne ne lui a jamais rien expliqué, répondit Edie.

— Pourquoi, intervint la Reine, toutes les autres pierres sont éteintes sauf celle-ci ?

L'Artilleur s'éclaircit la gorge.

— Ces pierres appartiennent à des fulgurances que le Marcheur a envoyées à la mort, seules et folles…

Il regarda la Reine. Elle fit un signe de tête. Il continua son récit.

— Si cette pierre est encore vive, c'est peut-être parce qu'elle l'est aussi.

— Vive ? demanda George.

— En vie, corrigea la Reine.

Les yeux baissés, Edie était incapable de prononcer un mot. George, lui, examina son bras. La deuxième veine qu'il avait sentie grandir au moment où il avait accepté le défi du Marcheur avait disparu. Rien d'étonnant, il s'y attendait.

L'Officier leva trois doigts, en replia deux.

— Encore un, mon pote, dit-il en souriant. Tu es quelqu'un de bien.

Au loin, George aperçut une moto de police dont le gyrophare bleu tournoyait ; elle descendit Piccadilly en vrombissant et prit le virage à la corde pour contourner Hyde Park Corner.

George examina la dernière veine qui encerclait toujours son bras, attendant la réapparition du chevalier. Il s'inquiéterait de ce duel à terminer le moment venu, décida-t-il en s'enveloppant dans la couverture que l'Officier lui tendait.

— Ma mère pourrait être n'importe où, déclara Edie d'une petite voix.

— Pousse-toi, exigea George en s'asseyant à côté d'elle. L'Artilleur aussi aurait pu être n'importe où. Et toi itou. Mais on a bien réussi à se retrouver, non ?

Elle hocha la tête.

— On risque d'avoir un problème plus grave, annonça l'Officier.

Tous les regards se tournèrent vers lui.

— Vous n'entendez rien ?

Ils prêtèrent l'oreille ; tout était silencieux. Or, à Londres, le silence n'existe pas – même la nuit.

— La ville s'est figée et l'horloge vient de sonner treize coups.

Ils se levèrent lentement pour examiner les alentours. La ville était immobile. De façon artificielle. Une immobilité forcée.

Pas un souffle d'air.

Pas un bruit.

Personne.

Les quelques voitures qui circulaient s'étaient arrêtées.

George avança jusqu'au bord du trottoir.

La moto de police était figée en plein virage. Sans conducteur.

Il leva les yeux vers la masse rouge et familière d'un autobus de nuit. Pas de passagers, pas de chauffeur.

Les autres, à leur tour, descendirent sur la chaussée. Edie scruta un taxi vide et regarda fixement George.

— Où sont-ils tous partis ?

Il haussa les épaules et tourna lentement sur lui-même à la recherche de quelques signes de vie.

— Pourquoi tout s'est-il brusquement arrêté ?

La seule chose qui bougeait dans toute la ville, c'était

cette neige épaisse qui s'était mise à tomber silencieusement.

Les cinq répliques et les deux enfants, debout dans la rue, examinaient le paysage qui blanchissait rapidement autour d'eux. Petit à petit, ils prenaient conscience de la gravité de la situation.

— J'ignore ce que nous avons rapporté dans nos bagages, déclara l'Officier, mais je crois que c'est dangereux.

Inconsciemment, ils se rapprochèrent les uns des autres, chacun se sentant étrangement seul dans le silence tandis qu'ils scrutaient les rues immobiles, trop absorbés par ce qui se passait autour d'eux pour prêter attention à ce qui se passait dans le ciel.

Ce qui était vraiment regrettable. Parce que, là-haut, on leur accordait beaucoup d'attention.

La gargouille était perchée tout au bout du gigantesque canon de pierre, au sommet du Mémorial.

C'est l'Artilleur qui la vit en premier.

Il avança d'un pas pour se retrouver devant Edie et George, cherchant son arme.

— Attention ! cria-t-il.

Tout le monde se retourna.

George tendit le bras et abaissa la main de l'Artilleur sans douceur.

— Que..., commença celui-ci.

— Tout va bien ! dit George. Tout va bien.

— Gack ? dit la gargouille.

— Il est des nôtres, expliqua George en souriant.

Tous regardèrent le Tuyau. Puis George. Puis de nouveau la gargouille.

L'Artilleur rangea son arme. L'Officier lui offrit une cigarette. À travers la fumée et les flocons de neige, ils continuèrent à observer la gargouille souriante.

— Nom de dieu, jura l'Artilleur, s'il est des nôtres, on est vraiment mal barrés…

Remerciements

C'est difficile d'écrire à partir de rien. Échanger avec d'autres écrivains allège cette épreuve – surtout quand il faut revoir ses ambitions à la hausse pour se maintenir à leur niveau. Merci à tous ceux qui m'ont aidé à me dépasser à coups de provocation et de soutien au fil des années et des différents sujets : « Nander » Cary, Fergus Fleming, Jonathan Darby, Al Whiting, Katie Pearson, Patrick Harbinson, Robert Harris, Amanda Silver, Rick Jaffa, Kate Bucknell, Rose Baring, Mary Miers, Barnaby Rogerson, et Mary et Philip Contini. Des remerciements particuliers à ma famille, à mes *consiglieri* et autres lecteurs secrets pour toute l'aide et le soutien qu'ils m'ont offerts pour faire aboutir *Ironhand* : Kate Jones, Ron Bernstein chez ICM, Michael McCoy chez ITG, Jack, Ariadne, Zillah More Gordon, Finn Younger et Charlie Harris.

Toute ma tardive gratitude au photographe Andrew Errington pour avoir réalisé ce somptueux dossier sur les statues de Londres qui m'a tant aidé à avancer, et toutes mes excuses à mon père pour les passages où l'Artilleur est coincé sous la terre – j'ai complètement oublié sa claustrophobie. Sincèrement…

Table

1. Les ténèbres profondes ... 13
2. Pierres et bâtons ... 20
3. L'oiseau noir ... 27
4. Un sourire au couteau ... 31
5. La mort des fulgurances ... 38
6. La main dégradée ... 44
7. L'Icare ... 49
8. Aéroporté ... 52
9. La Reine Rouge ... 55
10. Edie toute seule ... 61
11. Suspendu à la Tate ... 64
12. Le taureau tueur ... 69
13. Le Tallyman ... 72
14. L'Artilleur dans les ténèbres ... 77
15. Paternoster ... 81
16. Attention, les oreilles ennemies nous écoutent 91
17. L'ascension d'Ariel ... 103
18. L'Icare livré à lui-même ... 112
19. Creuser plus loin ... 115

20. Le Friar propose un marché 118
21. Le Dernier Chevalier 126
21 bis. Nouvelles noires 139
22. Un désert de miroirs 141
23. La douleur d'un coup 147
24. La dernière victime de Tyburn 156
25. Le Miroir Noir 160
26. La lune du chasseur 166
27. Eigengang 174
28. La Reine et le chevalier 184
29. La glissade de la mort 188
30. Trois défis et une trahison 196
31. Le ciel assiégé 203
32. La fuite vers le silence 218
33. La bande d'Euston 225
34. La maison des Égarés 237
35. Coureur des rues 249
36. La Pierre et les créateurs 252
37. Le remplaçant 263
38. Un heureux dénouement 273
39. Le carillon de minuit 287
40. Le dernier rire de l'Artilleur 295
41. Le lacet cassé 299
42. La fin de l'Artilleur 311
43. Une mort pas tranquille à Ghastly Grim 315
44. Comment s'échapper d'une rivière 322
45. Entre les griffes du Marcheur 326
46. Le défi 330
47. La Fête de l'Hiver 337
48. Désespéré 342
49. Ironhand, la Main de Fer 349
50. Sous la glace 352

51. Pierre de cœur 358
52. Le broyeur de glace 363
53. La Pierre fissurée 368
54. Dernier arrêt : nulle part 369

Remerciements 375

« Pour l'éditeur, le principe est d'utiliser des papiers composés de fibres naturelles, renouvelables, recyclables et fabriquées à partir de bois issus de forêts qui adoptent un système d'aménagement durable. En outre, l'éditeur attend de ses fournisseurs de papier qu'ils s'inscrivent dans une démarche de certification environnementale reconnue. »

Composition PCA – 44400 Rezé

Achevé d'imprimer en Espagne par LITOGRAFICA ROSÉS S.A.
32.03.2938.2/01 – ISBN : 978-2-01-322938-8
Loi n° 49-956 du 16 juillet 1949 sur les publications destinées à la jeunesse
Dépôt légal : janvier 2011